Lotte Römer
Cape Town Kisses
Zwischen Liebe und Schmerz

Montlake
Romance

Das Buch

»Manchmal muss man das Glück zwischen den Zeilen finden, denn die Liebe hat viele Gesichter.«

Für Angela könnte das Leben nicht schöner sein. Mit ihrem Sohn Jasper ist sie glücklich und zufrieden in London. Umso größer ist der Schock, als sie eine schlimme Diagnose erhält: ein Gehirntumor. Wer soll sich in Zukunft um ihr Kind kümmern? Sein Vater, ein Barkeeper, mit dem sich Angela vor 13 Jahren in ein aufregendes Liebesabenteuer stürzte, lebt irgendwo in Afrika und auch auf Angelas Bruder ist kein Verlass. Sie muss Jaspers Vater finden – und zwar schnell.

In Kapstadt angekommen macht sie sich auf die Suche nach ihm, doch der Barkeeper ist längst weitergezogen, um auf einer Farm zu arbeiten. Dort lernt Angela den unnahbaren Ranger George kennen, den sie anfangs überhaupt nicht leiden kann. Als sie jedoch auf einer Safari in Lebensgefahr gerät, kommen sich beide doch noch näher. Angelas Herz spielt verrückt und es beginnt eine leidenschaftliche und magische Affäre. Aber George weiß nichts von Angelas Geheimnis und ihrer Sorge um ihren Sohn …

»Cape Town Kisses« ist ein Buch, das die Magie Afrikas mit der Leidenschaft und dem Schmerz der Liebe in unnachahmlicher Weise verbindet.

Die Autorin

Lotte Römer, Baujahr 1979, lebt mit zwei Kindern, einem Ehemann und einem Auto namens »Wanderdüne« im südlichen Bayern. Hier versucht sie, Familie und Schreiben unter einen Hut zu bringen und dem täglichen Chaos Paroli zu bieten. Und manchmal klappt das sogar.

Dann entstehen Bücher und Geschichten.

LOTTE RÖMER

Cape Town Kisses

ZWISCHEN LIEBE UND SCHMERZ

ROMAN

Montlake Romance

Deutsche Erstveröffentlichung bei
Montlake Romance, Amazon Media EU S.à r.l.
5 Rue Plaetis, L-2338 Luxembourg
Januar 2018

Umschlaggestaltung: bürosüd° München, www.buerosued.de
Umschlagmotiv: © Buena Vista Images / Getty; © Marko Marcello / Shutterstock; © Syrus Neilson / Shutterstock; © Valoga / Shutterstock; © HannaMonika / Shutterstock
Lektorat und Korrektorat: Verlag Lutz Garnies, Haar bei München, www.vlg.de
Printed in Germany
By Amazon Distribution GmbH
Amazonstraße 1
04347 Leipzig, Germany

ISBN 978-1-503-95433-5

www.montlake-romance.de

Kapitel 1

Angela Riley

Angela schaute auf die Uhr. Sie hatte noch eine Stunde Zeit bis zu ihrem Termin. Ihre Kopfschmerzen pochten im Rhythmus ihrer Schritte, aber sie waren erträglich für den Augenblick. Sie wollte zum Parliament Hill Viewpoint hinauf, um die Silhouette Londons zu betrachten. London war ihre Wahlheimat, die Stadt, die sie sich zum Leben ausgesucht hatte, nachdem ihre Eltern gestorben waren.

Ihr Atem ging schwer an diesem Morgen. Wölkchen bildeten sich vor Nase und Mund. Sie zog ihre Jacke noch enger um sich und die dicke Mütze tief in die Stirn.

Erneut schaute Angela auf ihre Armbanduhr. Fünfzig Minuten. Jede einzelne zählte. Das hatte sie im letzten halben Jahr gelernt. Sie blieb stehen. Tief sog sie die kalte Luft in ihre Lungen, spürte, wie die Kälte sie für einen Augenblick ausfüllte, bevor sie den Atem wieder ausstieß.

Eine alte Dame mit einem winzigen Hund kam ihr entgegen. Der Schoßhund schnüffelte an Angelas Bein.

»Tyson, lass das.« Die Frau wollte ihn wegziehen, aber Angela war schon in die Knie gegangen.

»Lassen Sie ihn nur.« Sie hielt ihm die Hand hin und Tyson schnüffelte begeistert.

Weiches Fell, eine raue, kleine Zunge, die ihr über den Handrücken leckte, ein fröhlich wedelndes Schwänzchen. Angela kraulte das kleine Fellbündel unter dem Kinn. »Du bist ja ein sehr braver Hund, oder?«

»Er mag Sie.« Die alte Dame lächelte. Tiefe Falten zeichneten die Landkarte eines langen, erfüllten Lebens in ihr Gesicht.

Der Gedanke schmerzte. Angelas Gesicht war faltenfrei, erst recht, seit das Kortison ihm rundlichere Konturen verliehen hatte. Sie klopfte dem Hund leicht die Flanke und stand auf.

Zeit, weiterzugehen.

Sie wollte nicht beim geringsten möglichen Anlass über das Leben in seiner Gesamtheit nachdenken. Der Augenblick war es, der zählte. Wie oft hatte sie sich das schon gesagt? Der Moment war das, was es galt, zu leben.

»Schönen Tag noch!«

»Danke, ebenso. Komm, Tyson!« Langsam ging die alte Frau ihres Weges, mit beinahe tastenden Schritten, vorsichtig und bedacht.

Angela nahm einen weiteren tiefen Atemzug. Vierzig Minuten. Ihr Magen protestierte gegen das Vergehen der Zeit. Automatisch legte sie ihre Hand auf die Stelle ihrer Winterjacke, unter der sich ihr Bauch befand. Ein kurzes Zittern erfasste sie. War es die Kälte oder die Angst? Sie wusste es nicht.

Schnell steckte sie die Hände in ihre Jackentaschen, um die kalten Finger aufzuwärmen, und ging weiter. Am Aussichtspunkt war eine Bank frei, als ob sie auf Angela gewartet hätte. Dankbar ließ sie sich darauf sinken.

Es ging doch! Sie war seit einer Stunde unterwegs und es ging, ganz ohne Probleme. Wären da nicht die Kopfschmerzen gewesen …

Angela schaute auf die Stadt hinunter. Sie kam so gern hierher. In zehn Minuten würde sie weitergehen müssen, um pünktlich zu sein. Aber diese zehn Minuten gehörten ihr alleine.

Eine Gruppe Jogger lief an ihr vorbei. Ein paar Meter entfernt spielte ein Mann mit einem kleinen Mädchen Ball. Man war hier nie alleine. Angela schloss die Augen, um für einen Moment nur zu hören: die fernen Stadtgeräusche, ein Flugzeug, Kinderlachen, knirschende Schritte auf dem Kiesweg hinter ihr.

Immer wieder war sie überrascht, wie sehr das letzte Jahr sie verändert hatte. Mit welcher Intensität sie es gelebt hatte – dafür war sie dankbar.

Plötzlich vibrierte es in ihrer oberen Jackentasche. Sie schlug die Augen auf und pfriemelte ihr Handy hervor. Carls Gesicht grinste ihr entgegen.

Sie drückte auf den grünen Knopf. »Hallo Bruderherz.«

»Hi, Angie. Wie geht's, wie steht's?«

»Prima.« Angela stand auf. Sie musste los, um rechtzeitig bei ihrem Termin einzutreffen.

»Ich wollte eben hören, was es Neues von Knutr gibt.« Carls Stimme klang ungewohnt ernst. Wie immer, wenn es um Knutr ging.

»Der Termin ist in«, Angela schaute auf die Uhr, »exakt achtundzwanzig Minuten. Du bist also zu früh.«

»Ah. Na, da habe ich wohl irgendwas verwechselt.« Typisch! Ihr Bruder war eine Seele von Mensch, aber der mit Abstand chaotischste Typ, den Angela kannte.

»So schaut's aus.«

Sie lief den Regent's Hill hinunter in Richtung Krankenhaus.

»Du, sag mal, warum eigentlich Knutr?«, fragte sie ihren Bruder schließlich.

»Knutr ist ein nordischer Name und bedeutet Knoten. Außerdem klingt es dämlich, findest du nicht?« Carl lachte.

Angela musste ebenfalls grinsen. »Stimmt. Tut es.«

»Siehst du. Es klingt so, als könne man ihn nicht ernst nehmen. Knutr. Das ist wie ein schlechter Witz.« Carls Stimme hatte eine andere Färbung angenommen. Angela versuchte, es einzuordnen, kam aber nicht darauf. Ihr Bruder sprach weiter. »So, als ob man ihn nicht ernst nehmen müsste. Knutr. So heißt nicht einmal ein mieser Clown. Oder kannst du dir das vorstellen? Dass irgendjemand, der etwas im Leben erreicht, Knutr heißt? Na also, ich nicht, und deshalb wird er nicht erfolgreich sein.« Die wilde Entschlossenheit seiner Worte tat Angela gut. Jede Unterstützung tat gut. Auch wenn sie wusste, dass er unrecht hatte. Knutr, den Namen hatte sie längst übernommen, würde am Ende gewinnen. Aber das wusste Carl nicht. Sie trug dieses Geheimnis allein, so schwer das auch war.

»Carl?«

»Ja?«

»Danke.«

»Oh, ich wüsste nicht, wofür.« Sie hörte seine Rührung nur zu deutlich.

»Sag mal, wie läuft es bei dir so? Bist du noch mit der Schlangenbeschwörerin zusammen?« Angela wollte nicht mehr über Knutr reden. Sie wollte überhaupt nie über Knutr reden. Dafür war das Leben zu kurz.

Carl lachte. »Das weiß ich nicht so genau. Sie reist gerade mit einer anderen Truppe. Du weißt ja, wie das so ist bei mir.«

Angelas Bruder war Schausteller. Er, der schlaksige, groß gewachsene Mann, betrieb eine altmodische Jahrmarktsbude, wo man seine Kraft und Geschicklichkeit auf unterschiedliche Arten beweisen konnte. Neben »Hau den Lukas« konnte man Dosen werfen und mit einer altmodischen Waffe auf eine Zielscheibe schießen. »Hau den Lukas« war noch immer beliebt bei Männern, die ihre Freundinnen beeindrucken oder sich im Suff gegenseitig ausstechen wollten. Carl hatte es von jeher geliebt, herumzureisen, und das konnte er mit diesem

Beruf. Er war nicht der Typ, der sesshaft wurde. Zuletzt war er für ein paar Wochen mit einer sehr attraktiven, wie er sagte, Schlangenbeschwörerin zusammen gewesen, die auf dem gleichen Jahrmarkt wie er gearbeitet hatte. Seine Beziehungen zu Frauen handhabte er wie seine Arbeit. Er baute sie auf und ab, wie es ihm beliebte, und zog dann weiter.

»Und du? Wie fühlst du dich?« Warum nur war er so hartnäckig und gab nie auf? Angelas Kopfschmerzen hämmerten, ihr war übel, sie fror. Das konnte alles und nichts heißen.

»Gut«, antwortete sie einsilbig.

»Soll ich kommen?«, fragte Carl besorgt.

»Nein. Es geht mir gut, das sagte ich doch schon.« Sie klang gereizt und abweisend. Es tat ihr leid.

»Ja. Du sagtest es. Ich habe dich gehört, weißt du?« Carl, der unbeirrbare Carl. Er hörte sie immer. Auch, wenn er etwas gar nicht hören sollte. Und die letzten Tage waren schwierig gewesen. Es gab Grund zur Sorge und insgeheim wusste sie das – und Carl wusste es auch. Oder ahnte es, weil er sie so gut kannte, dass sie sich nur bedingt verstecken konnte. Es war schwierig genug, ihr größtes Geheimnis zu verstecken.

»Können wir abwarten, was bei dem MRT rauskommt? Bis man mir das Gegenteil beweist, sage ich, es geht mir gut, und du musst nicht hier aufschlagen. In Ordnung?«

Carl sagte nichts.

»Wo bist du überhaupt im Moment?«, versuchte Angela die Stimmung aufzulockern.

»In der Nähe von Bath. Ein fürchterlicher Jahrmarkt. Um diese Jahreszeit ist es für die Fahrgeschäfte zu kalt und eigentlich Zeit für die Winterpause. Die Leute bleiben lieber mit einer schönen Tasse Tee zu Hause, als auf dem Jahrmarkt zu erfrieren. Miese Geschäfte, sag ich dir. Ich werde wohl wieder nach Spanien gehen für die Wintermonate. Es ist einfach zu trist in England, das hält ja kein Mensch aus.«

»In diesem Punkt gebe ich dir recht. Ich friere mir gerade den Hintern ab.« Angela war dankbar, über das Wetter reden zu können. Es war so normal. Normalität war gut. Sie redeten vom Londoner Nebel, der wieder Einzug hielt, der Kälte und Malaga. Dahin wollte Carl nämlich.

»Sag mal, wie wäre es, wenn Jasper mich in den Weihnachtsferien dort besucht?«

Angelas Magen protestierte schon wieder. Über die letzten Wochen war er ihr Stimmungsanzeiger geworden. Dabei wusste Angela, dass Jasper es lieben würde, seinen Onkel zu besuchen. Sie war es, die den Jungen festhielt, die jede Minute mit ihrem Sohn verbringen wollte. Immer wieder musste sie sich zwingen, im Sinne des Kindes zu entscheiden – und das war nur selten das, was auch sie sich wünschte.

»Natürlich, er freut sich, ein paar Tage bei seinem chaotischen Onkel zu wohnen.« Angela lachte gezwungen.

»Prima! Ich frage ihn selbst, in Ordnung?« Carl und sein Neffe hatten ein gutes, freundschaftliches Verhältnis. Für den Jungen war es ein Abenteuer, mit seinem Onkel zusammen zu sein, der so ganz anders lebte als seine konventionelle Mutter. Das Leben auf den Jahrmärkten, der Auf- und Abbau und nicht zuletzt die Tatsache, dass er all die Fahrgeschäfte umsonst benutzen durfte, weil jeder Carl Riley kannte, gefiel dem Zwölfjährigen. Es machte ihn glücklich – und das war das Wichtigste.

»Ja, klar.«

»Vielleicht kann ich Silvester mit ihm feiern, dann besorge ich die größten Kracher von ganz Malaga.«

»So genau muss ich das gar nicht wissen.« Angela wusste, dass Carl manchmal mit Jasper über die Stränge schlug, ihn verwöhnte und ab und an Dinge tat, die sie die Hände über dem Kopf zusammenschlagen ließen. Aber es war schließlich auch nicht seine Aufgabe, Jasper zu erziehen, sondern ihm eine gute Zeit zu bereiten.

Carl lachte.

»Ich bin jetzt am Krankenhaus, Carl. Mein Termin ist in fünf Minuten.« Angela stand vor dem Whittington Hospital, roter Backstein und viel Glas, eine Mischung aus Tradition und Moderne.

»Gut. Rufst du mich an, wenn du was Neues von Knutr weißt?«

»Natürlich. Das wird aber morgen Mittag. Da ist das Auswertungsgespräch.«

»Alles klar.«

»Gut, dann – bis dann.«

»Bis dann. Und, Angie?«

»Ja?«

»Ich hab dich lieb.«

Carl hatte aufgelegt. Seit sie krank geworden war, beendete ihr Bruder jedes Telefonat mit diesen Worten. Davor hatte er nie viel von Emotionalität gehalten. Aber am Tag der Operation, damals, vor einem halben Jahr, da hatte er ihr gesagt, dass er sie liebte.

Angela machte ihr Handy aus und steckte es zurück in ihre Jacke. Zeit für Knutr. An jedem anderen Ort der Welt wäre sie jetzt lieber gewesen. Sie atmete ein letztes Mal die kalte Oktoberluft ein und stieß eine Wolke warmer Atemluft aus. Dann betrat sie das Klinikum.

* * *

»Hi, Bella.« Angela hatte nicht lange warten müssen. Das war einer der Vorteile, wenn man jeden hier kannte.

»Angie! Du siehst gut aus.« Bella nahm sie fest in den Arm.

Die beiden Frauen freuten sich sichtlich, einander wiederzusehen. Angela hatte eine Zeit lang in der Radiologie gearbeitet, wo Bella Ärztin war. Dann jedoch war sie zu den Senioren in die innere Abteilung versetzt worden. Für Angela war das ein erfüllenderer Job gewesen. Die alten Leute waren oft dankbar für jeden Handgriff, den man ihnen abnahm. Man lernte die Patienten näher kennen, und aus Kranken wurden Menschen. Angela hatte ihren Job geliebt. Das war natürlich vor Knutr gewesen.

Als Angela sich aus der Umarmung löste, sprach Bella weiter. »Wie fühlst du dich?«

Angela wog die Antwort ab. »Mal so, mal so, würde ich sagen. Die letzten Tage hatte ich ziemliche Kopfschmerzen, aber das muss nichts heißen, oder?«

Bella war zu ihrem Schreibtisch gegangen und hatte ein paar Wörter in den Computer getippt. Normalerweise bekam man die Radiologin gar nicht zu Gesicht, aber für Angela machte die Ärztin eine Ausnahme.

»Wir gehen einfach gleich rüber und schauen, was das Glioblastom macht.« Bella stand auf. »Oder nicht macht«, fügte sie noch hinzu.

Sie hatte Knutr beim Namen genannt. Allein das Wort Glioblastom jagte Angela Schauer über den Rücken. Das Glioblastom war ein Gehirntumor, hochaggressiv, nicht heilbar. Man konnte es eindämmen, die Krebszellen zurückdrängen, aber da es sich um mutierte, gegen die Möglichkeiten der klassischen Schulmedizin immune Zellen handelte, war eine Heilung ausgeschlossen.

Angela hatte eine OP hinter sich, bei der ein kastaniengroßer Tumor entfernt worden war, und anschließend eine Chemotherapie gemacht. Seitdem war Knutr auf dem MRT unsichtbar. Das war immerhin schon sechs Monate her. Aber natürlich waren die aggressiven Zellen noch da und konnten jederzeit wieder wachsen, wie ihre Haare es getan hatten und die Narben überdeckten, sie scheinbar unsichtbar machten.

»Ich nenne es Knutr.«

»Was?«, fragte Bella irritiert und schaute vom Bildschirm auf.

»Das Glioblastom. Mein Bruder hat es so getauft, weil der Name so schön harmlos klingt«, erklärte Angela.

Bella lachte. »Ich glaube, ich würde deinen Bruder mögen.« Dann wurde sie ernst. »Komm, wir gehen mal rüber und ich schieb dich in die Röhre.«

Angela nickte.

Sie stand in der Umkleidekabine. Gerade hatte sie ihre Ohrringe rausgenommen, große Holzringe mit aufwendig gearbeiteten Ornamenten. Daneben legte sie den Armreif, den sie immer trug. Mit einem in Gold eingefassten Stein war das ebenfalls hölzerne Armband eine Art Glücksbringer. Der Schmuck erinnerte sie an Jasper. Sie lächelte und fuhr mit dem Zeigefinger über den Stein. Dann zog sie ihren Gürtel aus den Schlaufen ihrer Hose und legte ihn zu ihrer Winterjacke, dem Handy und dem Geldbeutel, bevor sie aus der Umkleide trat.

»Ich bin so weit.« Angela versuchte, ihre Gedanken auf Jasper zu konzentrieren. Sie musste stark sein. Ihr Sohn brauchte sie auch für die nächsten zwölf Monate. Und die zwölf danach. Nicht da zu sein war einfach keine Option.

Bella begleitete sie bis zum MRT-Gerät. Ohne ihre Hilfe kletterte Angela auf die Liege und legte sich in Position.

»Gut, dann fangen wir mal an.« Bella schenkte ihr ein aufmunterndes Lächeln, während sie ihr noch den Gehörschutz aufsetzte und den Notrufknopf in die Hand drückte. Dann fuhr sie die Liege in die Röhre und verließ den Raum.

Dann ging es los. Die Maschine nahm die Arbeit auf und Angela war umgeben von Geräuschen. Ein Klopfen, Surren und Brummen, als wäre das Gerät ein lebendiges Wesen, das geschäftig um sie herumwerkte. Viele Menschen bekamen Angst, wenn sie sich in der engen Röhre befanden. Angela machte die Maschine nichts aus. Sie hörte dem »Kernspin« zu und wartete ab. Schon als sie noch hier gearbeitet hatte, war es für sie faszinierend gewesen, dass dieses Gerät es schaffte, den menschlichen Körper komplett zu durchleuchten.

Dann war es auch schon vorbei und Bella kam zurück.

»So. Du kannst dich anziehen gehen, Angie. Wir werten die Bilder aus und morgen kommst du bei Doktor Cooney vorbei. Den Termin hast du, oder?«

»Natürlich.« Sie sprang von der Liege. »Wir sehen uns dann in sechs Monaten, Bella.«

»Klingt gut.« Bella lächelte ihr zu.

Als Erstes legte Angela den Armreif wieder an. Sie konnte ein bisschen Glück gebrauchen. Nichts hasste sie mehr, als diesen Schwebezustand zwischen Untersuchung und Ergebnis. Entschlossen verdrängte sie alle möglichen Horrorszenarien. Bei den letzten zwei Untersuchungen war alles in Ordnung gewesen. Das bisschen Kopfschmerzen konnte auch reine Wetterfühligkeit sein. Es lohnte nicht, Zeit mit negativen Bildern zu verschwenden.

Entschlossen zog sie den Gürtel zurück durch die Schlaufen. Sie musste sich beeilen, wenn sie Jasper rechtzeitig abholen wollte.

* * *

Eine Flut Kinder strömte aus dem Schulgebäude. Die Lautstärke war ohrenbetäubend. Schlimmer als jedes MRT, dachte Angela mit einem Schmunzeln. Dann erblickte sie den dunklen Haarschopf ihres Sohnes. Seine wilde Afromähne stach wie immer zwischen all den anderen Halbwüchsigen heraus, trotz Schuluniform.

»Jasper, hier drüben!« Angela winkte wie verrückt. Ihr Sohn strahlte, als er sie sah, dann rannte er auf sie zu.

»Hey, Mom!« Jasper warf sich in ihre Arme, vor all seinen Freunden und das, obwohl er schon zwölf war. Die Wucht warf sie fast um. Angela wusste das Privileg seiner öffentlichen Zuneigungsbekundung sehr zu schätzen. Schließlich kam er eindeutig in das Alter, wo Mütter in der Öffentlichkeit meistens als ziemlich peinlich wahrgenommen wurden. Ihr Sohn schien jedoch von diesem Phänomen nicht betroffen zu sein – jedenfalls noch nicht.

»Stell dir mal vor, heute in Chemie hat Mr Cornel sich beinahe selbst angezündet.« Wie immer nach der Schule hatte Jasper ein Mitteilungsbedürfnis gigantischen Ausmaßes und begann, ohne Punkt und Komma auf seine Mutter einzureden. Angela genoss diese Momente, in denen sie ihm nur zuhören und ab und zu einen Kommentar abgeben musste.

Jasper erzählte eine wilde Story von einer Explosion im Chemiesaal und seinem Kumpel Gabriel, der sich daraufhin hinter dem Chemiebuch versteckt und bei jeder Handlung des Lehrers laut gekreischt hatte, um letzten Endes aus dem Klassenraum zu fliegen, und zwar hochkant.

Während er mit fliegenden Armen und wilden Gesten seine Schilderung unterstrich, dachte sich Angela wie so oft, was für ein Goldstück ihr Junge geworden war. Darauf war sie stolz. Sie hatte ihn alleine großgezogen, ohne Vater. Die einzige männliche Bezugsperson war Carl gewesen, und der war genauso liebevoll wie chaotisch. Schon jetzt blitzte manchmal der Mann, der er später werden würde, aus dem Gesicht des Jungen hervor. Und was Angela da sah, gefiel ihr außerordentlich gut.

Als Jasper zum Ende seiner Schilderung kam, waren sie schon fast an der Tube-Station.

»Wie wäre es, wenn wir zum Abendessen Pizza holen?«, fragte Angela ihren Sohn.

»Genial. Pizza geht immer.«

Sie musterte ihren Jungen von der Seite. Wie immer, wenn sie auf Neuigkeiten von Knutr wartete, schien sich ihr Blick auf die Welt schärfer gestellt zu haben. Ihr Sohn war in der letzten Zeit sehr gewachsen. Er wurde langsam schlaksig. Bald würde die Phase kommen, wo er so aussah, als könne er nicht so recht etwas mit seinen zu langen Armen und Beinen anfangen.

Eine wilde Lockenmähne umrahmte sein Gesicht. Eine samtene Haut, dunkel wie Kakao, eine gerade Nase, braune Augen wie Karamell, dazu lange Wimpern, die seine ohnehin schon großen Augen noch betonten. Ein Kind wie gemalt, so schön. Der Junge schien rein gar nichts von ihr geerbt zu haben außer vielleicht der fein geschnittenen Nase. Sie selbst war eine hellhäutige Frau mit kurzen roten Haaren und unzähligen Sommersprossen. Jasper sah nicht aus, als ob er ihr Kind sein könnte. Er war der Sohn seines Vaters, durch und durch, jedenfalls vom optischen Standpunkt aus betrachtet. Charakterlich kam er jedoch nach ihr. Jedenfalls glaubte Angela das. Jasper war ein emotionaler Junge, begeisterungsfähig, warm, aber auch manchmal aufbrausend und uneinsichtig. Sie konnte oft nachvollziehen, was er gerade empfand, weil sie selbst es in ihrer Jugend – und manchmal noch heute – genauso wie er erlebte.

Jasper war für alle Zeit die Liebe ihres Lebens. Angela durchflutete ein tiefes, süßes Glück, das nur eine Mutter für ihr Kind empfinden konnte. Und zugleich spürte sie, wie das schwebende Unsicherheitsgefühl drohte, sie zu überwältigen.

Es musste einfach alles gut sein morgen, wenn schon nicht für sie, dann wenigstens für ihr Kind.

Kapitel 2

Angela Riley

Sie stand vor der Tür, hinter der das Büro ihres Onkologen lag. Nur noch klopfen, die Tür öffnen, sich setzen und hoffen. Wie oft war sie schon vor dem Raum von Doktor Cooney gestanden und hatte sich selbst dazu bewegen müssen, die Hand zu heben und endlich zu klopfen, sich der Realität zu stellen?

Gerade als sie so weit war, wurde die Tür von innen schwungvoll aufgerissen.

»Ms Riley, da sind Sie ja!« Er lächelte sie hinter blitzenden Brillengläsern an.

Doktor Cooney war ein dicklicher, kleiner Mann mit hellwachen Augen und Nickelbrille. Seine Statur hätte einen zu der Annahme verleiten können, dass er ein eher bequemer Typ war. Angela wusste, dass das Gegenteil zutraf. Er arbeitete Tag und Nacht – und bewegte sich entsprechend wenig. Das war der einzige Grund für seine pummelige Figur. Sein Engagement für die Patienten, sein Fachwissen und sein Fleiß waren weit über die Grenzen des Krankenhauses hinaus bekannt. Angela hatte ihn von jeher respektiert. Er war ab und zu in der Inneren vorbeigekommen, um einen seiner Langzeitpatienten zu besuchen.

Denn auch das war Doktor Cooney: ein Mann, der den Patienten als Menschen sah.

»Wie geht es Ihnen, Angela? Kommen Sie rein, setzen Sie sich.« Angela versuchte vergeblich, seine professionelle Miene zu deuten.

Sein Büro war die reinste Bibliothek. Wohin man sah, stapelten sich Bücher, und hinter seinem Schreibtisch stand ein zum Bersten gefülltes Regal mit Fachliteratur.

Der nüchterne weiße Tisch allerdings war leer bis auf eine CD-Hülle, die mit ihrem Namen beschriftet war. Ein riesiger Monitor dominierte den Schreibtisch.

Angela saß ganz aufrecht. Sie fühlte sich, als hätte sie einen Stock verschluckt. Ihre Hände waren ineinander verknotet, eiskalt und schwitzig zugleich.

Doktor Cooney setzte sich auf den schwarzen Bürostuhl. Schlagartig war sein Gesichtsausdruck ernst und konzentriert.

»Ich habe mir die Bilder schon angeschaut.« Er nahm die Brille ab und rieb sich die Augen.

In diesem Moment wusste Angela alles.

Sie fiel förmlich in sich zusammen. »Oh nein.«

Doktor Cooney schaltete seinen Monitor ein und da war sie: eine Aufnahme von Angelas Gehirn, vielfach vergrößert. Sie starrte auf das MRT-Foto und konnte es nicht fassen.

»*Drei?* Ernsthaft?«

An drei Stellen hatten sich Tumoren gebildet. Sie wusste von ihrer Arbeit in der Radiologie, wie Geschwulste aussahen.

»Es tut mir sehr leid.«

»Ich weiß.« Sie fühlte nichts. Der Schock saß zu tief.

»Was machen wir jetzt?«, fragte sie den Arzt.

»Sie wissen, worum es jetzt geht. Es gibt keine Möglichkeit, das hier zu operieren. Ich käme wohl an diesen Tumor gut heran.« Er zeigte auf eine Stelle am Monitor. »Aber der hier …« Cooney hob seine Hände in einer hilflosen Geste.

»Ich weiß.«

»Mein Vorschlag wäre eine Chemotherapie – und das schnellstmöglich. Ein paar Monate könnten Sie dadurch vielleicht gewinnen.«

Er sprach von der Möglichkeit eines Vielleicht. Angela schluckte schwer. Jasper. Carl. Die zwei Menschen in ihrem Leben, die sie liebte. Sie hatte keinem von ihnen gesagt, dass sie am Ende ihrer Krankheit sterben würde. Und zwar definitiv, weil es keine Heilung für ihre Art Krebs gab. Knutr war kein harmloser Witz, er war der stärkste, unbesiegbarste Gladiator aller Zeiten. Das einzig Lächerliche an ihm war sein Name. Aber nur Angela wusste das, niemand sonst in ihrer Familie. Sie hatte dieses Wissen allein getragen und auf ein Wunder gehofft, so wie alle auf ein Wunder hofften, das nie kam. Wie einfältig und dumm von ihr das gewesen war. Jetzt knallte sie ungebremst auf den Boden der Realität.

Doktor Cooney zeigte ihr eine um die andere Aufnahme auf dem PC und gab umfangreiche Erklärungen dazu ab, aber Angela hörte ihn gar nicht mehr.

Die letzte Chemo war die Hölle auf Erden gewesen. Sie hatte ihre Haare komplett verloren und permanent mit Übelkeit gekämpft, Jasper war verstört und durcheinander gewesen, weil seine Mutter so litt, dazu die Kopfschmerzen, die Kreislaufprobleme. Nichts hatte geholfen, außer Ruhe und einem abgedunkelten Zimmer.

Die Lebensqualität während der Dauer der Chemo war so mies gewesen – und wie sich jetzt herausstellte: verlorene Zeit, sonst nichts. Zu wissen, dass die Therapie nur einen Prozess verlangsamte, der ohnehin stattfand, war kein tröstlicher Gedanke.

»Wir könnten schnell damit anfangen und sehen, was funktioniert.«

Angela schüttelte instinktiv den Kopf. »Nein. Ich muss erst mit meinem Sohn sprechen. Da sind ein paar Dinge, die ich in Ordnung bringen will.«

»Das ist natürlich ganz Ihre Entscheidung. Aber verlieren Sie keine Zeit.« Er schaute sie intensiv an, ließ sie nicht aus den Augen.

Sie wagte die Fragen aller Fragen. »Wie lange habe ich denn noch?«

Er zuckte mit den Achseln. »Das kann ich leider nicht genau sagen. Ein halbes Jahr vielleicht? Man kann das schwer prognostizieren.«

Sie ließ seine Worte sinken. »Keinen Sommer mehr.«

Nie wieder die Wärme der Sonne auf ihrer Haut spüren, nie wieder im Meer baden, nie wieder reife Äpfel direkt vom Baum pflücken, so viele Nie-wieders. Angela war ein Sommerkind. Sie liebte die alles durchflutende Wärme.

Dann Jaspers Geburtstag im September. Nie wieder seine wuselige, überbordende Vorfreude, schon Tage vor dem großen Tag. Sie würde nicht erleben, wie er erwachsen wurde, seine Schule abschloss, den ersten Liebeskummer durchlitt. Er würde sein Leben ohne Mutter meistern müssen. Der Gedanke machte ihr Angst. Ihr kleiner Junge, allein in einer großen, feindlichen Welt.

»Es tut mir so leid, Ms Riley.« Doktor Cooney betonte jedes Wort nachdrücklich.

Angela schaute ihn an. »Ich weiß. Ich … entschuldigen Sie, ich muss nur über so viele Dinge nachdenken.«

»Ja. Das kann ich mir vorstellen.« Der Arzt schwieg und wartete.

»Ich habe keinem gesagt, dass mein Gehirntumor nicht heilbar ist, weder meinem Sohn noch meinem Bruder. Gerade wird mir klar, was alles vor mir liegt.«

Noch immer schwieg Doktor Cooney.

»Wissen Sie, mein Junge ist doch noch ein Kind. Ich wollte ihm das einfach ersparen. Und manchmal gibt es Wunder – verrückt, dass ausgerechnet ich als Krankenschwester an so etwas geglaubt habe, oder?« Sie lachte auf, ohne jede Freude.

»Nein. Auf keinen Fall. Wir alle klammern uns doch an Strohhalme.« Die ruhige Stimme des Doktors tat ihr gut.

»Jasper wird ganz allein sein, wenn ich gegangen bin. Vielleicht wollte ich es deswegen nicht wahrhaben.« Ihr Hals schnürte sich zu.

Der Arzt beugte sich über den Tisch und legte seine Hand auf ihre. »Womöglich schlägt die Chemo ja besser an, als Sie denken? Manchmal lohnt es sich tatsächlich, an Wunder zu glauben.«

Angela schüttelte heftig den Kopf. »Ich glaube, langsam aber sicher ist es besser, sich der Realität zu stellen.«

Sie dachte an Jasper. Immer wieder an Jasper. Wie sollte sie ihm sagen, dass er seine Mutter verlor? Und Carl, ihr hünenhafter Bruder, der in seinem Inneren noch immer ein Kind war und dessen Leben einem flatternden Fähnchen glich? Sie war es, die die stabile Konstante im Leben der beiden war. Und sie brach weg.

Angela sprach aus, was sie am meisten beschäftigte. »Ich habe solche Angst um meinen Sohn.«

»Wie alt ist er?«

»Zwölf«, antwortete sie und fügte noch hinzu: »Ich bin alleinerziehend.«

»Na, immerhin haben Sie Ihren Bruder«, versuchte der Arzt zu trösten.

»Ja. Schon.« Sie hätte so viel mehr sagen können als dieses kleine Wort, aber sie würde Carl nicht bloßstellen. Sie wünschte, ihr Bruder hätte Jasper versorgen und eine Art Vaterfigur sein können. Aber Carl lebte ein Leben, das für Kinder nicht unbedingt geeignet war. Es war keine Option, dass Jasper künftig von Jahrmarkt zu Jahrmarkt zog. »Aber er ist keine Mutter.« Angela schaute auf ihre Hände. Ihre Finger kneteten einander. Sie war absolut außer sich und ihr Körper tat, was er wollte.

Cooney nickte verständnisvoll, bevor er die nächste Frage stellte. »Kann Ihr Sohn zu seinem Dad?«

»Nein.« Ihr Kopf ruckte nach oben. An Jaspers Vater hatte sie noch gar keinen Gedanken verschwendet. Warum auch Sie hatte den Mann seit über zwölf Jahren nicht gesehen Überhaupt hatte sie ihn nur sehr kurz gekannt, wenn man von Kennen reden wollte.

»Er kommt nicht infrage.« Ihre Stimmfärbung ließ keinen Widerspruch zu. Die Aussage war absolut.

Sie stand auf. »Sie sehen, ich muss über viele Dinge nachdenken, bevor wir anfangen.«

»Ja, aber überlegen Sie nicht zu lange. Jeder Tag kann zählen«, gab Cooney zu bedenken.

»Natürlich. Und danke.« Sie reichte dem Onkologen die Hand.

Als Angela schon fast aus der Tür war, hörte sie den Arzt einen Satz murmeln, der ganz sicher nicht für ihre Ohren bestimmt war. »Es trifft immer die Falschen.«

Tief berührt zog sie die Tür seines Büros hinter sich ins Schloss. Endlich konnte sie weinen.

* * *

Draußen an der frischen Luft ging es Angela besser. Sie atmete. So lange sie atmete, war alles in Ordnung. Sie konzentrierte sich darauf, ihre Lungen mit kalter Winterluft zu füllen und den Atem dann langsam wieder ausströmen zu lassen.

Es war an der Zeit, Carl anzurufen. Sie wusste, dass ihr Bruder auf den Anruf wartete. Sie wusste nur nicht, ob sie jetzt schon mit ihm sprechen konnte.

Angela ging los. Sie würde durch den Park nach Hause gehen, der hektischen Stadt noch einmal entfliehen. Hampstead Heath war einer ihrer Lieblingsplätze der Stadt. Vielleicht würde sie, wie gestern, zum Aussichtspunkt laufen und ihren Blick weit werden lassen. Manchmal half das auch gegen Verwirrung im Kopf.

Sie ging durch die Straßen, ohne ihre Umgebung bewusst wahrzunehmen. Autos, Häuser, Beton. Was sie jetzt brauchte, war die Natur. Endlich passierte sie das Parliament Hill Café und betrat den Park. Sofort dachte sie wieder an Jasper. Früher waren sie oft auf der anderen Seite des Parks beim Abenteuerspielplatz gewesen oder beim Schwimmen am Ladies Bathing Pond. Nie wieder Sommer. Der Gedanke ließ sie straucheln. Sie stolperte und fing sich im letzten Augenblick.

Sie hatte bewusst mit niemandem über die Schwere ihrer Erkrankung gesprochen. Jetzt spürte sie ihre Einsamkeit wie einen zu schweren Stein auf dem Rücken. Sie musste alles allein tragen. Und sie sehnte sich nach einem Menschen, der den Stein für sie schulterte, wenigstens für ein paar Minuten.

Als sie die OP gehabt hatte, war Carl für drei Wochen da gewesen und hatte auf Jasper aufgepasst. Natürlich war er gekommen. Aber danach war die Wohnung ein einziges Chaos gewesen und Carl hatte seine Erleichterung darüber, wieder zurück in sein Leben zu ziehen, nicht verbergen können.

In den Zeiten, als sie gesund gewesen war, hatte sie sich kräftig und stark gefühlt. Ihren Sohn alleine großzuziehen war ihr nicht wie eine Bürde vorgekommen. Sie musste keine Kompromisse eingehen, sie machte ihr Ding, wie sie es wollte. Das war gut. Und auch Jasper hatte seinen Vater nicht vermisst, jedenfalls glaubte Angela das. Er war ein ausgeglichenes Kind, so ausgeglichen, wie man eben mit zwölf war.

Erst jetzt, wo sie krank war, wünschte sie sich, damals anders entschieden zu haben. Hätte es einen Vater in Jaspers

Leben gegeben, wäre die Verantwortung zwischen ihnen aufgeteilt gewesen. Aber die Zeit war nicht zurückzudrehen.

Ihr Handy klingelte. Klar, Carl war ungeduldig.

»Schwesterherz! Ich hoffe, Knutr geht es total dreckig?« Ihr Bruder klang fröhlich. Aber sie kannte ihn gut genug, um seine Anspannung zu hören.

Was sollte sie nur sagen? Wie sollte sie ihm alles sagen? Ihr Herz holperte in ihrer Brust.

»Angela? Bist du dran?«

»Ja.«

»Und?«

Sie schwieg. Ihr wollten keine Worte einfallen, ein Gehirn wie leer gefegt.

»Rede mit mir, Angie!« Seine Stimme überschlug sich fast am Ende ihres Namens.

»Es tut mir leid. Knutr ist wohl doch ernstzunehmen.« Sie hörte, wie zittrig sie klang, wie schwach.

Ihr Bruder atmete pfeifend aus.

»Was hat der Arzt gesagt?«

Angela nahm allen Mut zusammen. Sie brauchte ihn. »Es sieht nicht gut aus.«

»Wie bitte?« Ihr Bruder musste es noch mal hören, sie verstand. Er hatte schon verstanden. Er brauchte nur die Worte ein weiteres Mal.

»Es sieht nicht gut aus«, wiederholte sie.

»Ich komme.« Es war eine Feststellung, keine Frage.

Ein Knacken, dann nichts mehr. Angela schaute auf ihr Handy. Ihr Bruder kam. Er kam tatsächlich. Sie wusste, sie hätte ihn zurückrufen sollen, ihm sagen, dass er weiterarbeiten sollte und wie geplant das Weihnachtsfest mit ihnen verbringen. Sie wusste, er brauchte jeden Cent, um gut über den Winter zu kommen.

Auf der anderen Seite wäre es so eine Erleichterung, ihn um sich zu haben. Gegen das riesige Allein, das sie in sich spürte.

Sie lief weiter, die Jacke fest um den Körper geschlungen. Dann tippte sie in ihr Handy:

»Wann bist du da?«

Die Antwort kam prompt:

»Zum Abendessen, wenn es Spaghetti gibt.«

Unweigerlich musste sie grinsen. Typisch ihr Bruder. Sosehr sie sich unterschieden: Sie waren miteinander verbunden. Der frühe Tod ihrer Eltern hatte sie noch mehr aneinandergeknüpft. Angela hatte von dem Erbe, einem Haus in Cornwall, das sie verkauft hatten, die kleine Wohnung gekauft, die sie mit Jasper bewohnte. Carl hatte die Jahrmarktsbude erstanden und dazu noch einen Wohnwagen mit Zugfahrzeug. Und trotz ihrer Leben, die unterschiedlicher nicht hätten sein können, liebten sie einander innig.

Angela warf einen weiteren Blick auf ihr Handy. Einen schnellen Umweg zum Supermarkt würde sie noch schaffen.

Sie schickte ihrem Bruder einen Daumen nach oben und machte sich auf den Weg.

Kapitel 3

Angela Riley

Der Einkauf war kein Problem gewesen, im Gegenteil, die Ablenkung hatte ihr gutgetan. Aber jetzt, in der kleinen Küche des Apartments, kam alles zurück. Sie musste ihrem Sohn alles gestehen, irgendwann bald. Und sie musste mit ihm herausfinden, wo er nach ihrem Tod wohnen würde.

Jasper wiederholte im Wohnzimmer den Unterrichtsstoff für eine Schularbeit in Mathe. Er hasste Mathe. Aber er war ein Kämpfer. Vermutlich würde er weiter in sein Heft starren bis er alles verstanden hatte. Angela hing ihren Gedanken nach dachte daran, dass sie ihm alles sagen musste. Bald würde sich herausstellen, wie sehr er kämpfen konnte. Oder tat man das ohnehin, wenn man keine Wahl hatte? Ihre Augen tränten Die Zwiebel, bestimmt nur die Zwiebel. Sie wischte mit dem Handrücken über ihre Wange und schnitt weiter Würfelchen.

»Mum, bist du okay?« Jasper war unbemerkt von hinten an sie herangetreten und legte ihr seine Hand auf den Rücken.

Sie erschrak und rutschte mit dem Messer ab.

»Mist!« Angela steckte sich den Zeigefinger in den Mund. Sie hatte sich geschnitten. Der scharfe Schmerz, der ihre

Fingerkuppe durchzuckte. Ein metallischer Geschmack füllte ihren Mund aus.

»Oh, entschuldige, Mum. Warte.« Der Junge war schon aus der Zimmertür. Als er zurückkam, hielt er den kleinen Verbandskoffer aus dem Badezimmer in der Hand. Schnell zog er Desinfektionsmittel und Pflaster heraus.

»Zeig mal her.«

Angela hielt Jasper ihren Finger hin. Er sprühte Desinfektionsmittel auf die Wunde und klebte geschickt ein Pflaster auf die Stelle.

»Ich hatte dich schniefen gehört und wollte nach dir sehen«, erklärte er ihr. »Tut mir leid, dass ich dich erschreckt habe.«

Angela lächelte ihren Sohn an. In diesem Moment, mit dem professionell verarzteten Finger, sah sie, dass sie alles gut gemacht hatte bei Jasper. Er würde ein verantwortungsvoller Erwachsener werden. Sie konnte es ihm sagen. In diesem Augenblick war sie sich dessen sicher.

»Kann ich mit dir reden? Ich muss dir etwas Wichtiges sagen.«

»Natürlich.« Der Gesichtsausdruck des Jungen zeigte heiligen Ernst.

Angela schob die Pfanne vom Herd, in der sie schon das Öl zum Anbraten der Zwiebeln erhitzt hatte, und schaltete die Kochplatte aus.

»Komm, wir setzen uns ins Wohnzimmer.« Der Schnitt an ihrem Finger pochte im Rhythmus ihres beschleunigten Herzschlags.

Wenn Angela ihr Wohnzimmer betrat, fühlte sie sich zu Hause. Sie liebte den Raum, den sie in dunklen Rot- und Brauntönen eingerichtet hatte. Er war ihr kleines Stückchen Afrika in London.

Das Sofa war ein riesiges, dunkelrotes Möbelstück, dessen Polster mit Elefantenmotiven bedruckt waren. Man versank darin, wenn man sich setzte. Die Lehnen waren mit dunkelbraunem Leder überzogen und verliehen dem Sitzmöbel noch mehr Eleganz. Der kleine Tisch aus dunklem Holz passte perfekt zu dem Arrangement. Im Eck, neben der kleinen Wohnwand, stand eine Holzgiraffe, die Angela aus Kapstadt mitgebracht hatte. Auf den Märkten dort wurden sie reihenweise gehandelt. Und der Mann, bei dem sie das Souvenir gekauft hatte, hatte ihr mehr gegeben, als jeder andere Mensch es getan hatte. Die Schnitzarbeit erinnerte sie täglich daran.

Ein großes Bild an der Wand hinter dem Sofa zeigte eine Frau in Stammestracht der Zulu, die mit eindrucksvollen schwarzen Augen das ganze Zimmer zu überblicken schien. Den Stoff für die Vorhänge hatte Angela bei den Three Rondavels am Viewpoint des Blyde River Canyon gekauft. Eine Frau mit verschiedenen bunten Tüchern über dem Arm war dort am Parkplatz gestanden und hatte sie angelächelt. Der Canyon war eines der Highlights ihrer Reise gewesen, und besonders an die Felsgipfel der Three Rondavels wollte sie sich für immer erinnern. Die drei Erhebungen hatten die Form von typischen Rundhütten, und daneben hatte sich der Blyde River tief ins Erdreich gegraben und die achthundert Meter tiefe Schlucht gebildet. Angela kaufte der Frau einige große, leuchtend rot gemusterte Tücher ab, ohne zum damaligen Zeitpunkt zu wissen, was einmal daraus werden würde. Sie liebte einfach das Muster, also folgte sie ihrem Impuls, den Stoff zu erstehen.

Abgerundet wurde der Raum durch die Fotowand rund um die Wohnzimmertür. Hier hingen Bilder der Panorama Route, des Krüger-Nationalparks und dieses fast unerreichbaren Nationalparks am Meer in der Nähe von Mahlungulu, wo der Ozean ein ganz eigenes Blau zu haben schien. Und ganz oben, über der Tür, prangte eine Panoramaaufnahme des Tafelberges.

Angelas Wohnzimmer war ihr ganz eigenes Erinnerungsschatzkästchen. Prall gefüllt mit Erinnerungen an

Südafrika, das auch jetzt, fast dreizehn Jahre nach ihrer Reise, noch immer das Land ihrer Träume war. Sie ließ sich auf die Couch nieder und versank in der Geborgenheit des Möbelstücks. Jasper setzte sich ein Stückchen von ihr weg, stützte sich auf die Armlehne und zog die Beine hoch, sodass er im Schneidersitz saß. Er schaute sie aufmerksam an, hellwach wie immer.

Wie oft waren sie schon so beieinander gesessen, auf diesem Sofa. Das Zimmer war das Herz ihres gemeinsamen Lebens, hier spielten sie Brettspiele, hier schauten sie Filme an oder unterhielten sich einfach wie jetzt.

»Also?« Jasper konnte es nicht mehr abwarten.

Wo sollte sie nur anfangen? Angela spürte schon wieder Tränen aufsteigen, allein deshalb, weil sie hier saß, am sichersten Ort der Welt, der plötzlich nicht mehr war als eine kleine, wackelige Nussschale auf dem Ozean ihrer Panik.

»Ich bin wieder krank.« Es gab einfach keine einfacheren Worte.

Jaspers Augen wurden groß. »Brauchst du wieder eine Operation?«

Angela schüttelte den Kopf. »Nein. Ich brauche keine Operation.«

»Was hast du dann?« Ihr Sohn verstand sie nicht. Natürlich nicht. Er war zwölf, nicht zweiundzwanzig.

»Ich habe wieder Krebs im Kopf.«

»Ich versteh das nicht«, gab der Junge jetzt auch zu.

Angela rutschte zu ihm hinüber, überwand die körperliche Distanz zwischen ihnen beiden.

»Jasper. Ich habe mehrere Tumore. Man kann sie nicht operieren.« Ihre Tränen liefen. Sie weinte ohne Scham. »Ich werde den Krebs nicht besiegen, verstehst du?«

»Was? Aber er heißt doch Knutr.« Aus Jasper sprach sein Onkel.

»Ja. Das stimmt.« Die kindliche Logik ließ sie zwischen ihren Tränen lächeln. »Aber scheinbar hat Carl nicht recht. Weißt du, mein Krebs ist sehr ernst zu nehmen. Leider.«

»Aber das letzte Mal war doch der ganze Tumor weg, Mum. Du hast das gesagt!« Ihr Sohn war plötzlich ganz klein und drängelte sich in ihre Arme. »Du hast gesagt, man hat es bei dem Foto von der Maschine nicht mehr gesehen.«

Sie verfluchte sich selbst für die Halbwahrheiten, die sie Jasper aufgetischt hatte. Warum nur war sie nicht ehrlicher gewesen? Er hätte mehr Zeit gehabt, alles zu verarbeiten. Jetzt musste es möglicherweise ganz schnell gehen. Jasper wurde in eiskaltes Wasser gestoßen – von ihr.

»Es tut mir so leid, mein Schatz. Es tut mir unendlich leid.«

»Aber was machen wir denn jetzt? Ich meine, wie wirst du wieder gesund?«

Angela umschloss ihr Kind mit beiden Armen. Sie spürte seine Rippen, die Wirbelsäule, seine Haare unter ihrem Kinn. Ein kleiner Junge, der bald allein sein würde, mutterseelenallein. Und dem gar nicht klar war, dass das Leben auch solche Grausamkeiten bereithielt.

»Jasper, schau mich an.« Sie hielt ihn auf Armeslänge von sich, aber ließ ihn nicht los. Sie würde einen Teufel tun und ihn loslassen, bevor sie musste.

Er erwiderte ihren Blick, rückte nicht ab, entwand sich nicht. »Ich werde den Krebs nicht besiegen, mein Schatz. Ich werde«, Angela suchte nach dem Wort, »ich werde es hinauszögern, so lange ich kann.«

»Es?« Sie sah, dass seine Augen wässrig wurden. Er wusste, was ›es‹ war. Er wollte es vielleicht nicht wissen, aber er wusste es nur zu genau. Angela wusste, dass sie den Dingen einen Namen geben musste.

»Den Tod. Meinen Tod, Jasper.«

Ein unmenschlicher Laut drang über die Lippen ihres Kindes, ein Klagelaut, wie sie ihn noch nie zuvor gehört hatte. Dann warf Jasper sich in ihre Arme. Der Schmerz zerriss sie fast. Ihm so viel Leid zuzufügen war unerträglich. Sie biss sich auf die Lippen, um nicht laut aufzuschluchzen.

»Seit wann weißt du das?« Der Junge hatte sein Gesicht in ihrem Pullover vergraben, die Frage drang gedämpft daraus hervor. Noch so eine gewichtige Frage, die einer ehrlichen Antwort bedurfte. Sie würde keinen Augenblick mehr mit Lügen verschwenden, keinen einzigen.

»Ich weiß es schon länger. Schon vor der OP wusste ich Bescheid. Ich wollte nicht, dass du dir Sorgen machst, weißt du?«

Ein Ruck ging durch den Kinderkörper. Jetzt löste sich Jasper. Seine Wangen waren nass vor Tränen, aber es kamen keine neuen nach. »Was?« Pure Fassungslosigkeit stand in seinem Gesicht geschrieben.

»Komm wieder zu mir«, bat Angela ihren Sohn, doch der war aufgesprungen und noch weiter zurückgewichen.

»Du weißt es schon so lange?«

»Ich wollte nicht, dass du dir Sorgen machst. Keiner weiß, wie lange ich noch zu leben habe. Und damals wusste man es noch weniger. Was hätte es dir gebracht, wenn ich dich belastet hätte. Bitte, Jasper, komm zurück!«

Jetzt war die Distanz zwischen ihnen beiden keine rein körperliche mehr, sie ging tiefer.

»Nein«, sagte Jasper nur, bevor er noch weiter in Richtung Tür zurückwich. »Du fragst wirklich, warum ich es gern gewusst hätte?«

Angela nickte. Sie klopfte auf den Platz neben sich. Alles hätte sie dafür gegeben, wenn er nur zurückgekommen wäre.

»Da fallen mir viele Sachen ein. Dass du dann ehrlich gewesen wärst, zum Beispiel. Und ich jetzt nicht so wütend. Ich habe gedacht, du bist wieder gesund. Weißt du eigentlich, wie gemein das ist?« Jasper drehte sich auf dem Absatz um und stürmte aus dem Wohnzimmer hinaus. Sie hörte, wie er die Tür zu seinem Kinderzimmer zuknallte.

Angela wäre ihm am liebsten gefolgt. Sie hätte gern alles erklärt, ihm gesagt, wie sie fühlte, versucht, sich ihm verständlich zu machen. Aber ihr war klar, dass er recht hatte. Es *war* gemein gewesen, ihn im Dunklen zu lassen, Kind hin oder her.

Wie betäubt stand sie auf und ging hinüber in die Küche. Sie würde Jasper Zeit geben und ihn später um Verzeihung bitten. Vor ihr lag auch noch das Gespräch mit Carl. Vielleicht war es ein Vorteil, alle schwierigen Gespräche an einem Tag zu führen. Dann wäre es wenigstens vorbei. Vorsichtig begann sie wieder, ihre Zwiebel zu bearbeiten und in kleine Würfel zu schneiden. Sie spürte, wie sich langsam Kopfschmerzen in ihr Bewusstsein schlichen. Erst war es ein Ziehen im Nacken, doch schon zehn Minuten später schien es sich im ganzen Kopfbereich ausgebreitet zu haben. Der Schmerz nahm ihr schier den Verstand. Das Messer rutschte wieder ab, traf aber dieses Mal nur das Holzbrett. Angela rieb sich mit den Fingern über die Schläfen. Zeit für gute Drogen. Sie ging hinüber ins Badezimmer. Ihre Knie kamen ihr instabil vor, wie die einer alten Frau. Im Medikamentenschrank waren ihre Tabletten. Sie drückte eine Pille aus dem Blister, überlegte kurz und fügte eine weitere hinzu, die sie mit Wasser direkt aus dem Wasserhahn hinunterspülte. Gleich würde es wieder gehen. Das war nur die Aufregung, sonst nichts. Sie war auf dem Toilettendeckel in sich zusammengesunken und wartete darauf, dass die Wirkung des Schmerzmittels einsetzte. Zeit wurde zu einem dehnbaren Begriff. Es war wie Auftauchen, als es an der Tür klingelte.

Angela raffte sich auf und öffnete.

»Wie siehst du denn aus? Meine Güte, Angie, komm, ich helfe dir.« Carl wollte nach ihrem Arm greifen, aber sie machte sich los.

»Nein, ist schon gut.« Sie straffte ihre Haltung noch mehr und versuchte, zurück in Richtung Küche zu gehen, ohne zu straucheln. Langsam setzte die Wirkung ihres Schmerzmittels ein und ein gnädiger Nebel senkte sich über das Ziehen in ihrem Kopf. Es würde noch dauern, bis es ganz verschwand, aber der Schmerzlevel war auszuhalten.

In der Küche machte sie den Herd wieder an, als ob nichts wäre, und warf die Zwiebeln zum Olivenöl in der Pfanne.

»Wo ist Jasper?«, fragte Carl.

»Jasper ist wütend auf mich.«

»Warum?«

Angela schaltete den Herd ein zweites Mal aus. Dann drehte sie sich zu ihrem Bruder um und erzählte ihm, erst zögernd, dann immer flüssiger, was passiert war und wie es um sie stand.

* * *

Carl und sie saßen miteinander am Tisch – ohne Jasper. Der Junge hatte sich geweigert, aus seinem Zimmer zu kommen, und Angela hatte das akzeptiert. Wäre sie an seiner Stelle gewesen, hätte sie vermutlich genauso gehandelt, ihre Ruhe gewollt zum Nachdenken und um herauszufinden, welche Gefühle sich hinter der Wut verbargen. Sie verstand ihn.

Ihr Bruder hockte ihr zusammengesunken und kreidebleich gegenüber. Seine wirren Haare waren zu einem Pferdeschwanz zusammengebunden. Dazu trug er ein gelblich-weißes Mittelalterhemd, das sehr mit seiner ungesunden Gesichtsfarbe harmonierte. Carl hatte anders reagiert als Jasper.

»Ich habe geahnt, dass Knutr keiner von den Guten ist.« Er knurrte den Satz voller Hass auf diesen Krebs, der ihm die

Schwester nahm. Er weinte nicht. Er war ernst, und der Löffel, mit dem er die Spaghetti aufdrehte, zitterte leicht.

»Danke fürs Kochen«, sagte er und nahm einen Schluck Rotwein.

»Sehr gern. Ich habe Zitronenschale reingerieben – das gibt dem Essen diese besondere Note. Schmeckst du es?«

Carl nickte und versuchte ein Lächeln. »Reden wir. In Ordnung?«

Angela schluckte schwer. Für heute hatte sie schon so viel gesagt, dass sie eigentlich genug von den ganzen bedrohlichen Worten hatte, die gefallen waren.

»Können wir das verschieben?«

»Nein.« Carl steckte sich eine Ladung Spaghetti in den Mund und kaute. »Auf keinen Fall. Keine Zeit, erinnerst du dich?«

Angela seufzte. Würde es in den letzten Wochen und Monaten ihres Lebens immerzu darum gehen, dass ihr keine Zeit blieb? Würde sie andauernd das Gefühl haben, etwas hinterherrennen zu müssen?

»Ja«, antwortete sie nur.

»Ich denke, wir müssen über Jasper reden.«

»Ja.« Was hätte sie anderes sagen sollen? Carls Feststellung war nichts entgegenzusetzen. Alles würde sich in nächster Zeit um Jasper drehen.

»Ich werde den Jungen nehmen, oder? Also … später?« War da eine Nuance Unsicherheit in seiner Stimme? Angela war sich nicht sicher, ob sie da nicht ihre eigenen Bedenken hineininterpretierte. Für sie war klar, dass Carl nie eine Dauerlösung für Jaspers Erziehung sein konnte.

»Nein. Du kannst ihn nicht nehmen, Bruderherz. Auch wenn ich dein Angebot sehr schätze.« Sie klang so, als hätte sie schon lange darüber nachgedacht. Dabei war es nur ein Tag gewesen.

»Ich weiß, dass du ein Zugvogel bist. Und ich erinnere mich noch, wie fertig du nach meinem Krankenhausaufenthalt gewesen bist.«

Klirrend fiel Carls Gabel auf den Tellerrand, er wollte etwas erwidern, aber Angela sprach schon weiter. »Du liebst Jasper, das steht außer Frage. Und du wirst immer da sein und auf ihn aufpassen. Dafür bin ich dir mehr als nur dankbar.«

Carl nahm seine Serviette, faltete sie auseinander und schnäuzte sich lautstark.

»Du traust es mir nicht zu, oder?« Erst jetzt fiel Angela auf, dass seine Augen gerötet waren, wie sehr ihn die Situation mitnahm.

»Wie kommst du nur darauf? Natürlich traue ich dir das zu!«

»Es sieht aber nicht danach aus.« Carls Stimme war laut und eindringlich geworden. »Ich bin sein Onkel!«

»Und das sollst du auch bleiben. Du sollst der sein, der bescheuerte Riesenraketen kauft und ihn stundenlang den Lukas hauen lässt. Der, bei dem es tagelang Pizza gibt und der mit ihm durch den Backstage-Bereich der Geisterbahn rennt. Du bist sein Freund, Carl. Und nicht sein Vater.«

Carl schnaubte. »Aber ich bin der einzige Vater, den er je gekannt hat. Dank dir.«

Angela wurde sauer. Sie hatte versucht, es ihm zu erklären, damals wie heute. Aber Carl schien zu keinem Zeitpunkt verstanden zu haben, worum es ging. Wie wäre es sonst möglich gewesen, dass er ausgerechnet jetzt dieses Argument anbrachte?

»Ich hatte meine Gründe, Carl. Und das weißt du!« Sie stach ihre Gabel in die Spaghetti, als ob sie der Feind wären.

»Ja, zumindest hast du das behauptet! Keine Ahnung, wie triftig deine Gründe waren. Mit mir hast du ja nie geredet.«

»Bist du immer noch beleidigt deswegen?«

Carl schaute weg. Sosehr er seinen Neffen liebte, die Art und Weise, wie Angela ihn in ihrer aller Leben geschleudert hatte, war ihm zuwider und das wusste Angela auch.

Sie fuhr mit sanfterer Stimme fort. »Hör zu, wir haben uns kaum gekannt. Es war eine Affäre, eine Romanze ohne großen Hintergrund. Wir hatten nichts gemeinsam außer einer lauen Sommernacht in Kapstadt.«

Noch immer schämte sie sich ein wenig. Sie waren betrunken gewesen. Sie hatten nicht verhütet. Ein Urlaubsflirt, mehr nicht, hatte Angela sich damals gedacht. Mojo Tshabalala war Barkeeper in einer Kneipe an der Victoria & Alfred Waterfront gewesen. Angela hatte erst Amarula und dann Bier getrunken und dabei hatte sie Mojo, während sie immer betrunkener geworden war, dabei zugesehen, wie er mit allen Frauen an der Bar flirtete.

Seine schwarze Haut glänzte im diffusen Licht, seine Zähne leuchteten weiß, wenn er ihr mit strahlendem Lächeln Drinks servierte. Und Angela blieb einfach sitzen, bis er die Bar schloss.

Es war verblüffend, wie einfach an dem Abend alles gewesen war.

»Wie kannst du das wissen?«, fragte Carl in ihre Gedanken hinein.

»Was?« Sie war kurz abgetaucht, nach Kapstadt, ans Meer bei der Uferpromenade, zu der kleinen Musikergruppe, die Jazz spielte, wo Mojo sie geküsst hatte, ganz unkompliziert, weil sie beide wussten, dass sie in diesem Moment genau das wollten. Es war nicht darum gegangen, weiter als über den Augenblick hinaus zu denken und Angela hatte es auch nicht getan.

»Wie kannst du wissen, dass ihr nichts gemeinsam hattet? Wie lange warst du in Kapstadt? Drei Wochen?«

»Nein. Nur vier Tage, um ehrlich zu sein. Den größten Teil der Reise war ich in ganz Südafrika unterwegs.«

Carl musste gegen seinen Willen grinsen. »Vier Tage, hm? Schwesterchen, das hätte ich dir gar nicht zugetraut.«

Endlich griff er nach seiner Gabel und aß weiter. Er wurde sofort wieder ernst. »Aber das stützt meine Theorie noch mehr. Du weißt nicht, was für ein Mensch Jaspers Dad ist. Du hast ihn kaum gekannt. Am Ende würde er sich freuen, einen Sohn zu haben. Und wenn du mich fragst, hat er auch ein Recht darauf, von Jasper zu wissen.«

Angela wog seine Worte ab. »Ja, da hast du möglicherweise recht«, gab sie zu.

»Und hast du mal an Jasper gedacht? Meinst du nicht, er möchte irgendwann seinen Vater kennenlernen? Du bist die Einzige, die überhaupt seinen Namen kennt.«

Irgendwie hatte sie es geschafft, ihrem Sohn seinen Vater bisher zu verschweigen. Er wusste nicht, dass sein Vater Afrikaner war. Sie hatte hartnäckig alle Fragen abgeblockt und Jasper auf später vertröstet.

Carl ging zum Herd hinüber und holte sich Nachschlag. Der Junge hatte das akzeptiert – auch wenn Angela klar war, dass es eine Frage der Zeit war, bis er sich nicht mehr mit Ausreden abspeisen lassen würde.

Sie saßen einander gegenüber, Angela nippte an ihrem Wein.

»Mojo Tshabalala.« Sie wusste gar nicht, wann sie seinen Namen zuletzt gedacht, geschweige denn laut ausgesprochen hatte. Es war eine Weile her.

»Was?«

»Das ist sein Name. Er war Barkeeper in Kapstadt. Ich habe ihn am Abend vor meiner Abreise kennengelernt. Ich war randvoll mit Eindrücken und dieser einzigartigen Stimmung. Ich kann es nicht gut beschreiben. Jedenfalls schien mir ein Abenteuer genau das Richtige, um meinem Urlaub quasi ein i-Tüpfelchen aufzusetzen. Es war unvernünftig und dumm.«

Angela sprach nicht über das billige, kleine Hotel, in das Mojo sie mitgenommen hatte. Diese Details gingen Carl nichts an. Auch nicht, dass sie am nächsten Morgen ernüchtert gewesen war. Nicht von Mojo, der auch bei Tageslicht ein schöner Mann war, sondern von der Tatsache, dass sie einfach nicht der Typ für sexuelle Abenteuer war. Sie war gegangen, hinausgeschlichen wie ein Dieb, noch bevor er aufgewacht war. Angela musste packen und zum Flughafen, redete sie sich ein. Aber sie fürchtete auch, dass es peinlich werden würde, wenn er aufwachte und sie sich der nüchternen Situation stellen mussten.

»Und, war es das? Ein i-Tüpfelchen?« Carl grinste.

Angela dachte über seine Frage nach. »Ich denke, ja. Immerhin hat er viel Einfluss auf mein Leben genommen. Ich würde sogar sagen, *den* Einfluss schlechthin.« Sie dachte an Jasper, den besten Sohn, den man sich nur wünschen konnte. Wenn er nur ein Quäntchen wie Mojo war, dann war Mojo ein guter Mann.

»Vielleicht sollte ich diesen Mojo wirklich finden.« Angela sprach die Worte zögerlich aus. In dem Moment, wo sie sie hörte, wusste sie, dass sie genau das tun sollte. Sie sollte Jasper einen Vater geben. Er könnte mit nach London kommen, sie heiraten, für sein Kind da sein. Im ersten Augenblick, in einer rosa glitzernden Idealwelt, sah das alles vor ihrem inneren Auge wunderschön aus. Erst als sie weiterdachte, wurde ihr klar, dass ihre Träume Haken haben mussten. Sie wusste ja nicht einmal, ob er in Südafrika eine Familie hatte, mehr Kinder, ein Leben. Dreizehn Jahre waren eine sehr lange Zeit. Und er hätte jede Frau haben können damals, das war ihr schon in der Bar klar gewesen.

Der Reiz der Barkeeper. Selbst sie war ihm erlegen – für eine Nacht.

Angela schob ihren Teller weg. Sie war satt. Die Idee, Kontakt mit Mojo aufzunehmen, erregte sie. Heutzutage reichte es mit Sicherheit, seinen Namen bei einer Suchmaschine im Internet einzugeben, schon würde sie ihn haben. Und was würde Jasper dazu sagen? Er hatte seinen Vater nie vermisst, soweit Angela das beurteilen konnte. Aber sie war seinen Fragen auch ausgewichen, hatte ihn abgelenkt. Ihr war klar, dass dieses Alter bald ein Ende haben würde, nächstes Jahr war er ein Teenager und dann wäre alles anders.

Sie schluckte schwer. Nächstes Jahr war ein Zeitpunkt, den es für sie nicht mehr geben würde.

»Wir suchen Mojo.« Entschlossen stand sie auf und ging ins Wohnzimmer. Sie nahm ihren kleinen Laptop aus dem Regal und klappte ihn auf.

Carl war ihr gefolgt. Gemeinsam setzten sie sich auf das Sofa.

»Warte.« Carl legte seine Hand über die Tastatur. »Was ist, wenn du einfach hinfliegst?«

»Wie bitte?«

»Na, gib dir zehn Tage, um ihn zu finden. Sprich mit ihm persönlich. Reise in die Sonne. Wer weiß, ob du …« Ihr Bruder stockte und wurde rot. »Verzeih.«

»Es gibt nichts zu verzeihen.«

»Ich dachte nur daran, wie gern du den Sommer magst. In Südafrika wird es gerade Sommer, oder?«

Angela spürte, wie die Sehnsucht an ihr zog. Afrika! Die Reise damals war ein Weg zu sich selbst gewesen. Die Vorstellung, noch einmal die afrikanische Sonne auf ihrer Haut zu spüren, diese Wärme, die alles durchdrang, war pure Verlockung.

Allein der Duft der Jacarandabäume, die im November leuchtend lila blühten – allerdings eher in der Gegend um Pretoria. Ob sie wohl einen Abstecher in den Canyon des Blade Rivers und vielleicht sogar in den Krüger-Nationalpark erwägen konnte? Die Vorstellung allein ließ ihr Herz einen Schlag aussetzen.

»Weißt du was? Ich mache das. Ich fliege nach Südafrika.«

»Super, dann hast du einen Plan für die Zeit nach der Behandlung.« Carl klappte sanft den Laptop zu.

Angela runzelte die Stirn. »Nein. So habe ich mir das nicht gedacht. Ich wollte jetzt fliegen, so schnell wie möglich.« Es konnte durchaus sein, dass es keine Zeit »nach der Chemo« gab. Aber jetzt fühlte sie sich noch in der Lage, einen solchen Trip zu machen – ob das im Frühjahr noch so wäre, stand in den Sternen.

»Aber du brauchst die Behandlung«, ruderte Carl zurück.

»Ja. Und Jasper braucht einen Dad. Schau, es wird mir deutlich wohler sein, wenn ich weiß, wie es mit dem Jungen weitergeht, wenn ich ins Gras beiße.« Sie wählte bewusst den saloppen Ausdruck. Sterben. Tot sein. Nicht mehr da sein. Sie brachte die Worte nicht über die Lippen.

Carl wollte etwas erwidern. Angela sah ihn nach Worten ringen.

»Der Punkt ist: Ich kann eine schöne Erinnerung dringend gebrauchen. Und ich wollte schon so lange wieder nach Südafrika. Aber erst war Jasper zu klein und dann war da die Arbeit – und Knutr. Außerdem: Wenn es mir gelingt, Jaspers Dad zu finden und gleichzeitig noch ein paar glückliche Tage zu kriegen – dann war es das wert.«

Sie verschwieg, dass Doktor Cooney gesagt hatte, die Therapie müsse möglichst schnell beginnen, wenn sie Zeit gewinnen wollte. Es hatte ewig gedauert, bis sie nach der letzten Behandlung wieder einigermaßen das Gefühl gehabt hatte, gesund zu sein. Es war nicht zu erwarten, dass es ihr dieses Mal besser gehen würde. Sie würde Zeit gewinnen, aber ob diese Zeit besonders lebenswert sein würde, stand auf einem anderen Blatt. Es stellte sich eh die Frage, ob sie überhaupt noch eine Behandlung machen sollte – oder die letzte Zeit einfach mit ihrem Sohn glücklich sein. Auch dafür würde die Reise gut sein: Klarheit zu gewinnen, wie sie die letzte Zeit ihres Lebens verbringen wollte.

Angela wusste, was der Krebs am Ende mit den Menschen machte, dafür war sie lange genug Krankenschwester gewesen. Sie wollte nicht elend zugrunde gehen – und das über Monate hinweg, von der Chemotherapie Tag für Tag mühsam und nur notdürftig am Leben gehalten.

»Dann mach, wenn du die Zeit hast.« Carl lächelte sie an und lehnte sich auf dem Sofa zurück.

Ein Teil von ihr wollte die Wahrheit hinausschreien, dass, egal was sie tat, jede Sekunde kostbar war. Dass sie alles dafür gegeben hätte, mehr Zeit zu haben.

Aber sie hatte keine Zeit mehr, nur noch welche zu verlieren. Jeder Augenblick war eine Kostbarkeit. Und Afrika war kostbar.

»Ich wünschte, Jasper könnte mitkommen. Aber er hat Schule und außerdem – es ist vielleicht zu viel für den Jungen«, überlegte Angela laut.

Sie würde ihn nicht noch mal anlügen. Aber ihm ein neues Land, eine Suchaktion und am Ende vielleicht sogar einen neuen Vater zuzumuten … Sie war sich nicht sicher, ob das für Jasper das Beste war.

»Nein. Fahr du.« Carls Ton war fest. »Ich bleibe hier, bis du wiederkommst.«

Angela lehnte sich an ihren Bruder, der den Arm um sie legte und ihre Schläfe küsste.

»Ich werde dich vermissen«, sagte er in die Stille des Wohnzimmers hinein.

»Es sind ja höchstens zwei Wochen«, antwortete sie, den Kopf noch immer an seiner Schulter. Carl zog seine Schwester noch fester an sich und sie ließ sich für einen Augenblick fallen, ganz und gar fallen in seinen schützenden Arm.

Sie wussten beide, dass Carl nicht von der Reise gesprochen hatte.

Kapitel 4

Angela Riley

Ihr Herz klopfte hysterisch. Ihre Augen brannten. Sie schluckte schwer, wurde hart in den Sitz gedrückt und die Triebwerke des Flugzeugs heulten auf – auch wenn das Ganze weit weniger dramatisch vor sich ging, empfand Angela den Start der Maschine derart heftig. Dann war sie in der Luft, atmete wieder entspannter und schaute hinunter auf den Flughafen, der kleiner und kleiner wurde.

Eine seltsame Mischung aus Emotionen begleitete sie auf diesen Flug. Da war Vorfreude, weil sie das Land ihrer Träume wiedersehen würde. Und Trauer, weil sie Carl und Jasper zurücklassen musste. Jasper hatte noch nicht wieder zu sich selbst zurückgefunden. Er sprach wieder mit ihr, das ja. Aber er verstand nicht, dass sie jetzt auch noch verreiste, denn sie hatte nicht gewagt, ihm von einer Option auf einen Vater zu erzählen.

In seiner momentanen Situation, wo er eh solche Schwierigkeiten hatte, irgendwie klarzukommen, wollte sie ihm nicht noch mehr Ungewissheit aufbürden. Schon sie selbst platzte fast vor Anspannung und der bangen Hoffnung, etwas Positives in Südafrika zu erreichen. Wenn es einen Vater gäbe, müsste Jasper nicht in eine Pflegefamilie oder ein Kinderheim. Ein Vater würde ihn lieben. Ein Vater wäre jemand, der sich ehrlich um sein Kind bemühen würde. Und Jasper hätte einen sicheren Hafen.

Angela lächelte versonnen. Ja, genau das war es, was sie sich für ihren Sohn wünschte. Einen Hafen. Einen Ort, wo er ankern konnte und zu Hause war.

Das Flugzeug brach durch die Wolken und die Sonne drang durch die Fenster. Angela lehnte sich nach vorne und betrachtete den weißen Teppich unter ihnen. Sie war viel zu lang nicht mehr geflogen. Gut, dass sie es jetzt noch einmal tat. Es würde sich in ihr Gedächtnis einbrennen und sie würde das Gefühl von Freiheit abrufen können, wenn sie es brauchte.

»Darf ich Ihnen ein Rock Shandy servieren? Wir haben da gerade eine Sonderaktion«, riss die Stewardess sie aus ihren Gedanken. Der Rock Shandy war eine Art südafrikanisches Nationalgetränk, eine erfrischende Mischung aus Zitronenlimonade, Mineralwasser, Zitrone und einem Hauch Alkohol.

»Sehr gern.«

Süß-bitter, ein wenig wie das Leben. Angela grinste und nahm einen weiteren Schluck. Der Geschmack von Sommer kitzelte ihre Zunge. Sie schaute erneut aus dem Fenster. Unten waren keine Wolken mehr zu sehen, dafür Berge wie Zuckerhüte, weiße Spitzen, darunter grüne Hänge, das satte Blau eines Sees. Was für ein Farbenspiel. Schnee, dachte sie, sah schön aus, aber für kein Geld der Welt hätte sie Sonne gegen Kälte eintauschen wollen.

Es gab ein paar Plätze in Kapstadt, die sie unbedingt besuchen wollte: die Waterfront natürlich, den Tafelberg, diesen Strand mit den Pinguinen – wie hieß er noch gleich? Es wollte ihr nicht einfallen. Der Trip nach Südafrika war nicht nur eine Suche, sondern auch ein Heimkommen.

Das Essen wurde serviert und Angela spürte zum ersten Mal seit Wochen, dass sie hungrig war. Sie öffnete den kleinen Alubehälter. Das Hühnchen mit Nudeln sah sogar genießbar aus, stellte sie überrascht fest und kostete vorsichtig. Tatsächlich. Es schmeckte, wie es aussah.

Ohne Zögern aß sie ihre ganze Portion auf.

* * *

Erschöpft ließ Angela ihren Rucksack zu Boden gleiten und sich selbst auf ihr Bett fallen. Endlich! Sie war mehr als erleichtert, angekommen zu sein. Ihr Schädel dröhnte, obwohl sie Medikamente genommen hatte, und in dem Moment, als sie die Augen schloss, begann sich der Raum zu drehen. Es war nicht gut, gar nicht gut. Sie dachte an die Notration harter Schmerzmittel in ihrer Tasche. Vielleicht sollte sie … Aber nein. Es musste einfach so gehen. Sie wusste, wie die starken Tabletten wirken konnten. Und sie wollte ihr Licht nicht für den Tag ganz ausblasen.

Das kleine Studio, das sie für ihren Aufenthalt in Kapstadt gemietet hatte, erwies sich als einfach eingerichteter Raum, ganz in Weiß gehalten. Dazu gab es noch ein winziges Bad und eine kleine Küchenzeile, völlig ausreichend für ihre Bedürfnisse.

Am Flughafen hatte sie ewig in der Einreiseschlange gestanden. Und dann war auch noch ihr Rucksack unauffindbar gewesen. Am Ende stellte sich heraus, dass er auf verschlungenen Wegen beim Sperrgepäck gelandet war. Erleichtert hatte sie am Ende ein Taxi bestellt und war zu ihrem Miniapartment gefahren, ohne die Stadt überhaupt wahrzunehmen. Ihr Kopf hatte sich angefühlt, als würde jemand ihre Schläfen von innen mit einem Presslufthammer bearbeiten.

Jetzt endlich, in der Stille dieses Raumes, konnte Angela sich ein wenig entspannen und von den Strapazen der Reise erholen. Sie würde es mit einer weiteren Dosis ihres gewöhnlichen Schmerzmittels versuchen. Wenn das nicht half, konnte sie noch immer die harten Bandagen auspacken.

Angela tastete nach ihrer Handtasche und fand den Blister auf Anhieb. Sie drückte eine Pille heraus und schluckte sie trocken, ohne Wasser. Dann lag sie bewegungslos auf dem Bett und starrte an die Decke. Es gab Halt, einen Punkt zu fixieren. Irgendwann spürte sie, wie aus dem aggressiven Hämmern in ihrem Kopf ein harmloses Pochen wurde.

Sie richtete sich auf. Zur Waterfront würde sie es heute noch schaffen. Sie wollte in die Bar, in der Mojo damals gearbeitet hatte. Auch wenn sie nicht wirklich damit rechnete, dass er nach wie vor dort beschäftigt war – aber vielleicht gab es den kleinen Laden noch. Sie hatte im Internet recherchiert, jedoch keine Homepage gefunden. Was aber nicht unbedingt etwas aussagte.

Nachdem sie sich frisch gemacht und umgezogen hatte, würde sie nachsehen, ob noch immer eine Robbe auf dem kleinen Steg an der V & A Waterfront lag. Anschließend würde sie nach der Bar suchen. Vielleicht hatte sie Glück. Schließlich verdiente sie es, Glück zu haben.

Als sie vor die Tür trat, registrierte sie zum ersten Mal bewusst die Wärme und die besondere Luft. Es roch nach Salz und Sommer. Die Sonne schien herrlich und wärmte ihr den Rücken. Ein Lächeln stahl sich in ihr Gesicht. Nur ein paar Querstraßen und sie wäre da. Angela hatte sich bewusst für eine Unterkunft nah am Meer entschieden. So konnte sie jeden Moment noch mehr auskosten und musste nicht erst in die Innenstadt fahren. Außerdem war Green Point, wo sich ihr Apartment befand, eine der sichersten Gegenden der Stadt. Angela schaute sich um, orientierte sich und lief in Richtung des Meeres. Sie erinnerte sich an die Stadt, als ob sie gestern erst hier gewesen wäre.

Da war das Two Oceans Aquarium auf der rechten Seite. Angelas Schritte beschleunigten sich ganz automatisch, als sie die Dock Road hinunterging, direkt auf das Riesenrad zu. Sie wollte die Robbe fotografieren und das Bild an Jasper schicken. Vorhin hatte sie nur kurz eine SMS übermittelt und ihre sichere Ankunft mitgeteilt. Ihr Schädel hatte viel zu sehr gedröhnt, um zu telefonieren. So bekam Carl nicht mit, wie mies es ihr manchmal schon jetzt ging. Es reichte, dass sie selbst Angst hatte, sie musste niemanden damit belasten, der auf der anderen Hälfte der Erde war.

Wie ein Kind schaute sie am Riesenrad hinauf. Einem spontanen Impuls folgend entschied sie sich, eine Runde mitzufahren. Wer weiß, ob sie je wieder …

Angela blieb an dem Gedanken hängen. Damit musste sie wirklich aufhören. Ständig die letzten Male zu beschwören half ihr auch nicht. Es machte sie traurig und nahm ihr den Atem. Außerdem brachte es sie nicht weiter. Sie würde die Fahrt einfach genießen und gut! Und gleich danach würde sie nachsehen, ob sie auf einem der Stege Robben fand. Eine Gruppe Musiker interpretierte einen modernen Popsong mit Trommeln neu und verlieh dem Lied eine afrikanische Note. Ein kleiner, flachsblonder Junge tanzte übermütig dazu und bewegte sich wie ein Kreisel. Umgeben von gelösten, fröhlichen Menschen fühlte Angela sich gut aufgehoben. Sie beobachtete den Jungen, der nicht müde wurde, sich um seine eigene Achse zu drehen. Hier auf dem Platz vor dem Riesenrad pulsierte das Leben. Sie sog es in sich auf. Purer Genuss.

Sie hatte eine Gondel ganz für sich allein. Von oben sah man bis zum Tafelberg, diesem mächtigen Massiv, das die Silhouette der Metropole prägte und die Stadt zu überwachen schien. Diese Landschaft war so schön, dass es einem die Tränen in die Augen trieb. Da war der Lions Head. Ob sie wohl – wie damals – hinaufsteigen konnte? Morgen früh, nahm sie sich vor. Sie würde es zumindest probieren.

Langsam bewegte sich ihre Gondel wieder nach unten. Angela dachte bereits, die Fahrt sei vorbei, aber dann ging es ein zweites Mal nach oben und diese neuerliche Runde war wie ein Geschenk. Angela ließ ihren Blick dieses Mal über das Meer schweifen, hielt Ausschau nach dem Haus, in dem sich ihr Apartment befand, und schaute hinüber zum Clock Tower, dem kleinen roten Turm auf der anderen Seite des Hafenbeckens. Dort wollte sie auch noch hin. Damals, mit Mojo, war sie auch zum Clock Tower gegangen – allerdings war er da noch gelb gewesen.

Aber sie würde erst nach der Robbe suchen – und nach der Bar. Deswegen war sie schließlich hier.

Als Angela aus der Gondel stieg, hatte sie das Gefühl, angekommen zu sein, nicht nur körperlich, sondern auch mit dem Herzen. Sie lief weiter in Richtung des riesigen, modernen Shoppingcenters. In der Ecke hatte sich die Kneipe befunden, daran erinnerte sie sich. Hoffentlich würde sie die Bar auf den ersten Blick erkennen. Hoffentlich gab es sie überhaupt noch. Sie schaute zu den Stegen. Aber da war kein Seehund weit und breit. Schade.

Ihr Blick glitt ein weiteres Mal über die Anleger und die Motorboote. Dann lief sie weiter, wie automatisch. Ihre Füße schienen den Weg genau zu kennen, als ob er einprogrammiert wäre. Am Ende stand sie tatsächlich vor einer kleinen Bar, unscheinbar auf den ersten Blick, aber unverkennbar. »Black Rhino« stand in geschwungenen Buchstaben über der Tür. Ja, genau! So hatte die Bar geheißen. Angela brach schlagartig der Schweiß aus, obwohl ihre Arme von einer Gänsehaut überzogen waren. Sie erinnerte sich genau. Mojos Gesicht tauchte vor ihrem inneren Auge auf, seine feinen Züge, die prächtigen, vollen Lippen, die Jasper von ihm geerbt hatte, die Augen, dunkelbraun wie Mahagoni. Angela zog die Tür des »Black Rhino« auf und trat ein.

Damals war die Luft von Rauchschwaden durchzogen gewesen. Heute hing davon höchstens noch eine Ahnung in den alten Polstern der Stühle und der Barhocker. Der Raum war winzig, kleiner noch als in Angelas Erinnerung. Sie war, neben einem dickbäuchigen Mann, der gerade einen Humpen Bier an die Lippen führte, der einzige Gast. Der Dicke schaute kaum auf, als sie die Kneipe betrat. Er musste um die vierzig sein, das Haar wurde bereits schütter und er sah irgendwie mitgenommen aus, wie er da so allein an der Bar saß, einfach müde und kraftlos.

Wäre die Bar nicht so leer gewesen – klar, es war noch früh am Tag, gegen sechzehn Uhr –, es hätte sich angefühlt, als ob seit ihrem letzten Besuch keine Stunde vergangen wäre. Es waren dieselben Möbel, derselbe Tresen, dasselbe Bild mit dem riesigen Nashorn an der gegenüberliegenden Wand. Soweit Angela das beurteilen konnte, war nichts ausgetauscht oder renoviert worden. Natürlich hatten die Jahre die Möbel zerschleißen lassen. Aber es war unverkennbar der Ort, der ihrem Leben seine entscheidende Wendung verpasst hatte.

»Hi. Wollen Sie was trinken?«

Hinter der Theke stand ein Mädchen von vielleicht zwanzig Jahren. Lange Haare, bleich, dunkel umrandete Augen, die ihre Blässe fast gläsern wirken ließ. Sie kaute desinteressiert Kaugummi.

»Ein Rock Shandy, bitte.« Angela konnte einfach nicht genug von dem Getränk bekommen. Als sie ihr Glas in die Hand nahm und die angenehme Kälte spürte, entspannte sie sich ein wenig.

»Entschuldigen Sie, ich hätte eine Frage.«

Das Mädchen ließ eine Kaugummiblase platzen und kam schlurfend in ihre Richtung.

»Ja?« Sie kaute ungerührt weiter.

»Ich war vor Jahren mal hier. Da gab es einen Mann hinter der Bar. Er hieß Mojo Tshabalala. Der arbeitet nicht zufällig noch hier?« Sie wusste ja, wie gering die Wahrscheinlichkeit war. Trotzdem verspürte sie Hoffnung in sich aufkeimen, seit sie dieses Lokal betreten hatte.

Aber das Barmädchen zertrat den kleinen Keim mit zwei knappen Worten: »Nie gehört.«

Natürlich nicht. Angela schluckte ihre Enttäuschung hinunter.

»Haben Sie vielleicht irgendwelche Unterlagen hier über das Personal?«

»Da müsste ich den Boss fragen.« Sie wirkte nicht besonders motiviert.

»Würden Sie das für mich tun?« Angela hörte selbst, wie flehentlich sie klang.

Das Mädchen zuckte mit den Schultern. »Der ist in Swasiland im Moment. Wenn sie nächste Woche wiederkämen, dann ist er zurück.«

Nächste Woche. Angela hatte nicht das Gefühl, dass sie so lange untätig warten konnte. Das fraß einfach zu viel Zeit, als dass es vernünftig gewesen wäre.

»Können Sie ihn denn nicht anrufen? Ich zahle die Kosten.« Sie musste es einfach noch mal versuchen.

»Nein. Er hat kein Handy.«

»Oh.«

»Er ist alt, wissen Sie?« Das Mädchen ließ eine eindrucksvolle Kaugummiblase sehen, die dann zerplatzte. Sogar ihre Nase war jetzt voll Kaugummi, das sie mit den Fingern abzupfte und zurück in ihren Mund steckte. Angela schob ihr Rock Shandy von sich. Hygiene wurde hier mit Sicherheit nicht großgeschrieben.

Sie wusste nicht, was sie tun sollte, ob warten oder weinen, bleiben oder gehen. Am Ende stand Angela auf. Sie musste erst einmal nachdenken. Das alles war zu viel.

Längst hatte sich die Barkeeperin wieder abgewandt. Der Dicke hatte sich das nächste Bier bestellt.

Angela holte ihre Geldbörse aus der Tasche und zahlte den Drink. Dann verließ sie fluchtartig die Bar. Wo sollte sie Mojo finden? Wo konnte sie anfangen zu suchen? Sie kam sich unwahrscheinlich dämlich und blauäugig vor. Die Ränder ihres Sichtfeldes verschwammen. Da war er wieder, der Schwindel, der sie schon am Flughafen und später im Apartment überfallen hatte. Am Wasser vorne war eine Bank. Sie kratzte ihre restliche Energie zusammen und ging mit wackeligen Schritten darauf zu. Erst als ihre Hand das Holz der Lehne spürte, wurde ihr etwas leichter zumute. Sie würde nicht umfallen. Immerhin das. Sie tastete sich entlang und ließ sich dann auf die Bank fallen. Als sie dieses Mal die Augen schloss, drehte sich die Welt nicht. Dankbar ließ sie ihre Lider geschlossen, um aufzuatmen und zu sich zurückzufinden. Sie brauchte einen Schlachtplan. Und zwar dringend. Verzweiflung half ihr jetzt auch nicht weiter, schalt sie sich selbst.

Gab es hier so was wie ein Einwohnermeldeamt? Vielleicht hätte sie das mal von zu Hause aus klären sollen!

»Ich wusste gar nicht, dass Mojo mal hier gearbeitet hat. Verrückte Zufälle gibt es.« Eine schleppende Stimme hatte da gesprochen und Angela riss ihre Augen auf. Der dicke Mann aus der Bar setzte sich schwerfällig neben sie.

»Er kommt mir gar nicht vor wie ein Typ, der in Bars arbeitet.« Die Worte kamen leicht verwaschen aus dem Mund des Mannes. Die rötliche Nase, der Bauch, der Bierdunst, der von ihm ausging, die fahrigen Bewegungen: Er war betrunken – und das vermutlich nicht nur heute.

»Ich heiße Sam.« Er streckte ihr eine fleischige Hand hin, die sich irgendwie schwammig anfühlte, als Angela sie ergriff.

»Angela.«

»Warum suchen Sie Mo?«

»Mo?«

»Mojo Tshabalala. Nicht wahr?« Sams Augen wirkten erstaunlich wach dafür, dass er sonst wie ein gewöhnlicher Trunkenbold aussah.

Angela spürte, wie sich der vermeintlich kaputt getretene Keim Hoffnung wieder aufrichtete. »Ja, genau. Kennen Sie ihn?«

Sam grinste. »Ob ich ihn kenne. Wir haben zusammengearbeitet, auf einem der Touristenboote drüben in False Bay. Es war so eins mit Glasboden, tolle Sache. Sieht gut aus, unser Mo, nicht wahr? Groß, breite Schultern, dazu diese einzigartigen Augen, er macht immer einen Stich bei den Frauen.« Sam zwinkerte ihr zu. Angela konnte ihr Glück nicht fassen.

»Das ist wohl wahr.« Sie musste unweigerlich lachen. Vielleicht, weil sie rot zu werden meinte und das lächerlich fand. Vielleicht aber auch, weil sie sich so freute. Was für eine Erleichterung, dass Mojo noch in der Gegend war.

»Wann haben Sie aufgehört, auf dem Boot zu arbeiten? Oder hat Mojo aufgehört? Und wo ist er jetzt?« Angela bestürmte Sam regelrecht mit ihren Fragen.

»Lady, das sind aber viele Fragen auf einmal. Sagen wir so: Wir arbeiten beide nicht mehr dort. Ich weiß nicht, was er jetzt macht. Was ich mache, haben Sie gesehen. Nicht, dass ich stolz darauf wäre.« Sam schwitzte stark. Er griff nach dem Zipfel seines Jeanshemds und fuhr sich damit über Stirn und Augen.

Angela wusste nicht, was sie sagen sollte.

»Er kommt aus Langa. Jedenfalls kam er von dort – bestimmt hat sich daran nicht viel geändert. So leicht kommt man nicht aus den Townships raus, wenn man mal dort gelandet ist.« Sam spuckte aus, in weitem Bogen, bis ins Wasser.

Eine Frage brannte Angela noch auf der Seele. »Hat er Familie?«

»Oh ja! Drei Kinder, soweit ich weiß.« Sam stand auf. »Versuchen Sie es in der Moshesh Ave.«

Drei Kinder. Wo drei satt wurden, wurden es bestimmt auch vier, nicht wahr? Das war mit Sicherheit gut.

»Danke, Sam. Sie haben mir sehr geholfen.«

»Und gehen Sie am Tag und nicht alleine hin, verstehen Sie?« Mit diesen Worten wollte Sam sich abwenden. Er schwankte.

Angelas Verstand arbeitete blitzschnell. Sie kannte hier niemanden. Aber Sam kannte Mojo und sogar die Straße, in der er wohnte.

Sam war schon ein paar wackelige Schritte in Richtung Bar gelaufen, als Angela ihn zurückrief. »Sam?«

»Ja?«

»Würden Sie mich morgen begleiten? Ich werde gleich nach dem Frühstück zu Mojo fahren.«

Er schien darüber nachzudenken.

»Ich kenne niemanden hier und muss ihn wirklich dringend sprechen.«

»Gut. Ja, ich schätze, das geht. Habe ihn ohnehin lange nicht gesehen, den guten Mo.«

Angela fiel ein Stein vom Herzen. »Danke. Vielen Dank!«

»Dann kommen Sie noch mal rein, dann schreibe ich mir Ihre Adresse auf. Ich habe außerdem noch ein halb volles Bier auf dem Tresen stehen und plane, noch mindestens drei weitere zu trinken, bevor ich heimgehe.« Er sagte es freudlos. So, als hätte er sich selbst gegenüber resigniert, irgendwann, vor viel zu langer Zeit.

Widerwillig folgte Angela Sam zurück in die Bar. Sie musste ihr Glück in die zitternden Hände dieses Alkoholikers legen, was blieb ihr schon anderes übrig?

Kapitel 5

Angela Riley

Dreck, Wellblechbuden, Chaos. Ein Betrunkener torkelte vor dem Taxi auf die Straße. Alle Menschen waren schwarz. Es gab Container, in denen handgeschriebene Schilder auf Friseure hinwiesen, kleine Läden, winzige Kneipen. Frisch gewaschene Wäsche hing über Mauern und Zäunen. Chaos und Armut, wohin man blickte. Winzige Häuser, zusammengeschustert aus Karton und Ziegeln, aus denen zu viele Kindergesichter auf die Straße schauten. Windschiefe Dächer, mit Sicherheit permanent einsturzgefährdet, ohne System aneinandergedrängte Behausungen prägten das Bild des Townships Langa.

Angela bekam schlagartig ein schlechtes Gewissen. Sie hatte trotz ihrer tödlichen Krankheit das Gefühl, privilegiert zu sein. Immerhin gab es bei ihr medizinische Versorgung, genug Essen und ihr Junge würde in London gut versorgt sein, sich bilden können, einen Beruf erlernen, egal wie dieser Besuch ausging.

Gleich würde sie bei Mojo sein. Er lebte hier irgendwo. Und auch wenn sie hoffte, dass sie einfach weiterfahren würden, in eine Gegend, wo die Hütten Häuser wären und nicht so ärmlich, wie es hier aussah, wusste sie doch, dass das unwahrscheinlich war. Dieser Slum – nichts anderes war das Township – zog sich gefühlt bis in die Ewigkeit.

Mojo gehörte zu den Ärmsten der Armen. Angela ahnte, dass er seinen Sohn kaum würde unterstützen können. Wer hier lebte, hatte genug damit zu tun, drei Kindermäuler zu stopfen.

Ihre Augen brannten von all dem Leid, das draußen auf der Straße vorbeizog.

»Sam? Wollen wir umdrehen?«

Ihr Begleiter, dem sie inzwischen mitgeteilt hatte, dass sie Mojo suchte, weil er der Vater ihres Sohnes war, war wie verabredet zu ihrem Apartment gekommen. Er wirkte sehr mitgenommen, hatte tiefe Ringe unter den Augen und roch nach dem Alkohol des Vortages.

»Was?«

Ihm schien gar nicht besonders aufzufallen, in was für einer Gegend sie sich hier befanden.

»Haben Sie rausgeschaut? Mojo wird wohl kaum in der Lage sein, meinen Sohn bei sich aufzunehmen.« Das Brennen in ihren Augen verstärkte sich. Trotz des Leids dort draußen hatte sie das Weinen zurückhalten können. Ein Gedanke an Jasper – und ihr liefen die Tränen.

Sam rieb sich den Nacken. Dann erst sprach er. »Wissen Sie, Angela, ich denke, er hat ein Recht, von seinem Sohn zu wissen. Meinen Sie nicht auch?«

Sie wusste, dass Sam recht hatte, wie auch Carl recht hatte.

»Er ist sehr kinderlieb. Und er ist ein guter Mann«, insistierte Sam noch weiter.

Angela nickte widerwillig. »Aber ich finde, es sieht trotzdem so aus, als ob ich ihm nur eine weitere Bürde aufladen würde. Als ob er schon genug damit zu tun hat, zu überleben.«

Sie ließ ihre Tränen einfach laufen.

»Nun. Das mag stimmen oder auch nicht, aber er sollte ein Teil des Lebens seines Sohnes sein dürfen, wenn er das möchte.

Und auch das Kind hat ein Recht auf einen Vater. Außerdem kann eine Waisenrente hier viel ausrichten«, gab Sam noch zu bedenken.

»Er heißt Jasper.« Angela dachte an ihren Jungen. »Gut. Wir fahren hin.«

Das Taxi bog gerade in die nächste Straße ein. Alles sah gleich aus. Wäre sie nachts hier allein gewesen, sie hätte sich verlaufen, keine Frage.

Schweigend fuhren sie weiter.

»Sind wir bald da?«, fragte Angela Sam schließlich.

»Ja. Fünf Minuten.« Sam rieb sich erneut den Nacken. Seine Finger zitterten leicht.

Das Taxi hielt mit einem Ruck. Der Fahrer drehte sich um. »Soll ich warten?«

»Ja, bitte.« Sam antwortete an Angelas Stelle. Dann wandte er sich an sie. »Es ist besser, im Zweifel schnell ein Fahrzeug zur Verfügung zu haben. Die Gegend ist nicht ohne und noch dazu sind wir zwei Weißbrote.«

»Gut.« Sie fühlte sich unwohl unter all den Augenpaaren, die sie beobachteten, argwöhnische, fragende Blicke. Als sie ausgestiegen war, schlug ihr die Hitze wie eine Faust ins Gesicht. Sie schaute sich suchend um. Wie sollte sie unter all den Hütten die von Mojos Familie finden? Außerdem war sie aufgeregt. Was, wenn er sie rauswarf? Oder die Existenz von Jasper anzweifelte? Vielleicht konnte er sich nicht einmal mehr an sie erinnern!

Ein Schweißtropfen lief ihren Rücken hinab. Die Wärme hier machte ihr zu schaffen, weit und breit kein Baum, kein Schatten, nichts.

Sam kam um das Auto herum. Ihn schienen die Menschen weniger zu beeindrucken. Ein paar kleine Jungen kamen auf sie zu und streckten ihnen ihre dürren Arme entgegen. Oh Gott, vielleicht waren das Jaspers halb verhungerte Halbgeschwister. Angela spürte, dass sie sich gleich übergeben würde. Sie musste weg, ganz dringend weg. Sam hakte sie unter und zog sie, ohne die Kinder zu beachten, zu einer Bude hinüber, die knallblau gestrichen war und bei der »Best Grocery« auf die wackelige Wellblechwand gepinselt war.

Er trat mit ihr in das Halbdunkel des Ladens. Es roch muffig. Nicht so, als ob man hier Essen kaufen wollte. In schnellem Afrikaans wechselte Sam ein paar Worte mit dem Besitzer, einem schlaksigen Mann in einem sehr altmodischen Kurzarmhemd. Tshabalala war das einzige Wort, das Angela dem Wortschwall entnehmen konnte. Der Mann hinter dem Tresen nickte, begann seinerseits zu sprechen und wild zu deuten.

Sam holte einen Geldschein aus der Tasche und der Ladenbesitzer zog zwei Dosen Cola und drei Päckchen, die wie Mehltüten aussahen, und eine größere Tüte mit gleichem Inhalt unter dem Tresen hervor. Seinem Lächeln fehlte ein Frontzahn. Er verstaute den Einkauf in einer Plastiktüte und reichte ihn Sam.

»Wie kommt es eigentlich, dass Sie nicht wissen, wo Mojo genau wohnt, aber die Straße kennen?«, fragte Angela, als sie wieder draußen auf der Straße standen.

»Wir haben viel geredet in der Zeit, in der wir zusammengearbeitet haben. Ein Robbenausflugsboot ist per se nicht der spannendste Ort der Welt.« Sam lachte trocken und humorlos. »Kommen Sie, wir müssen hier rüber.«

Die drei Kinder, die sie vorher angebettelt hatten, kickten sich jetzt eine leere Dose auf der Straße zu wie einen Ball.

»Hey, Jungs!« Sam griff in seine Plastiktüte und zog die drei kleineren Mehltüten hervor, die er jetzt an die Kinder verteilte. Sie schnappten ihre Beute gierig, pressten sie an ihre Brust und rannten in unterschiedliche Richtungen davon.

»Was war das?«

»Maismehl. Wenn ich den Kindern Geld gebe, kommt am Ende nichts bei ihnen an. Die Väter saufen oft und – sehen Sie mich nicht so an.«

Sam war klug. Angela fragte sich, wie er da gelandet war, wo er war. Er wollte nicht recht in das Leben passen, das sie sich für ihn ausgemalt hatte. Sie war dankbar, dass er etwas für die Kinder getan hatte. Er schien ein guter Mensch zu sein.

Jetzt reichte er Angela die Cola. Zu ihrer Überraschung war die Dose eiskalt. »Hier, trinken Sie. Bei der Hitze muss man dafür sorgen, hydriert zu bleiben.«

Er öffnete die zweite Dose für sich selbst und nahm einen großen Schluck. Die beiden gingen zwischen zwei Häusern hindurch. Es roch nach Exkrementen. Angela fiel es schwer, von ihrer Cola zu trinken. Aber als sie es tat – aus Höflichkeit Sam gegenüber, der sie so gut versorgte –, spürte sie, wie gut die kalte Süße ihr bekam.

»Es ist das größere Haus.«

Ein Stück weiter hinten stand eine akkurat gebaute Wellblechhütte. Angela trank erneut von ihrer Dose. Sie war jetzt beinahe leer.

»Mojo scheint zwei Zimmer zu haben, das ist selten.« Sam ging mit großen Schritten auf die Behausung zu.

Die Hütte war knallrot gestrichen und wurde dadurch zu einem Farbklecks im Grau, das sie umgab. Der Boden vor der Hütte war ordentlich gefegt. Angela stand da wie festgewachsen und starrte das Haus an. Es war eine Erleichterung, dass Mojo und seine Familie offenbar taten, was sie konnten, um zumindest für Sauberkeit und Funktionstüchtigkeit ihrer Behausung zu sorgen und dem Leben so viel Farbe zu geben wie möglich.

»Kommen Sie jetzt?« Sam war schon fast an der Tür, die halb offenstand.

Angela nickte. Es war nicht leicht, weiterzugehen.

Gerade, als Sam klopfen wollte, rannte ein kleines, kichernd-des Mädchen aus der Tür und blieb schlagartig stehen, als sie Angela und Sam erblickte. Meine Güte, war die Kleine niedlich. Sie hatte ein Sommerkleidchen mit Blumendruck an und ihre Haare schmückte eine komplizierte Zöpfchenfrisur mit Perlen. Die dunklen Augen strahlten und ihre babyspeckigen Ärmchen verrieten, dass es ihr gut ging und sie genug zu essen bekam. Der Anblick der Kleinen ließ Angela ganz automatisch lächeln.

Aus der Hütte ertönte ein perlendes Lachen. »Grace! Komm wieder rein, hörst du? Wir müssen gleich zum Wäschewaschen gehen. Gracey!«

Eine Frau streckte noch immer lachend ihren Kopf aus der Tür. Als sie die Besucher sah, wurde auch sie schlagartig ernst wie das Mädchen. Die Kleine war ganz offensichtlich ihre Tochter. Die Mutter lief zu dem Kind und nahm es auf den Arm.

»Wer sind Sie und was wollen Sie von mir? Hat Mojo etwas verbockt?«

Angela konnte nicht anders. Sie starrte die Frau mit offenem Mund an. Ihr Gesicht war auf traditionelle Weise geschmückt. Auf Wangen und Stirn waren eine Art Blumen gemalt, die aus Kreisen bestanden. Dazu trug sie eine Kopfbedeckung, die irgendwo zwischen Hut und Turban angesiedelt war. Ihr Kleid war rot wie das Haus, mit einem Kragen aus breiten Holzperlen in verschiedenen Farben. Sie war eine stolze Frau, die aufrecht vor Angela stand. Man sah ihr an, dass sie vor Energie strotzte wie ein gespannter Bogen.

»Guten Tag … Nein, Mojo hat nichts falsch gemacht – im Gegenteil. Ich meine, wie soll ich das sagen?« Angela stotterte herum, fand keinen klaren Gedanken.

Sam war es, der ihr die Hand auf die Schulter legte. »Wir wollten Mojo nur sprechen, das ist alles.«

»Er ist nicht hier.« Die Frau reckte ihr Kinn noch ein klein wenig höher. »Er ist bei der Arbeit.«

»Wie gut für ihn.« Sams Stimme klang fest. Sein zögerlicher Trinkerton war verschwunden. »Wann kommt er zurück?«

»In zwei Wochen vielleicht?« Es war eine Frage. Keine Antwort.

Angela versank. Alles um sie herum wurde schwarz. Umsonst, sie war völlig umsonst nach Südafrika gereist. Mojo war nicht da. Sie spürte, dass sie gleich das Bewusstsein verlieren würde, wie sie taumelte und gleichzeitig die Cola in ihrem Magen einen unschönen Tanz begann.

Sam verstärkte den Druck seiner Hand. »Wo arbeitet er denn? Verraten Sie es mir?«

Die Frau schaute von Sam zu Angela. Angela konzentrierte sich auf den Druck von Sams Fingern.

»Bitte. Er …« Es half nichts. Sie würde es eh erfahren, nicht wahr? »Mojo ist der Vater meines Sohnes.«

Wenn die Frau überrascht war, zeigte sie es nicht. Sie stand weiterhin nur da.

»Es ist schon sehr lange her, dass wir uns kannten«, fügte Angela noch hinzu. »Und es war auch nur kurz, ich meine – wirklich kurz.« Sie spürte, wie ihre Wangen sich röteten.

»Was wollen Sie von ihm?«, fragte seine Frau schließlich.

»Ihm von seinem Sohn erzählen. Vielleicht – nun ja. Vielleicht findet sich ein Weg, dass Jasper, so heißt er, seinen Vater kennenlernen kann.«

Angela dachte an die Waisenrente, die hier in Afrika so viel mehr Wert hatte als in London. Sie dachte daran, dass es doch auch hier gute Schulen geben musste. Und daran, dass jemand, der sein Haus an einem Ort wie diesem so in Ordnung hielt, auch ein guter Vater sein musste. Möglicherweise konnte man aus einem Zweiraumhaus ein Dreiraumhaus machen, oder sogar aus dem Slum wegziehen, wenn Mojo die Wohnung in London verkaufte. Sie würde einen hübschen Betrag bringen und einiges ermöglichen. Und väterliche Liebe war ohnehin mehr wert als alles Geld dieser Welt. Aber sie wollte all diese Dinge nicht mit der stolzen Ehefrau von Mojo besprechen, sondern mit ihm selbst.

Grace begann, im Arm ihrer Mutter herumzuzappeln, und die stellte die Kleine wieder auf dem Boden ab. Schnell verschwand das Mädchen in der Hütte, um Sekunden später mit einer Puppe im Arm zurückzukommen, die sie Angela hinhielt.

»Wow. Das ist die schönste Puppe, die ich je gesehen habe.« Angela ging in die Knie und strich der Puppe über das filzige Haar.

In diesem Moment besann Angela sich und stand auf. »Ich habe mich gar nicht vorgestellt. Angela Riley, das hier ist Sam. Er hat mal mit Mojo auf einem Boot zusammengearbeitet.«

Angela bemühte sich um ein Lächeln.

»Ich erinnere mich.« Die Frau zögerte kurz. »Ich heiße Pearl.«

»Schön, Sie kennenzulernen, Pearl.« Angela nickte ihr zu.

»Er arbeitet auf einer privaten Gamefarm. Warten Sie, ich habe drinnen einen Werbeflyer.« Pearl drehte sich um und ging in die Hütte. Sekunden später kam sie mit einem Papier in der Hand zurück. »Bitteschön.«

»Danke. Vielen, vielen Dank!«

Jetzt erst lächelte Pearl Angela zu. Es war ein feines Lächeln, fast unsichtbar. »Nichts zu danken.«

Das Gespräch war beendet. Ohne ein weiteres Wort verschwand sie in der Hütte, Grace vor sich hertreibend.

»Und der Mehlsack?«, wandte Angela sich an Sam.

»Sieht Pearl aus wie jemand, der Almosen annimmt?«

»Nein«, musste Angela zugeben.

»Sie ist eine Xhosa und sehr stolz – mit Recht. Ihr Mann arbeitet und sorgt offensichtlich für die Familie. Sie braucht keine Almosen, zum Glück.«

»Pearl hat überhaupt nicht auf die Nachricht reagiert, dass Mojo noch ein Kind hat.«

»Nein. Sie wird das mit ihm besprechen, keine Sorge. Aber dass Männer mit mehreren Frauen Kinder haben, ist hier nicht ungewöhnlich. Ich bin sicher, sie wird mit Mojo reden – vermutlich hat er ein Handy, er lebt ja nicht in der Steinzeit.«

Das Taxi stand noch immer da, wo sie ausgestiegen waren.

Als sie wieder auf der Rückbank saßen, studierte Angela den Flyer genauer.

Es ging um Safaris. »Van-Staal-Gamefarm« hieß die Lodge, die die Safaris veranstaltete. »Lernen Sie die Tiere Afrikas bei einem Erlebnis der besonderen Art kennen. Einzigartig auf der Garden Route! Nur bei uns sind Sie Auge in Auge mit den Big Five!«

Und wie um den letzten Satz zu unterstreichen, war der Text mit dem Foto eines Elefantenauges illustriert. Nur das Auge, umgeben von grauer, faltiger Haut und langen Wimpern. Angela war nicht klar gewesen, dass Elefanten so lange Wimpern hatten und die Augenfarbe der Tiere an flüssiges Gold denken ließ. Was für ein Anblick!

»Mojo ist also seiner Tierliebe treu geblieben«, sagte Sam nur. »Er war schon von den Robben so angetan.«

»Kennt er sich mit Tieren denn gut aus?«

»Oh ja. Er hat zwar keine Ausbildung – aber das ist hier in Südafrika nicht unbedingt ein Kriterium. Mojo hat sich schon immer für Tiere interessiert. Er sieht sie als afrikanisches Erbe. Und damit hat er wohl auch recht, nicht wahr?«

Angela nickte. »Wie weit ist diese Farm von hier?«

»Hm. Sie ist in der Nähe von Vleesbaai, im Inland. Das dürften ungefähr vier, fünf Stunden mit dem Auto sein. Je nachdem.« Sam trank einen Schluck von der Cola, die mittlerweile bestimmt nicht mehr kalt war.

»Ich rufe dort an. Dann kann ich mich mit Mojo auf der Farm verabreden und alles Weitere besprechen.« Der Entschluss war schnell gefasst. Wenn es hier in Kapstadt nicht möglich war, den Vater ihres Sohnes zu treffen, würde sie eben für zwei Tage in dieses Vleesbaai reisen. Das Wichtigste war, für Jasper alles zu klären. Egal, dass sie deshalb weniger vom Kap sah.

Außerdem: Mit etwas Glück gab es dort Tagesausflüge und sie konnte vielleicht einen der Elefanten mit den goldenen Augen sehen. Das wäre eine echte Entschädigung.

* * *

Glücklicherweise war es in ihrem Apartment kühler als draußen, wo die Luft vor Hitze stand. Angela hatte sich bei Sam für dessen Hilfe bedankt und war dann schnellstens im Haus verschwunden. Sie lechzte nach etwas zu trinken und in ihrem Kopf breitete sich schon wieder so ein Kribbeln aus, das erahnen ließ, dass eine weitere Schmerzattacke unmittelbar bevorstand.

»Du hast meine Nummer, Angela. Ruf an, wenn du mich brauchst, ja?« Es hatte nicht nach Hilfsbereitschaft geklungen, sondern nach einer Bitte.

Jetzt, ein großes Glas Wasser später, saß sie am Tisch und starrte auf das hypnotisierende Auge des Elefanten. Gleich würde sie Mojo hören. Ihre Hände umklammerten das Wasserglas. Dann griff sie nach ihrem Handy, das schon bereitlag.

Ohne sich einen weiteren Gedanken zu erlauben, tippte sie die Nummer ein und lauschte in den Hörer.

»Van-Staal-Farm.« Da war eine einschüchternde Männerstimme am anderen Ende. »Was kann ich für Sie tun?«

Er klang unwirsch, nicht so, als hätte dieser Mann gern telefoniert.

»Spreche ich mit Mojo Tshabalala?«

»Nein. Das wäre ja noch schöner.« Wieder dieser Ton!

»Oh.« Es wäre auch zu einfach gewesen.

»Ich habe Mojo schon tausend Mal gesagt, dass ich keine Privatanrufe während seiner Arbeitszeit möchte. Warum versteht ihr Leute das nicht?« Der Typ war laut geworden.

»Entschuldigen Sie. Mein Anliegen ist wirklich wichtig.« Angela wollte sich nicht so einfach abwimmeln lassen.

»Das sagen alle.«

Angela seufzte innerlich. Der Typ war ein harter Hund. »Ja. Das kann sein. Aber in meinem Fall stimmt es. Kann ich ihn jetzt sprechen?«

»Nein. Das können Sie nicht. Ich sage Ihnen was: Sie wollen Mojo sprechen und Zeit mit dem Weiberhelden unseres Hauses verbringen? Dann buchen Sie den dreitägigen Safariwalk und schon haben Sie Zeit ohne Ende mit ihm.«

»Einen Buschwalk?«

»Ja. Er macht gerade so eine Tour mit einer Gruppe und kommt übermorgen wieder.«

Angela überlegte. Es klang verlockend. Sie würde Zeit haben, mit Mojo in Ruhe über die Dinge zu sprechen, sich gemeinsam Gedanken über die Zukunft von Jasper zu machen.

Und sie würde eine einzigartige Afrikaerfahrung dazubekommen.

»Gut. Ich buche.«

»Was?«

»Sie haben mich gehört. Ich möchte so eine Safari buchen«, wiederholte Angela.

Der Mann am anderen Ende lachte. Sie hörte es an seinem Atem. »Na, Ihnen muss ja wirklich was an dem Kerl liegen. Mir soll es recht sein, wenn ich damit Kunden gewinne.«

Papier raschelte. »Dann sagen Sie mir mal Ihren Namen und Ihre Daten, ich schreibe Sie auf die Liste.«

Kapitel 6

George van Staal

»George?«

Er riss die Augen auf und starrte in das faltige Gesicht, das sich über ihn beugte.

»Vater, was machst du hier?« George setzte sich in seinem Bett auf und musterte seinen Vater.

»Ist etwas passiert?«

Der alte Mann setzte sich schwerfällig auf die Bettkante seines Sohnes. »Wie man es nimmt.«

Ein Blick aus dem Fenster verriet George, dass die Dämmerung kurz bevorstand. Es musste gegen fünf Uhr morgens sein. »Was ist passiert?« Er rieb sich die Augen. »Hat Chicki ihr Junges bekommen?«

Chicki war ein Springbockweibchen, das nur über ein Horn verfügte und das George als winziges Fohlen sozusagen adoptiert hatte. Seitdem lebte es im Garten der Farm, wo es sich pudelwohl fühlte. Kürzlich war wohl nachts ein Bock vorbeigekommen und mittlerweile war Chicki sichtlich schwanger. Die Geburt stand unmittelbar bevor.

»Nein. Aber Mojo ist nicht da.«

»Wie? Nicht da?«

»Ich habe nachgesehen. Er ist nicht aufgetaucht.«

George stand schwerfällig auf. Im Gegensatz zu ihm selbst war sein Vater ein Morgenmensch. Deshalb kontrollierte er das Eintreffen der Mitarbeiter und regelte alles, um den Tagesablauf reibungslos zu gestalten. Nach dem ersten Kaffee übernahm George dann den Dienst. Sie waren ein Familienunternehmen. Da war es selbstverständlich, Hand in Hand zu arbeiten.

»Hat er angerufen?«

Sein Vater zeigte ein müdes Lächeln, das tiefe Furchen in seine sonnengegerbte Haut zog. »Was denkst du?«

»Shit!« George schlüpfte aus seinem blauen Pullover und tauschte ihn gegen ein khakifarbenes Hemd.

»Heute kommen die Obermöllers mit auf den Trip, nicht wahr?«

»Richtig.« Der alte Mann stand langsam auf. Sein Rheuma machte ihm sichtlich zu schaffen, obwohl es im Moment so warm war. George gefiel das gar nicht, aber er sagte nichts. Er wusste, dass sein Dad nicht gern Schwäche zeigte, eine Eigenschaft, die er an den Sohn vererbt hatte.

»Ausgerechnet Obermöllers.« George schloss die Knöpfe des Hemds und schnappte sich seine Arbeitshose.

»Ja. Aber du weißt, sie bringen gutes Geld.« Wie so oft blieb sein Vater ruhig. Er war der besonnenere der beiden Männer. Und das Ehepaar Obermöller aus Deutschland kam seit Jahren auf die Farm, um hier den Jahresurlaub zu verbringen. Sie verließen nie das Farmgelände und gaben während ihres Aufenthalts auf der Farm viel Geld aus. Als sie von dem neuen Highlight der Farm, der Hikingsafari, gehört hatten, waren sie sofort Feuer und Flamme gewesen. Herr Obermöller hatte gar nicht schnell genug buchen können. Und jetzt fehlte der Tourguide.

Fluchend schloss George seinen Reißverschluss. »Ich rufe Mojo an.«

»Das habe ich schon versucht.« Hans van Staal zuckte mit den Schultern. »Aber er geht nicht dran. Keine Ahnung, ob er überhaupt noch die gleiche Nummer hat. Du weißt ja, wie es ist.«

»Ja. Ich weiß. Man kann sich auf niemanden mehr verlassen heutzutage.«

Er ging ins angrenzende Bad hinüber und griff nach seiner Zahnbürste. Da fiel es ihm wieder ein. »Und weißt du, was die Krönung ist, Dad? Eine Flamme von diesem Tshabalala kommt auch extra wegen ihm und nimmt an dem Trip teil. Nur, weil sie mit ihm zusammen sein will.«

George erzählte von seinem Telefonat von vorgestern, während er Zahncreme auf den Bürstenkopf drückte.

»Verrückt.« Hans van Staal lachte leise. »Auf der anderen Seite hätte ich für Donna auch solche Dinge getan.« Wie immer, wenn es um Georges verstorbene Mutter ging, wurde die Stimme von Hans eine Nuance leiser und bekam einen zärtlichen Beiklang.

»Ich weiß, Dad. Ein wenig verrückt ist es trotzdem. Soweit ich weiß, hat dieser Mojo unten in Langa eine Familie. Und die Dame war ganz sicher nicht seine Frau – die wollte nämlich eine halbe Stunde, bevor diese Angela Riley angerufen hat, mit Mojo sprechen. Unser Mann ist gefragt bei der Damenwelt – offensichtlich zu gefragt, um an seinem Arbeitsplatz zu erscheinen.«

George begann, mit eckigen Bewegungen seine Zähne zu schrubben. Auf eine Rasur würde er aus Zeitgründen verzichten.

»Und was sollen wir machen, George?«

»Wir warten. Er wird schon auftauchen«, nuschelte George mit der Zahnbürste im Mund.

Mojo war attraktiv. Vielleicht sogar ein wenig zu attraktiv für Georges Geschmack. Die Touristinnen verfielen ihm reihenweise und er wollte gar nicht wissen, mit wie vielen der Damen Mojo schon sein Safarizelt geteilt hatte. Das Einzige, was er wollte, war keinen Ärger. Da waren ihm die Schwärmereien der Frauen egal – im Gegenteil. Er hatte sogar schon ein paar Buchungen für das kommende Jahr, Wiederholungstäterinnen, die mit Sicherheit weniger die kargen Zeltunterkünfte als vielmehr die männliche Gesellschaft auf dem Trip genossen hatten.

»Und wenn er nicht kommt?« Sein Vater lehnte im Türrahmen und schaute ihm bei der Morgenhygiene zu. Er sah wie ein Cowboy aus mit seinem Karohemd und der zerschlissenen Jeans.

George zuckte mit den Schultern und spuckte die Zahncreme aus. Er antwortete nicht. Sowohl er als auch sein Vater wussten, was es bedeutete, wenn Mojo nicht kam: George würde einen Hikingtrip unternehmen – mit den Obermöllers und Mojos Groupie. Und das war ungefähr so schön wie ein Ausflug in die Hölle.

* * *

George saß in seinem Büro und trank einen großen Schluck Kaffee. Es war die vierte Tasse, aber so richtig wach fühlte er sich noch immer nicht. Die letzten zwei Stunden hatte er damit verbracht, das Campingmaterial zu überprüfen und das Team einzuweisen, das die Zelte an den beiden Camps, in denen geschlafen wurde, überprüfte und die Vorräte dorthin transportierte. Die einfachen Feldbetten würden immerhin bezogen sein, wenn die müden Gäste am jeweiligen Etappenziel einträfen. Das Abendessen wurde gemeinsam zubereitet. Sie selbst würden nur die Tagesrucksäcke und das Mittagessen mitnehmen. Und natürlich das Gewehr, falls etwas schiefging. Nicht, dass das jemals vorgekommen war, aber man konnte nie wissen. Nashörner waren so unfassbar dumm, da war man gegen Angriffe nie gefeit.

Mojo war nicht aufgetaucht, natürlich nicht. Eigentlich brauchte er auch gar nicht mehr zu kommen – Unzuverlässigkeit war etwas, das George einfach nicht leiden konnte. Als es gegen sein Fenster wummerte, zuckte er zusammen. Er schaute auf und musste grinsen. Chicki schaute herein. Wie immer sah sie ein wenig grotesk aus mit ihrem einen verbliebenen Horn. George stand auf und öffnete das Fenster. Gerade ging die Sonne auf und erste Sonnenstrahlen fielen auf seine Haut. Die Vögel sangen und verkündeten den Tagesanbruch.

»Hi, Chicki.« George sprach mit dem Springbock wie mit einem Hund, was nicht zuletzt daran lag, dass die Bockdame sich genauso benahm. Er kraulte sie an der Flanke, was sie sichtlich genoss. Die Schwangerschaft hatte sie noch zutraulicher gemacht, als sie ohnehin schon gewesen war. Wann immer George auf dem Farmgelände unterwegs war, folgte Chicki ihm auf Schritt und Tritt.

Sosehr George Tiere liebte, so schwer fiel es ihm, sich mit den Touristen zu beschäftigen. Viele der Urlauber schienen keine Ahnung zu haben, wie man sich draußen zu benehmen hatte. Schon oft waren Urlauber mit völlig falschen Vorstellungen auf die Farm gekommen – besonders, was die geführten Wanderungen anging. Auch Obermüllers konnte George sich nicht besonders gut in Wanderstiefeln vorstellen. Aber der Kunde war nun mal König und im Zweifelsfall würde eben das Notfallhandy zum Einsatz kommen.

Chicki stupste ihn mit der Nase an, um weitere Streicheleinheiten zu fordern.

»Ist ja gut, hm«, seine raue Stimme verlor jede Schärfe, wenn es um das Springbockweibchen ging. Seit er das Tier gefunden und mit der Flasche aufgepäppelt hatte, hing sein Herz an ihm. Plötzlich begann Chicki, sich im Kreis zu drehen. Sie lief ein Stück weg, zu einem halbhohen Baum.

Irgendwas war anders an ihr. George konnte es nicht einordnen. Ohne darüber nachzudenken, sprang er auf das Fensterbrett und dann hinaus in den Garten. Die Bewegungen machten ihm keine Mühe. Geschmeidig landete er auf der anderen Seite in der Wiese.

Das Springbockweibchen ließ sich kurz in die Wiese sinken, dann stand es wieder auf. Langsam näherte George sich dem Tier. »Chicki. Ganz ruhig.«

Sie wackelte mit den Ohren. Man sah nur an winzigen Details, dass sie anders war als sonst, anders agierte.

George wollte gern ihre Rückseite in Augenschein nehmen – wenn sie es zuließ. Er hatte die Vermutung, dass es einen ganz besonderen Grund dafür gab, dass sie sich so verhielt, wie sie es gerade tat.

Schon legte sie sich wieder ins Gras. Jetzt hatte George freien Blick. Tatsächlich, da war die Fruchtblase zu sehen.

»Chicki, du wirst Mutter!« Die Stimme von George war nur noch ein Raunen. Er wollte sie streicheln, er wollte helfen, er wollte für seine Bockdame da sein. Aber er wusste, dass er nicht eingreifen durfte. Sie war sehr gut in der Lage, ihr Kind alleine auf die Welt zu bringen. Ihre Instinkte sagten ihr, was zu tun war. Dass sie nicht weglief und ihn in ihrer Nähe akzeptierte, war Geschenk genug. Auch wenn es ihm schwerfiel, zu sehen, wie sie Schmerzen ertrug und litt. Er setzte sich ein Stück von ihr weg in die Wiese. Die Sonne stieg schon höher und es wurde warm. Georges Augen waren fest auf Chicki gerichtet. Sie war so winzig gewesen, fast ein Neugeborenes, als sie sie bei einer Kontrollfahrt auf der Farm gefunden hatten. Ihre Mutter musste verletzt gewesen oder sogar von einem Raubtier gefressen worden sein. Und jetzt war sie selbst die Große.

Das Springbockweibchen gebar schweigend. Bald schon war der ganze Kopf des Jungen zu sehen. Immer wieder stand sie auf, um sich dann wieder niederzulegen. Was für ein Kraftakt!

George konnte sich nicht von ihr abwenden. Er beobachtete diesen fast heiligen Akt des Lebengebens zu einhundert Prozent fokussiert.

»Du schaffst das, meine Schöne.« Zu beobachten, mit welcher natürlichen Sicherheit Chicki gebar, erfüllte George mit Ehrfurcht. Als die Schultern zu sehen waren, wusste er, dass es sich nur noch um Minuten handeln konnte. Aber schon Sekunden später war das Kalb geboren. Sofort stand Chicki auf. Sie begann, ihr Kind trockenzulecken, das immer wieder den Kopf schüttelte, als ob es richtig wachwerden oder das Fruchtwasser aus seinen Ohren kriegen wollte. Mütterlich leckte sie ihm über Nase und Ohren. Noch immer beobachtete George nur. Er spürte nicht, dass er weinte, nicht, wie nah ihm diese Geburt gegangen war. Währenddessen putzte Chicki ihrem Jungen das Fell trocken. Das kleine Wesen versuchte immer wieder, auf die Füße zu kommen, aber es war noch viel zu schwach. Georges Impuls zu helfen war nach wie vor da, aber er wusste, das Kleine musste es selbst schaffen. Seine Natur sagte ihm, dass es aufstehen musste, um die Milch zu erreichen und jederzeit fliehen zu können. Es war alles purer Instinkt.

Plötzlich hob Chicki den Kopf und schaute zu George herüber. Er hätte schwören können, das einhörnige Bockweibchen lächelte ihm dankbar zu. Dann beugte es sich wieder zu dem Baby hinunter und leckte ihm den Rücken ein weiteres Mal.

»Hast du gut gemacht, meine Schöne.« George beobachtete fasziniert, wie das Neugeborene wackelig auf die Beine kam, das Gleichgewicht verlor und zurück in die Wiese plumpste, als vom Haus her ein Schrei ertönte. Er war kein emotionaler Mann, schon lange nicht mehr. Sein Gefühl des Berührtseins hätte er nicht näher definieren können, dafür befasste er sich zu wenig mit dem, was er fühlte. Aber es riss etwas in ihm auf, dieses neue, winzige Wesen zu sehen, das da so hilflos und schutzbedürftig ins Leben wackelte.

»Hey, George, kommst du?«

Es war, als würde er aus einer Parallelwelt gerissen. Er schaute sich nach der Stimme um. Sein Vater stand mit einer fremden Frau auf der Veranda.

George erhob sich zögernd und ging zu den beiden hinüber.

Hans van Staal sagte etwas zu der Frau, die daraufhin laut auflachte. Langsam kam George näher. Ohne darüber nachzudenken, wischte er sich seine sauberen Hände an der Hose ab.

»George, das ist Angela. Sie gehört zu deinen Gästen bei dem Hikingtrip.«

Angelas Augen weiteten sich. »Seinem Trip?«

»Ja, Mojo ist wohl krank geworden. Er ist nicht zur Arbeit gekommen«, informierte Hans van Staal den Gast, der seine Enttäuschung kein bisschen verbergen konnte. Angela griff nach der Lehne eines der schweren Terrassenstühle und stützte sich darauf.

»Oh nein«, murmelte sie tatsächlich. Sie war richtig blass geworden. Meine Güte, wie konnte dieser Kerl die Frauen nur so im Griff haben?

»Hören Sie, ich bin kein Adonis. Aber meinen Sie nicht, Sie sollten so eine teure Reise wegen der Natur und nicht wegen eines Kerls machen?«

»George!« Sein Dad mischte sich ein. Natürlich tat er das. Er sagte nicht mehr, aber das eine Wort enthielt eine deutliche Mahnung. Und er wusste ja selbst, dass er über die Grenze getreten war. Aber er entschuldigte sich nicht. Die Menschen setzten ganz klar die falschen Prioritäten. Und alle Hoffnungen in so einen dahergelaufenen Reiseleiter zu projizieren, war ganz klar ein Fehler. Mit Fehlern kannte er sich aus.

Er ignorierte den Einspruch seines Vaters und wandte sich erneut an diese Angela.

»Wir sehen uns dann in …«, George schaute auf die Uhr. Die Geburt des Kalbes hatte länger gedauert als gedacht. »In eineinhalb Stunden draußen am Parkplatz. Ich hoffe, Sie haben noch andere Schuhe dabei.«

Angela stand da, die Augen fest auf ihn gerichtet. »Natürlich. Ich bin kein Idiot.«

»Hat keiner gesagt, Ma'am, nicht wahr?« George tippte sich an die Stirn. Dann wandte er sich um und warf einen Blick zurück zu dem Gebüsch, neben dem eben das Kalb zur Welt gekommen war. Aber Chicki und ihr Baby waren weit und breit nicht mehr zu sehen. Der kleine Springbock musste aufgestanden sein. George ging mit festen Schritten ins Haus. Er spürte Angelas Blick in seinem Rücken wie ein Messer, aber er drehte sich nicht noch mal um.

Am Ende war sie nicht ganz das schwächliche Weibchen, für das er sie im ersten Augenblick gehalten hatte. Immerhin hatte sie ihm die Stirn geboten.

Diese Angela und Obermöllers, nur drei Gäste und keiner, der deeskalierend wirken würde. Das konnte ja was werden!

Kapitel 7

Angela Riley

Der alte Herr, der sie hereingebeten hatte, sah aus wie Clint Eastwood mit siebzig. Er trug Jeans, ein kariertes Hemd und seine Haut war von der vielen Arbeit im Freien gegerbt. Schwere Arbeitsstiefel und ein breiter Ledergürtel rundeten die Gesamterscheinung ab.

Ein Hausmädchen hatte sofort eine Erfrischung gebracht, die Angela in zwei großen Schlucken hinuntergestürzt hatte. Der Mann, offensichtlich der Besitzer der Van-Staal-Gamefarm, fragte nach ihrer Anreise und nach ihren Lieblingstieren und sie erwiderte, dass sie eine sehr anstrengende Fahrt mit dem Bus hinter sich habe, der die halbe Nacht unterwegs gewesen war, und dass sie unbedingt Elefanten sehen wolle. Er erzählte noch, wie groß die Farm war – sie konnte sich nichts unter der genannten Zahl vorstellen – und dass die Big Five vollständig vertreten waren.

»Mit etwas Glück sehen Sie nicht nur Elefanten, sondern auch Löwen, Büffel, Leoparden *und* Nashörner.« Der alte Mann geriet ins Schwärmen. »Haben Sie schon mal gehört, wie Flusspferde klingen? Ein Geräusch, das sie nie wieder vergessen werden, das verspreche ich Ihnen.« Er lachte. Man sah, dass er ein Mensch war, der sein Leben liebte. Der genau an dem Ort war, wo er hingehörte.

Er trank sein Glas aus.

»Kommen Sie mit, dann können Sie Ihren Guide kennenlernen«, hatte er anschließend gesagt und sein leeres Glas abgestellt.

Angela war in diesem Moment eigentlich alles egal. Die Anreise hatte ihre Kräfte beinahe vollständig verbraucht. Die Vorstellung, dass die Safari gleich losging, war hart. Ihr Körper schrie nach Ruhe. Sie spürte, dass sie kurz vor dem Zusammenbruch stand. Ihr Kopf schmerzte so sehr, dass alles vor ihren Augen verschwamm. Mit einer fahrigen Bewegung ging sie durch ihr Haar. Sie musste sich konzentrieren. Das hier tat sie für Jasper. Der Junge sollte nicht völlig entwurzelt sein. Auf diesen Gedanken musste sie sich konzentrieren. Sie durfte jetzt, wo sie gleich auf Mojo treffen würde, nicht in ihrem Schmerz verschwinden. Angela folgte Hans van Staal mit unsicheren, wackeligen Schritten.

»Hey, George, kommst du?« Trotz seines Alters strotzte alles an Hans van Staal vor Kraft, sogar seine Stimme.

George? Angelas Gedanken überschlugen sich. Aber hatte van Staal nicht gesagt, sie werde jetzt ihren Guide treffen?

Die Welt verschwand wieder einmal hinter einem schwarzen Vorhang.

»Oh nein«, hörte Angela sich flüstern, während sie ihre Hände um die Lehne eines Stuhls krallte. Hoffentlich verlor sie nicht ausgerechnet jetzt das Bewusstsein.

Sie hörte diesen George etwas sagen, aber in ihrem Hirn kam nur ein bedeutungsloser Geräuschteppich an. Wortsalat.

Die nächste Minute verstrich, ohne dass sie richtig hörte. Sie atmete, versuchte, das Schwarz wegzuatmen. Es war eine gefühlte Ewigkeit, bis sie wieder etwas sah. Sie wollte nicht, dass dieser George etwas davon merkte. Also fixierte sie ihn so, als könne sie ihm folgen. Langsam bekamen die Worte, die er sprach, wieder einen Sinn.

»Ich hoffe, Sie haben noch andere Schuhe dabei.«

»Natürlich, ich bin kein Idiot.« Manchmal war Angriff die beste Verteidigung.

George antwortete nur mit einem Nicken. Sein linkes Auge schien zu tränen. Und als er einen Blick über die Schulter warf, zuckte sein Mundwinkel ein wenig. Dann war er, ohne ein weiteres Wort, mit ein paar Schritten im Haus verschwunden.

»Entschuldigen Sie ihn. Er hatte einen anstrengenden Morgen. Aber eigentlich ist er einer von den Guten.« Hans van Staal lächelte Angela an.

»Oh, alles in Ordnung. Ich dachte nur, Mojo sei der Reiseführer, wissen Sie?«

»Ja, das dachten wir auch. Aber er ist heute nicht zur Arbeit gekommen und hat sich auch nicht krankgemeldet. Wir können ihn nicht erreichen.« Hans zuckte mit den Schultern.

Was sollte sie jetzt tun? Den Trip absagen? Zurück nach Kapstadt fahren, in der Hoffnung, Mojo dort zu finden? Aber was, wenn er dort auch nicht war?

Hans legte ihr seine faltige Hand auf die Schulter. »Hören Sie, er taucht bestimmt wieder auf. Und wenn er kommt, wird er meinen Sohn ablösen. Der wird ohnehin hier gebraucht im Moment.« Der alte Mann runzelte die Stirn.

»Aber wir haben keinen anderen Führer zur Hand – und George kennt die Farm wie seine Westentasche.«

Hans hielt kurz inne, dann lachte er leise. »Diesen Ausdruck haben Sie sicher seit Jahren nicht mehr gehört, oder?«

Angela konnte nicht anders: Sie fiel in sein Lachen ein. Dieser Hans van Staal war auf altmodische Weise sehr charmant, wie er ihr jetzt seinen Arm darbot.

Es schien außerdem so, als ob die beste Option, Mojo Tshabalala zu finden, die war, den Trip in den Busch mitzumachen.

»Stimmt. Aber er ist sehr passend.«

»Nicht wahr?« Hans schien es zu genießen, dass Angela sich bei ihm untergehakt hatte. Er tat es selbstverständlich, nicht, um ihr zu helfen, sondern, weil er ein Mensch war, der sich derlei Gesten bediente, ohne darüber nachzudenken. »Außerdem finde ich, im Gegensatz zu meinem Sohn, nichts Falsches an einer kleinen Schwärmerei.«

Hans zwinkerte ihr zu. »Schließlich ist man nur ein einziges Mal jung.«

Die letzten Worte des Mannes waren wie ein Schlag gegen ihre empfindlichste Stelle. Dennoch nickte Angela und drängte die Tränen zurück.

»Kommen Sie, meine Liebe. Ich zeige Ihnen das Bad. Dann können Sie sich noch frisch machen und die Stunde, bis es losgeht, in der Lounge entspannen. Wie klingt das? Ich lasse Ihnen ein wenig Biltong und einen Eistee bringen.«

Die Vorstellung eines erfrischenden Tees und des köstlichen afrikanischen Trockenfleisches, das es nur hier und in Namibia gab, ließ ihr das Wasser trotz ihres beinahe explodierenden Kopfes im Mund zusammenlaufen. Sie hatte zuletzt gestern gegessen und spürte jetzt, wie dringend sie ein wenig Energie spendende Nahrung gebrauchen konnte. Mit einer guten Ladung Schmerzmittel würde sie das leckere Biltong vermutlich sogar genießen können.

»Danke, Mr van Staal.«

»Nennen Sie mich Hans, meine Liebe.« Er hörte gar nicht auf damit, sie seine Liebe zu nennen. Das gab ihr ein wunderbares Gefühl von Geborgenheit, wie sie es lange nicht mehr verspürt hatte.

Angela nickte. »Hans. Danke.« Sie schenkte ihm ein Lächeln, das alles sagte. Und Hans, dieser feinfühlige Mann mit dem stoffeligen Sohn, legte seine Hand auf ihre und drückte sie leicht.

* * *

Angelas Kopf war mit Watte gefüllt. Aus Angst, bei der Wanderung vor Schmerzen zusammenzuklappen, hatte sie eine der stärkeren Schmerztabletten genommen. Jetzt schwebte sie wie auf Wolken dahin.

Sie hatte sich umgezogen, die leichten Flipflops in ihrem Rucksack verstaut und sich schwere Wanderschuhe angezogen, außerdem lange, schlammfarbene Hosen und ein dunkelbeiges, leichtes Leinenhemd. Das sah nicht besonders attraktiv aus, aber darauf kam es nicht an. Im Busch war es wichtig, sich bedeckt zu kleiden und kein Parfum zu tragen, das die Tiere stören konnte.

Sie nahm ein Stück von dem Biltong. Gleich mehrere Sorten hatte man ihr aufgetischt. Das Trockenfleisch war scharf gewürzt und salzig. Sie versuchte zu erraten, welche Sorte sie da gerade probierte, aber sie kam nicht darauf. Der fremdartige und doch vertraute Geschmack in ihrem Mund führte sie zurück auf ihre letzte Reise nach Südafrika, damals, als sie im Krüger-Nationalpark gecampt hatte. Nie würde sie das Dinner im Lower Sabie Restcamp vergessen. Das Restaurant über dem Sabie River hatte Biltong mit Rotwein als Appetizer serviert. Dazu der Blick über den Fluss, die Giraffen, die zum Trinken herankamen, die Dämmerung, die plötzlich hereinbrach. Sie war allein durch den Park gereist, aber sie hatte sich zu keinem Zeitpunkt einsam gefühlt inmitten dieser mächtigen Natur.

Mit dem Nachlassen des Schmerzes stieg direkt proportional die Freude auf die Tage im südafrikanischen Busch. Damals hatte sie einen der Morningwalks, also der frühmorgendlichen Wanderungen im Krüger-Park, machen wollen – aber die waren so heiß begehrt gewesen, dass sie nirgendwo einen Platz bekommen hatte. Es jetzt nachholen zu können, die Erde unter ihren Füßen zu spüren, Tierspuren aus der Nähe zu sehen, Blumen zu riechen, sogar draußen in Zelten zu schlafen – all das würde noch mal eine ganz neue Perspektive eröffnen.

Sie griff nach ihrem Glas. Es war von außen beschlagen. Die Eiswürfel klimperten leise, als sie es zum Mund führte und einen großen Schluck des kalten Tees trank.

Dann lehnte sie sich auf dem bequemen Sofa zurück. Über ihr kreiste ein Ventilator und fächelte ihr Luft zu. Gegenüber waren verschiedene Tierfotografien an der Wand angebracht, unter anderem auch das Auge des Elefanten, das sie schon von dem Flyer der Farm her kannte. Besonders eindrucksvoll allerdings fand sie die Aufnahme einer Kampfszene zwischen zwei Löwen. Das eine Tier stand aufrecht, sich seiner selbst absolut bewusst, das Gesicht umrahmt von einer prächtigen Mähne, während das andere Tier ihm gegenüber im Gras kauerte, das Maul weit aufgerissen, seinem Artgenossen an Schönheit in nichts nachstehend. Angela stand auf, um sich das Bild aus der Nähe anzusehen. Man erkannte die natürliche Grazie, die Sonderstellung, die diese Tiere innehatten, sofort.

»Hach, schau mal, Horsti, es gibt dieses eklige Trockenfleisch. Dabei habe ich van Staal gesagt, was ich davon halte. Ehrlich, wenn das hier so weitergeht – oh, guten Tag!«

Angela drehte sich um. Eine ältere Frau stand ihr gegenüber, bekleidet mit einer schreiend bunten Bluse mit Blumenmuster. In ihrem Schlepptau hatte sie einen Mann in teurer Safarikleidung. Mit den beiden war der Geruch irgendeines aufdringlichen, süßen Parfums in den Raum gekommen, der Angela automatisch die Luft anhalten ließ.

»Wir sind die Obermöllers. Sind Sie unsere Reisebegleitung?« Die Frau kam auf Angela zu.

»Ähm.«

»Wir haben das ja noch nie gemacht, Horst und ich. Es wird sicher zauberhaft, ganz zauberhaft.« Frau Obermöller lachte ein schrilles, hysterisches Lachen. Ihre Worte trieften nur so vor Ironie.

»Also …«

»Aber Horsti hier«, die Frau mit der perfekten Dauerwelle deutete zu dem grauhaarigen Mann hinüber, der gerade mit geschlossenen Augen etwas von dem »ekligen Trockenfleisch« kaute und es sichtlich genoss, »ist ganz verrückt nach Tieren, nicht wahr? Besonders interessiert er sich für Wüstenwarzenschweine. Seit Jahren beschäftigt er sich mit ihrem Balzverhalten und ihren Zähnen.«

»Renate, ich glaube nicht, dass das die Dame …«, versuchte Horst einen Einwand vorzubringen.

»Papperlapapp. Hören Sie, Ms …«

»Nennen Sie mich Angela. Ich komme aus England.«

»Reizend. Angela also.«

Als Renate nähertrat, wurde Angela von der Parfumwolke eingehüllt. Die beiden Frauen gaben einander die Hand. »Freut mich. Ich bin Renate aus München. Das ist der Horsti.«

Der Mann winkte herüber und goss sich etwas Eistee in ein Glas. Er nahm sich eine ganze Handvoll Biltong.

»Wunderbar, das Kudu. Haben Sie es probiert?« Im Gegensatz zu seiner rundum schrillen Gattin wirkte dieser Horsti ziemlich farblos. Er lächelte schüchtern zu Angela herüber.

»Das ist Kudu?«, fragte sie nach. Die Schärfe des Fleisches tanzte noch immer auf ihrer Zunge.

»Allerdings.«

»Ich habe es nicht erraten. Aber ja, mir hat es auch geschmeckt.« Angela lächelte auch.

Renate jedoch rümpfte die Nase. »Mir schmeckt jedes Steak besser als dieses Wild. Aber vermutlich ist es billiger, sich auf seinen eigenen Ländereien zu bedienen und dieses Zeug herzustellen, nicht wahr?«

Frau Obermöller ging zu dem kleinen Tisch, nahm die Karaffe mit kaltem Tee und roch daran. »Da ist kein Alkohol drin, oder? Schade. Ich dachte, ich könnte mir die Tour schöntrinken.«

Meine Güte, das konnte ja heiter werden mit dieser vulgären Person. Angela stopfte ihre Hände in die Hosentaschen, damit die Frau nicht sah, wie ihre Fäuste sich öffneten und schlossen. Es war ein Tick, den sie nicht ablegen konnte. Wenn sie wütend war, machten ihre Hände, was sie wollten.

»Horsti, schaust du mal nach einem Bier für mich?«

Er nickte nur, schicksalsergeben. Dann verließ er den Raum.

Das Gefühl, auf Wolken zu schweben, weich eingebettet zu sein, wurde während seiner Abwesenheit von Renate mit einem gigantischen Wortsturm davongepustet. Als Horsti mit dem Bier zurückkam, nahm sie es ganz selbstverständlich und trank mit großen, undamenhaften Schlucken.

»Aaah, das ist besser.« Sie wischte sich mit dem Handrücken über den Mund. Ein guter Anteil ihres hellroten Lippenstifts fiel dieser Geste zum Opfer.

Angela nahm noch ein Stück Biltong, dieses Mal eine andere Sorte. Sie biss hinein und wusste instinktiv, um welche Fleischsorte es sich handelte. Ganz automatisch verzog sich ihr Gesicht, sie griff nach einer der kleinen Servietten, die bereitlagen, und hielt sie sich vor den Mund.

Horsti nahm sich ebenfalls ein Stückchen des Fleisches. »Oh. Das bekommt man selten.« Seine Körperhaltung wurde schlagartig straffer. »Wissen Sie, um was es sich handelt? Es ist so gut wie nie erhältlich. Unglaublich, dass die Farm es uns hier anbietet. Deshalb komme ich immer wieder gern hierher, wegen solcher Kleinigkeiten.«

Er kaute versonnen, während Angela sich darauf konzentrierte, das Fleisch nicht auszuspucken.

»Und?«, fragte Horsti erwartungsvoll.

Angela schluckte den Bissen hinunter. »Keine Ahnung, warum ich das weiß. Aber das war Giraffe.«

Die Miene des Mannes, er musste um die sechzig sein, hellte sich auf. »Hervorragend! Sie haben es gleich erkannt.«

»Schmeckt es Ihnen denn?«

Renate mischte sich ein. »Horsti! Deine Begeisterung in allen Ehren. Aber natürlich schmeckt es nicht.« Sie verdrehte die Augen und prostete in die Runde, bevor sie das Glas leer trank.

George van Staal war lautlos herangetreten und musterte erst Angela, die noch immer ihre Serviette an den Mund presste, dann Renate. Den Bruchteil einer Sekunde später wandte er sich Horsti zu. Die unverhohlene Verächtlichkeit, die in seinem Blick gelegen hatte, war so bedrückend, dass Angela es nicht fertigbrachte, sich zu rechtfertigen. Sollte er doch denken, was er wollte, dachte sie trotzig.

Sie straffte ihre Haltung und spülte den seltsamen Nachgeschmack des Giraffenfleisches mit einem Schluck Tee hinunter.

Stress tat ihr nicht gut, selbst wenn es nur anstrengende Menschen waren, die ihn produzierten. Das angenehme Wolkengefühl hatte sich verzogen und sie spürte, dass unter der Decke aus Schmerzmitteln der Kopfschmerz schon wieder lauerte, bereit, sie jederzeit anzugreifen.

Ohne die anderen anzuschauen, zog sie ihr Handy aus der hinteren Hosentasche und tippte eine schnelle Nachricht an Jasper und Carl.

Bin die drei nächsten Tage mit Verrückten auf Safari. Macht euch keine Sorgen, wenn ihr nichts hört. Ich liebe euch sehr. Küsse, Angela

»Soll das da etwa mit?« Er zeigte auf Angelas Handy.

Sie fühlte sich, als würde ein strenger Lehrer sie maßregeln, und reagierte ganz automatisch, indem sie sich ein wenig duckte. Als sie sich dabei ertappte, wurde sie noch ärgerlicher. Er kannte sie nicht. Er konnte nicht wissen, dass sie das Telefon brauchte, um im Zweifel die Dosis ihres Schmerzmittels mit Doktor Cooney zu Hause in London abzusprechen. Und es ging ihn auch nichts an, warum sie was tat. Ihr war völlig klar, dass sie ihr Mobiltelefon im Busch ausschalten musste. Es war eigentlich eine Beleidigung, dass er ihr überhaupt unterstellte, dass sie sich dessen nicht bewusst war.

»Keine Sorge. Ich plane keine Telefonkonferenz auf Safari«, antwortete sie ihm also und machte das Gerät aus.

»Sehr schön. Dann sind wir uns ja einig.« George verzog keine Miene.

Breitbeinig und mit verschränkten Armen stand er da. Er war ein Mann wie ein Fels. Seine Hände waren riesig, sein Brustkorb wollte das Hemd sprengen, das er trug. Alles an ihm war mächtig und einschüchternd, besonders seine unwirsche, zu direkte Art.

Jetzt schaute er zu Renate und Horsti hinüber.

»Und Sie wollen wirklich so los, Renate? So farbenfroh?«, fragte er seinen Gast. George selbst trug uralte Boots, das Leder war schon leicht brüchig, man sah ihnen an, wie weit ihr Träger mit ihnen schon gelaufen war. Die Hose, die George anhatte, war an den Knien fast durchgewetzt, obwohl sie aus robustem Stoff bestand, und das einfache Safarihemd mit dem Symbol der Farm darauf hatte auch schon bessere Tage gesehen. Jetzt deutete er auf Renates orange Turnschuhe und musterte ihre leuchtende Blumenbluse mit gehobenen Augenbrauen.

»Ein wenig Farbe kann uns allen nicht schaden, nicht wahr. Ihr Afrikaner tragt ja immer dieses Schlammfarbene. Und das ist nach meinem Verständnis gar keine Farbe, sondern ein Zustand. Das schlägt ja ganz offensichtlich auf die gute Stimmung. Da sind Sie selbst ja das beste Beispiel.« Renate schaute bedauernd in ihr leeres Bierglas.

George wollte etwas antworten, aber am Ende löste er nur seine Arme aus ihrer Verschränkung. Seine Kieferknochen traten hervor, so fest biss er die Zähne zusammen. Angela sah ihm an, was es ihn kostete, sich das zu verbeißen, was ihm auf der Zunge lag.

»Dann wären wir so weit«, presste er schließlich heraus.

George ging zu Horst hinüber und streckte ihm seine riesige Pranke entgegen: »Danke, dass Sie mitkommen.« Die Erleichterung in seiner Stimme war unüberhörbar.

Tatsächlich nickten sich die beiden Männer kurz zu, wie Verbündete, bevor George der gesamten kleinen Reisegruppe sein breites Kreuz zukehrte und davonstapfte.

Kapitel 8

George van Staal

Kein Wunder, dass Mojo nicht zur Arbeit gekommen war. George wäre selbst am liebsten weggelaufen wie sein Mitarbeiter. Renate war eine fürchterliche Person, so grell und überschminkt, dazu die locker sitzende Zunge. Von wegen, er sei missmutig. War es ein Wunder, wenn sie wie ein Paradiesvogel herumlief und damit eine Tiersichtung von vornherein unmöglich machte?

Und dann noch diese Angela, dieses zarte, blasse Persönchen, das auf sein Handy gestarrt hatte wie eine Ertrinkende. Er kannte diesen Blick. Die Leute heutzutage waren alle so. Gefangen in den Medien, keinen Blick mehr für die Natur und das Jetzt, in dem sie sich gerade befanden. Sie war genau der Typ, den er auf Safari nicht leiden konnte. Der alles fotografieren musste, als ob sein Leben davon abhinge, und dabei vergaß, den Moment zu genießen. Ihre oberste Priorität für den Trip war mit Sicherheit ein Selfie mit Elefant oder etwas ähnlich Dämliches. So blass, wie sie war, hatte sie die Sonne schon seit Monaten nicht gesehen. Eine typische Stubenhockerin, die wegen einer naiven Verliebtheit bis hierher gereist war. George verachtete diesen Typ Mensch, der sich, geleitet von irrationalen Emotionen, zu Dingen hinreißen ließ, die ihm eigentlich nicht entsprachen.

Horst war sein einziger Lichtblick. Der Biologe war ein Enthusiast, was die Tierwelt Afrikas anging – und so würde er wenigstens *einen* normalen Menschen auf der Tour dabeihaben.

»Sind wir dann so weit?«, wandte George sich an die kleine Gruppe, die mittlerweile draußen vor dem Farmgebäude aufgereiht stand. Angela trug ihren Rucksack bereits auf dem Rücken. George stellte überrascht fest, dass sie sich offenbar aufs Wesentliche beschränkt hatte. Renate trug nur eine kleine Handtasche – natürlich. Horst würde ihr gemeinsames Tagesgepäck schleppen, einen eindrucksvollen Rucksack, der seinen Träger, seit er ihn auf den Rücken gehievt hatte, kleiner wirken ließ, als er tatsächlich war.

George hob seinen eigenen Rucksack mühelos auf die Schultern, obwohl er ein paar Liter Wasser, Snacks und das Erste-Hilfe-Set beinhaltete. Die harte Arbeit auf der Gamefarm hatte ihn gestählt. Er bemerkte die schwere Last gar nicht.

Diese blasse Londonerin nickte nur.

Renate band sich die Schnürsenkel ihrer schreiorangen Schuhe nach.

»Natürlich. Ich freue mich schon.« Horst machte ein paar Schritte auf George zu, der sich nach Afeni umschaute. Er begleitete die Touren, machte das Schlusslicht auf den Walkingsafaris und trug, wie George, eine Waffe für den Notfall. Ohne Schusswaffe wäre es zu gefährlich im Busch. Nicht auszudenken, wenn ein Leopard die Gruppe angreifen würde und sie unbewaffnet wären. Sicher war der Junge noch beim Rauchen – noch so ein Laster, für das George nichts als Unverständnis übrighatte.

»Afeni!« Georges Stimme dröhnte über den Vorplatz.

Der schlaksige Schwarzafrikaner kam um die Ecke, sobald er seinen Namen hörte. Er war an sich ein braver, unauffälliger junger Mann, der irgendwann ein hervorragender Guide werden würde. George mochte ihn, weil er zuverlässig und fleißig war. Jetzt stieß Afeni hinter vorgehaltener Hand den Rauch aus – er kannte seinen Chef gut genug.

»Ja, Boss. Ich bin fertig.« Er hatte die Uniform an, die alle Mitarbeiter der Farm trugen: khakifarbene lange Hosen, einfache Schuhe, passendes Hemd mit Logo. Er war so schlank, dass der Stoff um seinen Körper schlackerte. Seine Schusswaffe hing ihm über der Schulter. Was lässig aussah, ihm vor allem aber den schnellsten Zugriff auf die Waffe ermöglichte. Und George wusste, wie reaktionsschnell der Junge war.

»Gut. Dann los. Wir fahren ein kleines Stück mit dem Jeep, vorbei an der Cashewplantage, hinaus in unser Land. Dort laufen wir dann los. Mittags werden wir an einem Aussichtspunkt ein leichtes Essen einnehmen und am Abend, im ersten Camp, gibt es ein Braai. Die Boerewors wird uns nach dem langen Trekkingtag schmecken.« George bemühte sich um professionelle Freundlichkeit, während sie zu dem Fahrzeug hinübergingen. Er bezweifelte, dass eine der beiden Frauen das traditionelle Grillfest mit der leckeren Wurst von der Nachbarfarm zu schätzen wusste. Aber es war sein Job. Sie brauchten nun mal das Geld, das derartige touristische Events einbrachten.

Alle hatten sich angeschnallt. George startete den Motor. Er liebte das Geräusch des alten Jeeps, das kräftige Röhren.

»Morgen geht es dann weiter in Richtung ›Elefantsview‹, unserem einzigartigen Camp mit Ausblick über ein besonders schön angelegtes Wasserloch. Wie der Name schon sagt, werden wir dort aller Voraussicht nach Gelegenheit haben, Elefanten zu beobachten, aber natürlich kann ich Ihnen das nicht versprechen. Die Tiere tun, was sie wollen.« Als sie die Farm passiert hatten, gab George Gas.

»Und am letzten Tag laufen wir dann wieder hierher zurück«, schloss er seine Ausführungen zum Programm.

»Sie hören auf meine Kommandos, das ist wirklich unerlässlich. Die Gruppe bleibt immer dicht zusammen und niemand macht Extratouren. Wenn Sie etwas brauchen oder Probleme haben, kommen Sie leise nach vorne und sprechen ebenso leise mit mir.« Sein Ton ließ keinen Widerspruch zu. Er nahm eine Kurve etwas zu eng und Kies spritzte hoch. Der Wagen hinterließ eine Rauchfahne, als das Fahrzeug weiter beschleunigte.

»Hat jemand noch Fragen?« George warf einen Blick in den Rückspiegel. Angela schüttelte den Kopf, Horst machte gerade ein Foto und war ganz vertieft in was auch immer er da draußen sah.

Nur Renate nickte. »Was gibt es denn am zweiten Tag zum Dinner?«

George hörte seine Kiefer knacken, so fest biss er die Zähne zusammen. Renate mochte Swimmingpools und Bier. Sie verstand nichts von Natur und schätzte sie ebenso wenig als das Wunder, das sie war. Diese undankbare Person würde ihn während der drei Tage in den Wahnsinn treiben, das wusste er schon jetzt. Er atmete tief durch, bevor er eine höfliche Antwort gab.

* * *

Sie liefen querfeldein über einen Wildwechsel. George kannte die Gegend wie seine Westentasche. Er war schon in seiner frühen Jugend, nachdem er ein umfangreiches Schießtraining mit seinem Vater absolviert hatte, allein auf der Farm herumgestreift. Die Tierwelt hatte ihn von jeher fasziniert. Er fuhr oft mit dem Jeep raus, stieg irgendwo aus und machte sich dann auf den Weg. Wie andere Menschen spazieren gingen, unternahm er abendliche Safaris, um sich nach dem Tagesgeschäft auf der Farm zu entspannen.

»Ganz schön heiß, nicht wahr, Angela? Ich glaube, ein Päuschen wäre nett.« Renate fächelte sich mit der Hand Luft zu.

George schaute auf die Uhr. »Wir sind erst vor zehn Minuten losgelaufen. Da werden sich die Damen wohl noch gedulden müssen. Außerdem bitte ich Sie, etwas leiser zu sprechen, wenn Sie heute noch ein Tier sehen wollen.«

Er lief weiter, in Richtung des Köcherbaumes, der mitten im Busch auf einer kleinen, felsigen Erhebung wuchs. George hatte ihn auf einem seiner Streifzüge entdeckt. Ein Wunder, dass der Baum hier wuchs. Eigentlich gab es sie nur noch in Nationalparks und viel nördlicher.

Vermutlich hatte keiner der drei Gäste einen Blick dafür, aber »besondere Begegnungen mit Flora und Fauna« standen nun mal in der Reisebeschreibung.

»Wow.« Eine leise Stimme von hinten. Überrascht drehte George sich um. »Ein Köcherbaum. Ich hätte gar nicht gedacht, dass hier Aloen wachsen.«

Angelas Stimme klang kein bisschen klein und zart. Sondern ehrlich erfreut.

»Darf ich näher ran?« Sie fragte ihn sogar, wie sie sich verhalten durfte.

George nickte erstaunt. »Kommen Sie, ich gehe mit.«

Die Frau machte erstaunlich feste Schritte über das Geröll hinauf zu dem Baum. Sie nahm ihren Rucksack ab und holte eine Kamera hervor, mit der sie ein Foto machte. Anschließend hängte sie sich den Fotoapparat um den Hals. »Es ist okay zu fotografieren, nicht wahr?«

»Natürlich.«

Die beiden standen vor dem Köcherbaum. Angela legte ihre Hand vorsichtig, fast zärtlich an den Stamm. Sie hatte feingliedrige Finger, die Handrücken voller winziger Sommersprossen. Es sah aus, als würde sie die Rinde streicheln. Die Frau trug einen dezenten hölzernen Armreif mit einem in Gold gefassten Stein, was George überraschte, weil sie ansonsten vollkommen schmucklos war.

»Wie ist er hierhergekommen? Haben Sie ihn gepflanzt? Soweit ich weiß, wachsen die Bäume eher in Namibia oder in der nördlichen Kapprovinz.« Sie sprach leise, war aber trotzdem gut zu verstehen.

Und sie wusste erstaunlich viel.

»Nein. Ich habe ihn nicht gepflanzt.« George lachte leise. »Das wäre ein wenig viel Aufwand, nicht wahr? Um ehrlich zu sein, habe ich keine Ahnung, wie der Baum hierhergekommen ist. Es war mehr ein zufälliger Fund.« George schaute sich um, beobachtete das Buschland um den Hügel herum. Man durfte nie unaufmerksam hier draußen sein. »Ich komme viel auf der Farm herum.«

»Das dachte ich mir.« Angela wandte ihm ihr Gesicht zu und lächelte. Vielleicht war sie anders, als er gedacht hatte, schoss es ihm durch den Kopf. Ihre Hand lag noch immer an dem rauen Stamm. George sah die kurz geschnittenen Nägel, unauffällig lackiert, sehr gepflegt. Die Frau trug keinen Ring. Warum fiel ihm ausgerechnet das auf?

Er wandte sich ab, suchte erneut die Umgebung mit den Augen ab. Afeni lehnte unten gegen den Stamm eines Kameldornbaumes und verschmolz fast mit der Natur, während auch er die umliegende Vegetation im Blick hielt. Renate hatte ihren Schuh ausgezogen, schüttelte ihn mit mürrischer Miene aus – vermutlich hatte sie etwas gedrückt – und stützte sich dabei schwer auf den Arm ihres Mannes.

»Können wir?« George zeigte nach unten.

»Selbstverständlich.« Behände stieg Angela den Hügel hinunter, hüpfte trittsicher von Stein zu Stein.

Er wusste nicht, wer diese Frau war, aber vielleicht war sie nicht ganz so fürchterlich, wie er anfangs gedacht hatte.

Kapitel 9

Angela Riley

Die Natur war atemberaubend schön. Allein das Wissen, dass hinter jedem Busch ein Tier sein konnte, gab dem Laufen einen besonderen Kick. Die Schmerzen hatten nachgelassen und ein leichter Wind machte die Hitze erträglich.

George blieb immer wieder stehen und inspizierte die Fußspuren am Boden. Schließlich blieb er vor einem riesigen Haufen Kacke stehen.

»Was soll das denn?«, zischte Renate und holte ein Taschentuch aus ihrem Handtäschchen, um sich den Stoff vor Nase und Mund zu pressen. George schenkte ihr einen abschätzigen Blick. Dann wandte er sich an Angela und Horsti.

»Dieser Dunghaufen ist die Reviermarkierung eines Breitmaulnashorns. Während das Spitzmaulnashorn mit Urin markiert, kackt das Breitmaulnashorn an die Reviergrenzen, sozusagen.« Er grinste. Angela sah die diebische Freude in seinen Augen. Überhaupt war er auf den zweiten Blick durchaus attraktiv. Seine sonnengegerbte Haut, die Fältchen um die Augen, die von einem eigenwilligen Grün waren, die kräftige Statur, die von harter körperlicher Arbeit herrührte. Er war nicht klassisch schön, aber er besaß eine Art herber Männlichkeit, die

Frauen mit Sicherheit ansprach. Angela jedenfalls sprach sie an, diese raue Maskulinität, die er ausstrahlte.

Er beugte sich über den gewaltigen Haufen Exkrement und beäugte ihn genauer. »Der Bulle muss heute Morgen erst hier gewesen sein.«

Die Vorstellung, dass sich ein Breitmaulnashorn in der unmittelbaren Umgebung aufhielt, sorgte bei Angela für eine Gänsehaut. Die Größe des Dunghaufens ließ auf die Größe des Tieres schließen – und das sorgte bei ihr für eine gewisse Unruhe.

Renate streckte ihre Hand nach Horsti aus, aber der war neben George getreten und unterzog die Ausscheidung ebenfalls einer visuellen Untersuchung. »Man könnte wunderbar eine Kotprobe entnehmen und diese zu Hause im Institut genauer untersuchen. Ich meine, das wäre …« Horsti wirkte überhaupt nicht mehr so grau. Im Gegenteil. Er schien völlig in seinem Element zu sein.

»Das kannst du vergessen! Ich schlafe nicht mit der Kacke von einem Nashorn unter einem Dach.« Renates Stimme klang gedämpft hinter dem Taschentuch, das sie sich noch immer vor ihr Gesicht presste.

Sofort verlor Horst wieder etwas von seiner Euphorie und trat einen Schritt zurück. Meine Güte, wenn das typisch für eine langjährige Ehe war, konnte Angela froh sein, dass ihr dieses Szenario in ihrem Leben erspart geblieben war.

»Gehen wir weiter.« George übernahm wieder die Führung.

Eine Viertelstunde später raschelte es im Gebüsch ein Stück weiter vorn und George hob die Hand. Er drehte sich zu der kleinen Gruppe um und legte einen Finger auf seine Lippen.

Dann deutete er auf einen Strauch ein wenig rechts und auf Horsti, der so leise wie möglich zu George ging, natürlich mit Renate im Schlepptau.

Angela trat einen Schritt beiseite, um die beiden durchzulassen. George hatte sicher seine Gründe, ihn zu sich zu rufen.

»Oh«, hauchte Horsti jetzt auch andächtig und ging in die Knie, um besser zu sehen. Eine ganze Warzenschweinfamilie kam grunzend unter dem Busch hervor. Das Muttertier trug ein gewaltiges Haarbüschel im Nacken und graste friedlich. Die Menschen schienen es nicht zu stören. Die Sau knickte sogar die Vorderbeine ein und sank auf die Knie. Dabei streckte sie das Hinterteil in die Luft, eine Haltung, die Angela grinsen ließ. Die Jungtiere umschwärmten ihre Mutter und versuchten, an ihre Zitzen zu gelangen, während sie zart grunzten.

»Das machen sie, um schneller ans Fressen zu kommen«, flüsterte Horsti beinahe tonlos. Trotzdem wackelte die Warzenschweindame mit den Ohren und richtete sich wieder auf.

Alle standen bewegungslos und beobachteten, wie sich die kleine Warzenschweinfamilie vor ihnen tummelte. Zwei der Kleinen maßen ihre Kraft und Geschicklichkeit in einem Art Showkampf, der damit endete, dass das eine über seinen Gegner hinwegrollte. Ein anderes Ferkel wälzte sich genüsslich im Gras. Angela hätte dem Treiben ewig zuschauen können. Sie war gefesselt von den Tieren und ihrem putzigen Benehmen. Nie hätte sie gedacht, dass diese Warthogs, wie sie hierzulande genannt wurden, so interessant waren. Man hörte nichts als die Geräusche der Tiere und das Rascheln der Gräser und Blätter ringsum im Wind. Angela war schon lange nicht mehr so unmittelbar in der Natur gewesen, so mittendrin. Sogar das reißende Geräusch, das entstand, wenn die Sau ein weiteres Büschel Gras abrupfte und genüsslich schmatzend verzehrte, war zu hören.

»Können wir dann jetzt?« Renates schrille Stimme durchbrach die feierliche Stille. Sie bemühte sich nicht einmal um ein Flüstern.

Die Warzenschweinmutter sprang jäh auf, quietschte laut und rannte, gefolgt von ihrem Nachwuchs, davon.

Horstis Blick hätte töten können. »Sag mal, hast du sie noch alle?«

»Mir ist warm und ich habe mir eine Blase gelaufen. Weißt du, Horsti, es geht hier nicht nur um dich.« Renate schürzte die Lippen und zupfte sich die Bluse zurecht.

»Ich heiße Horst«, sagte er fest, stand auf und wandte sich zu seiner Frau um. »Und ich sage dir jetzt, warum wir hier sind. Wir sind hier, weil *ich* hart arbeite in der Universität. Deshalb können wir uns diese Reise leisten. Nicht wegen deiner bescheuerten Charity-Events oder des Kurses im Nassfilzen, den du besuchst. Und ich beschäftige mich *beruflich* mit diesen Tieren, die du gerade verjagt hast.« Horst war feuerrot angelaufen vor Wut.

»Du wirst also zukünftig die Klappe halten, wenn wir Tiere sichten – und zwar egal welche! Sonst sorge ich dafür, dass wir im kommenden Jahr nicht auf einer Luxuslodge mit Pool urlauben, mit der du bei deinen fragwürdigen Freundinnen angeben kannst, sondern in Wanne-Eickel an einem Baggersee – ist das klar?«

Angela starrte auf das Ehepaar, George tat es ihr nach. Horstis Auftritt war beeindruckend. Gespannt wartete Angela auf Renates Reaktion. Doch die fiel unerwartet unspektakulär aus.

»Ist ja schon gut.« Sie zog noch immer ihren Flunsch. Dann machte sie einen Schritt in Georges Richtung. »Können wir weiter?«

George nickte und die Karawane setzte sich wieder in Bewegung.

Dieser Mann wirkte wie ein Teil der Landschaft. Angela lief jetzt hinter ihm und konnte seine geschmeidigen Bewegungen studieren. Trotz seiner Körpergröße waren seine Schritte kontrolliert und dynamisch, er trat lautlos auf, schien mit der Landschaft zu verschmelzen. Da stand er seinem Assistenten Afeni in nichts nach. Sie hätte gern so vieles über ihre Umgebung erfahren. Angefangen bei den riesigen Termitenhügeln über seltsame Pflanzen bis zu den kleinsten Krabbeltieren und allen anderen Dingen, die ihre Aufmerksamkeit erregten. Aber George ging stetig voran und sie wagte nicht, die Ruhe zu durchbrechen und die Gruppe mit ihrer Fragerei aufzuhalten. Angela nahm sich vor, das am Abend nachzuholen. Dann ergab sich bestimmt die Gelegenheit.

Das Laufen kostete sie Kraft. Sie spürte, dass es Energie zog. Doch gleichzeitig hatte sie das Gefühl, so viel zurückzubekommen.

Plötzlich blieb George wieder stehen. Vor ihnen lag eine Sandfläche, die wie eine Insel wirkte. Sie war nicht besonders groß, Angela schätzte ihren Durchmesser auf vielleicht zehn, zwölf Meter. George beugte sich hinunter.

»Elefanten.« Er flüsterte. »Schaut mal, das hier sind Elefantenfußspuren.« Er klang beinahe zärtlich. Wie der eines überdimensionalen Tellers zeichnete sich der Abdruck im Sand ab.

Alle begutachteten die Spur, die sich quer über das Sandbett zog.

George stand auf. »Kommt mit. Wir schauen mal, ob er noch in der Gegend ist.«

»Der Elefant?« Renate klang sogar schrill, wenn sie flüsterte.

Es reichte, dass Horst sie scharf anschaute. Schon setzte sie sich in Bewegung.

Langsam gingen sie der Spur nach. An einer leicht sumpfigen Stelle nah an einem Wasserlauf hatte sich ein Abdruck tiefer in den Boden gegraben und war mit Wasser vollgelaufen.

»Solche Stellen bilden oft natürliche Biotope.« George war wieder stehen geblieben und deutete auf ein weiteres kleines

Loch dieser Art, an dessen Rand eine Libelle saß. »Hier sind wohl vor ein paar Wochen schon mal Elefanten vorbeigekommen. Die Libelle hier verteidigt ihren Tümpel. Damit zeigt sie, dass sie sich hier langfristig niedergelassen hat. So schaffen Elefanten Lebensräume für andere Tiere, nur, indem sie vorbeilaufen. Ist das nicht wie ein Wunder?« Angela hörte, wie sehr George an den Elefanten Anteil nahm. Sein detailliertes Wissen imponierte ihr.

»Übrigens ist es völliger Blödsinn, wenn viele Menschen denken, Elefanten seien so was wie Trampeltiere. Das Gegenteil ist der Fall. Sie bewegen sich sehr leise und bedächtig. Kommt, wir gehen weiter.«

Angela hielt sich noch immer hinter George. Ihr Magen knurrte schon, aber die Situation war gerade viel zu spannend, um das Hungergefühl mehr als nur am Rande wahrzunehmen.

Sie liefen zwischen eng stehendem Gestrüpp hindurch, setzten vorsichtig ihre Schritte, stiegen über heruntergefallene Zweige. Die Vegetation war hier dichter. Angela bewunderte George, der exakt zu wissen schien, wohin er sie führte. Sein Orientierungsvermögen wurde von dem satten Grün, das überall um sie herum war, nicht eingeschränkt.

Langsam lichteten sich die Pflanzen ein wenig. Der Bewuchs wurde niedriger und nur von Schirmakazien durchbrochen, die ihrem Namen alle Ehre machten. George deutete auf eine Stelle. Dort standen ein paar kleinere Büsche und ein herrlich gewachsener Baum, dessen Krone sich wie ein Dach ausbreitete. Und darunter stand er: ein ausgewachsener Elefantenbulle. Angela hielt die Luft an. Der Bulle war riesengroß. Er streckte seinen Rüssel aus und schlang ihn um einen Ast. Ein lautes Knacken ertönte, als er ihn scheinbar mühelos abbrach und begann, die Blätter mit dem Mund abzuzupfen, während er mit dem Rüssel den Ast hielt. Ohne nachzudenken, tat Angela einen Schritt nach vorn, sodass sie jetzt direkt neben George stand.

Sie hatte ihre Umgebung vollständig vergessen. Der Anblick des Elefanten, die Macht der Natur, die er ausstrahlte, die Grazie, all das zog sie magisch an.

Als der Elefant fertig war und den nackten Ast zu Boden fallen ließ, hob er den Kopf und kam genau auf die kleine Gruppe zu.

»Oh nein.« George winkte Afeni zu, der sich lautlos neben ihn stellte. Dann griff er Angelas Arm. Seine Hände fühlten sich rau auf ihrer Haut an. Ohne ein weiteres Wort schob er sie hinter sich.

Der Elefant wedelte mit den Ohren. Sein Kopf bewegte sich von rechts nach links, er gab ein bedrohliches Trompeten von sich.

»Geh, Dumbo, komm schon.« George redete laut vernehmlich mit dem Tier. »Bitte.«

Aber der Elefant ließ sich nicht beeindrucken. Er kam schnell näher, so schnell, dass er Staub vom Boden aufwirbelte.

»Nein.« Ohne Zögern hob George seine Waffe und entsicherte sie, Afeni tat es ihm nach. Der Junge war schnell. Schon hatte er angelegt und zielte.

»Geh, Großer. Bitte geh!«

»Warte. Wir warten bis zur letzten Sekunde.« Die Anspannung in Georges Stimme verriet den Ernst der Lage.

»Geh!« George sicherte und entsicherte seine Waffe ein weiteres Mal in Lichtgeschwindigkeit. Dann legte auch er die Waffe an. »Geh!«, wiederholte er. Es klang flehentlich und verzweifelt.

Angela duckte sich hinter George. Der Elefant war riesig, sein massiger Körper eine Waffe, deren Kraft Angela bis zu diesem Augenblick gar nicht bewusst gewesen war.

Der Elefant trompetete ein weiteres Mal, als er das Klickgeräusch hörte, das das Entsichern der Flinten verursachte.

»Verschwinde, Großer!« George sprach deutlich und ohne eine Spur von Angst.

Der Dickhäuter verharrte für einen Augenblick in seiner Bewegung. Das riesige Tier und der Mann schienen einander anzustarren, ohne Worte miteinander zu wechseln. Dann wandte der Elefant sich ab. Ein kleines Stück weiter weg drehte er sich noch mal um, wirkte unschlüssig. Aber er traf die richtige Entscheidung und verschwand zwischen den Bäumen im Dickicht, auf demselben Weg, den gerade noch die kleine Reisegruppe entlanggelaufen war.

»Gott sei Dank.« George ließ die Waffe sinken. Afeni dagegen blieb in Position, die Waffe noch immer auf die Stelle gerichtet, wo der Bulle verschwunden war.

Der Farmer setzte sich auf den Boden, das Gewehr lag vor ihm im Gras. Er stützte den Kopf schwer in die Hände.

Angela spürte erst jetzt, dass ihr Hemd nass von Angstschweiß war. Unter ihren Armen hatten sich große Schweißflecken gebildet.

»Warum ist das Tier so aggressiv?« Horst war der Einzige, den die Situation offensichtlich nicht sonderlich beeindruckte, sondern der mehr am Verhalten des Elefanten interessiert war.

»Wilderer. Ist euch aufgefallen, dass ihm ein Stoßzahn fehlt?«

Vor lauter Aufregung hatte es keiner in der Gruppe bemerkt, alle schüttelten den Kopf.

»Dumbo kommt aus einem kleinen Wildpark in der Nähe des Umfolozi-Parks. Wilderer wurden auf frischer Tat dabei ertappt, wie sie ihn erst betäubten und ihm dann auf brutale Art einen Stoßzahn herausgebrochen haben«, erklärte George.

»Sie haben ihn tatsächlich dafür betäubt?«, fragte Horst ungläubig. »Normalerweise werden die Tiere doch einfach abgeschossen.«

»Richtig.« George nickte. »Keine Ahnung, warum sie ihn nicht erschossen haben. Vielleicht hatten sie nur Betäubungsmunition zur Verfügung. Ich habe keine Ahnung.«

»Wäre besser gewesen, sie hätten ihn ganz erledigt«, kam von Renate, die schon wieder an ihren orangen Schuhen herumfummelte, einen auszog und in Seelenruhe ihre Ferse betrachtete, als wäre nichts passiert.

»Was für eine Aufregung!«, sagte sie – völlig im Widerspruch zu ihrem Handeln.

Georges Blick konnte zum Glück nicht töten. Aber er war vernichtend. Schnell schaute er zu Boden und sicherte seine Waffe. Er hatte nichts auf Renates Ausspruch geantwortet, doch seine Augen hatten alles gesagt.

Der Farmer nahm seinen Rucksack ab, holte seine Wasserflasche aus der seitlichen Tasche und trank einen großen Schluck.

»Auf jeden Fall hat der kleine Park danach seine Elefanten weggegeben, an sicherere Orte. Wir haben den Bullen genommen, weil keiner ihn wollte. Ich fand, dass er einen guten Platz verdiente, nach allem, was er durchgemacht hat. Aber Elefanten vergessen nichts. Sie vergessen niemals. Dementsprechend reagiert dieser Elefantenbulle auf Menschen …«

Er trank erneut, dann steckte er die Flasche zurück an ihren Platz. »Sie müssen wissen, dass er nicht böswillig agiert. Und normalerweise hält er sich am anderen Ende der Farm auf, in einem abgelegenen Gebiet, wo selten jemand hinkommt. Vielleicht hat ihn eine hübsche Elefantenkuh in diese Gegend gelockt«, meinte George verschmitzt. Er schien sich wieder gefasst zu haben. Mit einer schnellen Bewegung war er aufgestanden.

»Entschuldigen Sie, Angela, dass ich Sie so unsanft angefasst habe, aber ich hatte Angst um Sie.«

»Kein Problem.« Sie spürte seinen Griff noch an ihrer Haut. Die Stelle brannte ein wenig, aber nicht schlimm. Er hatte sie beschützen wollen! Wann war sie zuletzt von jemandem beschützt worden?

Kapitel 10

George van Staal

Die Sonne ging langsam unter. Der Nachmittag war so dahingeplätschert. Aber George hing die Begegnung mit dem Elefanten noch in den Knochen. Er hatte das einfache Mittagessen auf der Anhöhe gut rumgebracht, wobei natürlich Renate nicht begeistert darüber gewesen war, dass nur Sandwiches auf dem Speiseplan standen.

Sie war barfuß dagesessen und am Ende hatte er noch ihre Blasen an den Fersen versorgen müssen. Kein Wunder, dass sie mit diesen Plastikschuhen Probleme bekam, aber natürlich hatte er nichts gesagt. Über den Nachmittag waren ein paar Zebras in der Ferne zu sehen gewesen, eine Giraffe, die bei ihrem Anblick sofort Reißaus genommen hatte, und eine kleine Herde Impalas, die aber ebenfalls schnell die Flucht ergriffen hatte. Kein Wunder bei Renates quietschbuntem Anblick.

Jetzt war das Camp schon in Sicht. Es befand sich, wie der Mittagsplatz, auf einem Hügel, sodass man eine gute Rundumsicht hatte. Fünf Zelte, in die Landschaft eingebettet, ein Feuerplatz und ein Küchenzelt. Alles war luxuriös eingerichtet: feste Holzböden, stabile Betten, sogar ein kleiner

Kleiderschrank war vorhanden. Es gab Komposttoiletten und Duschen. Jedes Zelt verfügte über eine eigene kleine Terrasse.

»Sind wir bald da? Meine Beine bringen mich um«, meckerte Renate von ganz hinten. Sie lief mittlerweile mit so großem Abstand zur Gruppe, dass Afeni sie immer wieder leise zur Eile antrieb. Es war nicht gut, wenn sich die Gruppe der Wanderer zu sehr auseinanderzog. Das konnte gefährlich sein.

George drehte sich abrupt um. »Sie fragen das zum vierten Mal.«

Fast wäre Angela in ihn hineingerannt, weil er so plötzlich stehen blieb. Sie stolperte und er streckte ganz automatisch einen Arm aus. Schon hielt er wieder ihren Oberarm fest umklammert. Meine Güte, sie war wirklich leicht wie eine Feder. Seine Finger schlossen sich beinahe vollständig um ihren Arm.

»Sind Sie in Ordnung?«, fragte George besorgt. Angela wirkte blass, fast durchsichtig. »Ich wollte Sie nicht schon wieder erschrecken. Aber sie wären gefallen und …«

»Nein, nein. Ich bin okay. Danke für die Rettung.« Sie lächelte. Es wirkte bemüht. Feine Schweißtropfen glänzten auf ihrer Oberlippe.

»Gut. Geht es noch ein Stückchen? Da drüben ist schon das Camp, sehen Sie? Auf dem Hügel dort!«

Ihr Blick folgte seinem Finger. »Ja, ich sehe die Zelte.«

Hörte er Erleichterung? Gefiel es ihr nicht hier draußen?

»Es ist unbeschreiblich hier draußen. Ich habe nur ein wenig Kopfweh«, sagte sie, als ob sie ihn gehört hätte. Sie lächelte wieder dieses Pergamentpapierlächeln. Ihre Sommersprossen stachen hervor, Dunkel auf Weiß.

»Brauchen Sie eine Schmerztablette? Ich hätte welche im Rucksack.« George machte Anstalten, den Rucksack abzunehmen, aber Angela legte ihre kleine Hand auf seinen Oberarm.

»Danke. Das ist nicht nötig, ich bin versorgt.« Sie zeigte in Richtung ihres eigenen Rückens. »Und es ist nur halb so schlimm.«

»Gut. Aber Sie sagen mir, wenn Sie Hilfe brauchen, ja? Es ist auch wirklich nicht mehr weit.« George merkte, wie wichtig es ihm war, dass es Angela gut ging. Etwas sagte ihm, dass sie nicht zu denen gehörte, die nach Mitleid heischten, eher das Gegenteil – und damit auch das Gegenteil von Renate, die sich jetzt bei Horst untergehakt hatte, der mit eiserner Miene weiterging, als ob seine Frau gar nicht da wäre. Er war wohl noch immer sauer. Wenn das so weiterging, würde es ein wenig vergnüglicher Abend werden.

Als sie wieder losmarschierten, schaute er sich unauffällig nach Angela um. Sie hatte eine Hand an ihre Stirn gelegt, ließ diese jedoch schlagartig sinken, als sie seinen Blick bemerkte, und lächelte ihm zu. George respektierte diese Art von Tapferkeit. Das Wort »Beschützerinstinkt« rauschte durch seinen Kopf. Er mochte diese Frau. Unauffällig drosselte er das Tempo, damit Angela sich ihre Kraft besser einteilen konnte. Sie würden das Nachtlager schon früh genug erreichen.

* * *

Gleich nach ihrer Ankunft im Camp hatte Angela sich zurückgezogen.

»Ich mache mich eben frisch und stoße später wieder zur Gruppe«, hatte sie gesagt. Aber sie war nicht zum Dinner gekommen. George hatte überlegt, zu ihrem Zelt hinüberzugehen, um nach ihr zu sehen. Dann jedoch hatte er den Gedanken verworfen. Sie hatte gesagt, sie komme wieder. Wenn sie nicht wollte, war das ihre Sache.

So hatte er das Abendessen mit Renate und Horst gezwungen höflich hinter sich gebracht und war froh, als die beiden sich nach dem Essen entschuldigten. Afeni und der Koch waren hinter dem Küchenzelt im Dunkeln verschwunden. George konnte sich vorstellen, was sie taten – und er ließ sie gewähren. Es war ihre Sache, nach der Arbeit einen Joint zu rauchen, so lange sie zuverlässig ihren Tätigkeiten nachgingen und am nächsten Morgen wieder fit waren.

Jetzt saß George allein am Feuer und genoss die Ruhe der Wildnis. Die Wärme der Flammen strahlte bis in sein Gesicht. Es war eine klare Nacht, sicher sah man die Sterne, wenn das Feuer etwas heruntergebrannt war. Er würde das abwarten und dann ins Bett gehen.

»Darf ich mich dazusetzen?« Sie sprach leise, wie unterwegs im Busch schon.

George, der nicht mehr mit Angela gerechnet hatte, fuhr hoch. »Selbstverständlich. Hier.« Er rückte ihr einen einfachen Stuhl zurecht.

»Entschuldigen Sie, ich fürchte, ich bin eingeschlafen.«

»Kein Problem. Das ist die Luft hier draußen und das Wandern. Haben Sie Hunger? Der Grill ist noch warm. Es ist noch Wurst da.« Ein Stückchen weiter weg glühten noch die Kohlen in dem selbstgemauerten Grill. »Außerdem kann ich Ihnen Butternusskürbis, Kartoffeln und Knoblauchbrot anbieten.«

»Wenn es keine Umstände macht. Ich habe Hunger wie ein Wolf.«

George stand auf. Es machte ihm tatsächlich nichts aus sich noch mal an den Grill zu stellen.

»Die Boerewors ist unglaublich gut. Ein Freund von mir macht sie selbst. Sein Geheimnis sind die leichte Schärfe und der Majoran. Ich geh nur eben in die Küche und hole die Sachen aus der Kühlbox.« Ohne eine Antwort abzuwarten, lief George in das Küchenzelt.

Bei seiner Rückkehr hatte Angela den Kopf nach hinten gelegt und die Augen geschlossen. Sie sah aus, als ob sie schon wieder eingeschlafen wäre. Aber in dem Moment, wo sie ihn herankommen hörte, machte sie die Augen auf.

»Sie sind sehr leise«, stellte sie fest.

»Jahrelange Übung.« Er lachte verlegen. »Ich bin viel hier draußen, da wird man automatisch ruhig.«

»Oh ja. Das habe ich mir auch gerade gedacht. Haben Sie das schon mal gehört, dieses Nichts? Also im positiven Sinne, meine ich.«

George nickte nachdrücklich. »Ich weiß *ganz* genau, wovon Sie sprechen.«

»Das Zirpen der Grillen, manchmal knackt es irgendwo – man fühlt sich als Teil der Natur, irgendwie klein und groß zugleich, nicht wahr?«

George hätte es nicht so in Worte fassen können, wie Angela es tat. Aber er konnte das, was sie sagte, genau so unterschreiben.

»Ja. So sehe ich das auch«, bestätigte er also nur ihre Worte und warf die Boerewors auf den Grill, wo sie laut zischte.

Das Alufolienpäckchen mit dem Kürbis war schon vorgegart und würde jetzt Grillaroma annehmen. George stellte es vorsichtig auf den Rost.

Sie schwiegen, während er das Essen zubereitete. Es war kein schweres, unangenehmes Schweigen, sondern eines, in das man eintauchen konnte.

Als die Wurst schön braun war, legte George sie auf den Teller, den er aus dem Küchenzelt mitgebracht hatte. Er öffnete die Alufolie zu einer Art Nest, in dem sich der Kürbis befand. Dazu arrangierte er das Knoblauchbrot, das er kurz von beiden Seiten gebräunt hatte.

Dann ging er zum Feuer hinüber. »Hier, bitte.«

Angela starrte hinaus in die Dunkelheit.

»Sie müssen sich nicht fürchten. Ich habe meine Waffe hier. Außerdem mögen die Tiere kein Feuer.«

»Ich habe keine Angst.« Angela griff nach dem Teller. »Danke, das sieht köstlich aus.«

»Der Salat war nicht mehr zu gebrauchen«, entschuldigte sich George.

»Das macht doch nichts. So ist es wunderbar.« Sie steckte ein Stück Wurst in den Mund und verdrehte die Augen. »Boah, wie lecker!«, entfuhr es ihr.

George lachte. »Ja, ich liebe diese Würste auch. Es gibt verschiedene Geschmacksrichtungen, aber diese hier ist mein klarer Favorit.«

»Verständlich.« Angela steckte schon das nächste Stück Wurst in den Mund. »Mögen Sie noch was abhaben?«

»Nein, danke. Ich habe eine große Wurst und einen halben Butternuss gehabt, das sollte erst mal reichen.« Er setzte sich und griff nach seinem Bier. »Mögen Sie auch ein Castle Lager?« George hielt ihr eine volle Flasche aus der Kühlbox hin, die noch hier draußen stand. Er war kein Trinker, aber ein Bier am Lagerfeuer war der Inbegriff von Gemütlichkeit für ihn. Nicht dass er glaubte, Angela würde sich dem anschließen.

»Gern!« Zu seiner Überraschung beugte sie sich über die Kühlbox und nahm sich ein Bier. »Wenn Sie es mir aufmachen.«

George öffnete ihre Flasche mit einem größeren Stein, der neben der Feuerstelle herumlag und mit dem er schon sein eigenes Bier geöffnet hatte.

Angela trank einen großen Schluck und stellte die Flasche neben ihren Stuhl auf den Boden.

»Erstaunlich, wie wenig man zum Glücklichsein braucht«, stellte sie fest. Eine Gabel voll Butternusskürbis wanderte in ihren Mund. Es freute George, wie sehr es Angela schmeckte. Und noch erstaunlicher fand er, wie sehr sie ihm aus der Seele sprach.

Sie sah wirklich glücklich aus, wie sie da kauend ins Feuer schaute, gelöst, ohne Angst. Sie sah aus wie jemand, der hierhergehörte, nicht wie eine staunende, sich etwas unwohl fühlende Touristin, der alles fremd war. Nicht wie jemand, die nur eines Mannes wegen hierhergereist war.

Überhaupt mochte es nicht wirklich in sein Bild von ihr passen, dass sie auf Mojo stand. Mojo war ein Macho. Einer, der das Leben nicht ernst nahm. Und der noch dazu, soweit George wusste, verheiratet war und Kinder hatte.

Vielleicht war es das Bier, das ihn zu der Frage hinriss, vielleicht auch nur das Gefühl, dass Angela auf der gleichen Wellenlänge mit ihm war. »Was gefällt Ihnen eigentlich so gut an Mojo?« Manche Fragen musste man laut hören, um ihr Ausmaß zu begreifen. George war kein großer Redner. Wie plump seine Frage klang, war ihm nicht klar gewesen. Verlegen stand er auf, holte ein weiteres Holzscheit und warf es ins Feuer. Die Funken sprühten in die Luft und tanzten gen Nachthimmel davon.

Angela hörte auf zu essen. Sie legte ihre Gabel auf den Teller in ihrem Schoß.

»Es tut mir leid. Ich bin kein großer Redner und die Frage steht mir nicht zu. Ich habe mich wohl bei der Wortwahl völlig vergriffen«, ruderte er zurück.

Angela nahm noch einen Schluck Bier, bevor sie antwortete. »Es geht nicht darum, wie Mojo aussieht. Ich habe …« Sie stockte. George sah ihr an, dass sie nach dem suchte, was sie sagen wollte. »Ich muss etwas Geschäftliches mit ihm besprechen. Sehr dringend.«

Ihr Blick war ernst geworden.

»Kann ich Ihnen dabei helfen?« Warum nur wollte er Angela ständig helfen? Weil sie klein und blass war – und schön, ja, das auch, er musste es zugeben, schön auf diese ganz spezielle Weise, die nur rothaarigen Frauen eigen war. Er war viel zu erleichtert darüber, dass Angela sich nicht für Mojo interessierte, mehr, als es ihm zustand.

»Nein. Da ist mir nicht zu helfen.« Sie lachte, aber es klang nicht fröhlich. Dann nahm sie ihr Knoblauchbrot in die Hand und biss herzhaft hinein.

»Was glauben Sie, wer ist heute mehr erschrocken, der Elefant oder wir?«, fragte Angela.

Er ging gern auf den Themawechsel ein. Er spürte, dass sie nicht über Mojo reden wollte, es war, als hätte sie eine Mauer hochgezogen. »Er. Gar keine Frage. Elefanten sind hochintelligent und haben ein hervorragendes Gedächtnis. Ihm wurde Schlimmes von Menschen angetan und auf einer subtilen Ebene weiß der Elefant, dass er keine Chance gegen uns hat.«

»Ich war noch nie so nah an einem Dickhäuter dran. Das war sehr beeindruckend. Damals, auf meiner ersten Südafrikareise, war ich im Krüger-Park, aber dort habe ich keine Walkingsafari machen können«, erklärte sie. »Die Erfahrung hier draußen ist noch mal eine ganz andere.«

Angela stellte ihren Teller auf den Boden.

»Man konnte wirklich die Kraft des Tieres sehen. Das hat mich heute beeindruckt.«

»Oh, das war noch gar nichts. Mir ist mal ein wütender Nashorn ins Auto gelaufen. *Das* war ein beeindruckendes Erlebnis. Ich dachte, der Bulle schmeißt den Wagen um mit seinem Gewicht.« George richtete sich in seinem Stuhl auf. »Erschwerend kommt hinzu, dass Nashörner ziemlich dumm sind – und schlecht sehen.«

Es war, als würde er sich warm reden. George erzählte Geschichten von seinen Streifzügen durch den Busch, besonderen Erlebnissen und sogar von Chicki. Wie er sie gefunden und aufgepäppelt hatte, mit der Flasche. Wie sie ein Baby bekommen hatte heute Morgen und wie er das beobachtet hatte. Er redete ohne Punkt und Komma, in dieser einen Stunde mehr als in den letzten zwei Wochen. Aber Angela hörte ihm zu. Sie schien an seinen Lippen zu hängen, so, als wäre er der beste Erzähler, der ihr je untergekommen war. Angela vermittelte ihm das Gefühl, wichtig zu sein, dass das, was er sagte, ihr gefiel. Der Schein des Feuers spiegelte sich in ihren Augen, grün wie die seinen.

Schließlich sprach sie nur einen einzigen Satz. »Ich wollte, ich wäre schon eher zurück nach Afrika gekommen.« In ihrer Stimme schwang Wehmut mit.

»Nun, jetzt sind Sie ja da.« George lächelte.

»Ja. Jetzt bin ich da.« Sie klang, als ob sie nach Hause gekommen war. Und George durchströmten ihre Worte wie ein warmer Fluss.

Das Feuer war heruntergebrannt, das Bier leer getrunken. Aber keiner der beiden stand auf. Sie hatten sich auf ihren Stühlen zurückgelehnt und schauten in einen Himmel voller funkelnder Sterne.

»Ohne Lichtverschmutzung«, sagte George.

Angela lachte. »Sehr romantisch, wie Sie das erklären.«

Er fiel in ihr Lachen ein, das jetzt die Schwere von vorhin gänzlich verloren hatte.

Die Geräusche der Natur verstummten nacheinander und hinterließen die Stille der Nacht, ohne jedes Zivilisationsgeräusch. Manchmal kam seitens des Feuers noch ein leises Knacken. Aber je dunkler es wurde, umso mehr entfaltete sich die Schönheit der leuchtenden Sterne.

»Eine Sternschnuppe, ich habe tatsächlich eine Sternschnuppe gesehen!« Angela klang wie ein glückliches Kind.

»Haben Sie sich was gewünscht?«

»Ja.« Sie schaute zu ihm herüber. Er sah ihr Gesicht nur als hellen Fleck in der Dunkelheit. »Ja, das habe ich.« Ernst und Freude lagen so nah beieinander bei ihr, verwirrend nah.

»Gut. Verraten Sie ihn niemandem, sonst wird er nicht wahr.«

»Ich bin nicht sicher, ob meine Wünsche überhaupt wahr werden können.« Wieder diese plötzliche Schwere, die George nicht verstand.

Sie wandte sich ab und schaute wieder nach oben. Er tat es ihr nach, die Arme hinter dem Kopf verschränkt.

»Da ist noch eine, sehen Sie?«

Eine weitere Sternschnuppe schien quer durch das Sternenmeer zu fliegen, bis sie schließlich verschwand. Es war schön, nicht allein zu sein. Er war lange nicht in Gesellschaft hier draußen gewesen und er merkte, wie sehr er es nun genoss.

Nach einer Weile stand George auf und streckte sich. »Wollen wir?«, fragte er in ihre Richtung, aber sie antwortete nicht.

Er ging nah ran, um mehr zu sehen. »Angela?«

Ihr Atem ging tief und gleichmäßig. Ganz vorsichtig berührte er ihren Arm. »Angela?«

Sie reagierte noch immer nicht. Ihre Haut war kühl und weich. »Hey, Angela.«

Erst jetzt regte sie sich und schlug die Augen auf.

»Ich denke, Sie sollten im Bett weiterschlafen.« Seine Hand ruhte noch auf ihrem Arm. Sie zog ihn nicht weg, sie ließ ihn da, wo er war.

»Ist gut«, erwiderte sie mit Schlag in der Stimme.

Sie blieb sitzen, ihre Arme hielten noch immer still. Er strich sanft über ihre Haut, hoffend, dass seine rauen Hände sie nicht abstießen. Langsam wanderten seine Finger zu ihren Händen, verschränkten sich mit den ihren und zogen sie hoch. Es kostete ihn keine Kraft.

»Ich möchte Sie nicht alleine hier draußen sitzen lassen. Können Sie gehen?« Ihre Hände waren noch immer in den seinen. Kalte Finger mit warmen verschlungen. Er wollte sie wärmen, sie halten. Ja, er wollte noch viel mehr als nur ihre Hände.

»Kommen Sie.« Hand in Hand liefen sie zu Angelas Zelt. Auf der kleinen Veranda blieben sie stehen. Erst jetzt schlichen sich Angelas Finger aus seiner Hand.

»Danke für den zauberhaften Abend. Ich werde ihn nie vergessen.« Sie stand so nah vor ihm, dass sie zu ihm aufschauen musste. Ihr Gesicht wirkte noch blasser im Mondlicht. Ihr kurzes Haar umrahmte ihr Gesicht, der Schwung ihrer Brauen, die gerade Nase, die Sommersprossen, die Fältchen an der Stirn, ihr Lächeln. Das Bild als Ganzes grub sich in seine Erinnerung, für immer, dessen war George sicher. Der Moment war magisch.

»Und danke fürs Lebenretten heute Morgen.« Angela hatte sich auf die Zehenspitzen gestellt. Er musste sich trotzdem zu ihr hinunterbeugen, um ihr nah zu kommen. George spürte ihren Atem in seinem Gesicht, zart, so zart. Dann küsste sie ihn. Sie wollte die Wange erwischen, aber traf seinen Mundwinkel. Es war ein zärtlicher, vorsichtiger Kuss.

Er roch sie. Sie roch genauso, wie er es sich vorgestellt hatte, so gut. Wenn jemand ihn gefragt hätte, dann hätte er geantwortet: Sie riecht nach Angela. Es war, als würde er sie wiedererkennen.

Nach dem schmetterlingsgleichen Kuss schauten sie einander tief in die Augen, er hatte sich ein wenig aufgerichtet, nur ein wenig, um ihr ins Gesicht zu sehen, ihr Einverständnis einzuholen.

Wie lange war er nicht geküsst worden? Zehn Jahre?

Ihre Augen strahlten. Sie leckte sich kurz über die Lippen, nur so, dass er das Gefühl hatte, sie wolle den seinen nachschmecken.

Er wurde von seinen Emotionen übermannt, er konnte einfach nicht anders. Seine Arme schlossen sich um Angela, sie verschwand in dieser Umarmung. Dann hob er sie hoch, auf seine Höhe, und versiegelte ihre Lippen mit den seinen.

Man verlernte es nie, zu küssen. Und doch küsste man immer einzigartig und neu. Angela zu küssen war ein inneres Feuerwerk. Sein großer Mund und ihr kleiner passten aufeinander wie zwei Puzzleteile. Es fühlte sich richtig an. Es fühlte sich so an, wie es sich anfühlen musste. Als sie leicht ihre Lippen öffnete, fuhr er deren Konturen mit seiner Zunge nach. Alles schien vertraut, schon immer bekannt, auf verwirrend neue Weise.

Als sie sich voneinander lösten und George Angela auf den Boden absetzen wollte, schlang sie ihre Beine fester um seine Hüften.

»Noch nicht«, flüsterte sie in sein Ohr.

Sie begann, die Konturen seiner Augenbrauen mit ihrem Finger nachzuzeichnen, seine Lippen, die Ader an seinem Hals, die immer leicht hervorstand, wenn er etwas trug. Dann war sie es, die die Initiative ergriff und ihn küsste.

Ihre Lippen waren noch ganz nah an seinen, als sie wieder sprach. »Jetzt darfst du mich absetzen.«

In diesem Augenblick erst registrierte George, dass nicht nur sein Kopf an nichts mehr als Angela dachte, sondern auch sein Körper unübersehbar auf diese Frau reagiert hatte. Verlegen trat er einen Schritt zurück und räusperte sich.

Sie standen sich noch einen Moment gegenüber, er hoffte, die Dunkelheit verbarg seine Erregung. Er hoffte es wirklich. Was sollte sie von ihm denken? Dass er ein Mann war, der nur auf das Eine aus war? Ein Mann wie Mojo?

»Wir sehen uns morgen. Ja?« Angelas Stimme hatte eine zärtliche Färbung angenommen. Sie trat in den Eingang ihres Zelts.

George glaubte nicht, dass er sprechen konnte. Er glaubte nicht, dass er auch nur ein Wort herausbringen würde, das mehr als ein Krächzen wäre. Also nickte er.

»Gute Nacht.« Sie stand noch immer da. Ein dunkler, schmaler Schatten.

Er drehte sich um. Aber dann besann er sich. Es war Magnetismus. Es musste einfach eine Art Magnetismus sein. George machte zwei große Schritte auf sie zu und küsste sie ein viertes Mal. Fest, kurz, flüchtig. Ein Abschiedskuss.

»Gute Nacht«, sagte er. Und die Worte flossen ganz klar aus seinem Mund. Dann lief er die Stufen von der kleinen Terrasse hinunter und verschwand mit jungenhaft klopfendem Herzen in der tiefen Schwärze der afrikanischen Nacht.

Kapitel 11

Angela Riley

Angela saß vor ihrem Zelt in der Sonne. Die Nacht war kurz gewesen. Sie hatte, obwohl das Bett gemütlich gewesen war, kaum geschlafen.

Wann war sie zuletzt geküsst worden? Da war die Affäre mit dem Krankenpfleger gewesen, nichts Ernstes, ein bisschen Berührung, unkomplizierter Sex, etwas, das Jasper nicht wissen musste und weder sein noch ihr Leben aus der Bahn warf. Als sie zu Ende gegangen war, so unspektakulär, wie sie angefangen hatte, war es nicht schmerzhaft gewesen. Es hatte nichts gekostet.

Der Kuss gestern Abend war anders gewesen, mehr als die Sexbeziehung mit ihrem Kollegen im Krankenhaus. Der Kuss war tief gegangen.

Als George sie hochgehoben und gehalten hatte, ganz so, als würde sie nichts wiegen, da hatte sie das Gefühl gehabt, er würde nicht nur ihren Körper halten, sondern sie, ihre ganze Person, das Innen und das Außen. Sie ließ los und versank einfach, als seine Lippen die ihren berührten.

Und das machte sie ängstlich und glücklich gleichermaßen. Sie konnte nur verlieren, einfach, weil sie gerade dabei war, sich zu verlieren, und ihr Leben endlich war. Und zugleich war es so wertvoll, noch eine solche Erfahrung zu machen, eine so tiefe Zuneigung zu spüren. Als sie gemeinsam in die Sterne geschaut hatten, schweigend, und sie sich so sehr am richtigen Ort gefühlt hatte, dass sie sogar eingeschlafen war, da war es nur eine natürliche Folge, dass der Abend mit einem Kuss besiegelt wurde.

Angela streckte sich in ihrem Stuhl aus. Was der Tag heute wohl bringen würde?

Im Küchenzelt hantierte Afeni schon mit einem Kochtopf herum. Ein kleiner Tisch war mit einer strahlend weißen Tischdecke und Porzellangeschirr gedeckt. Kaffeeduft wehte zu Angela herüber. Ein solcher Luxus mitten im südafrikanischen Veld wirkte fast schon unanständig.

Sie hörte, wie ein Reißverschluss bewegt wurde. Einen Augenblick später stand George auf seiner Terrasse. Er hatte sie nicht bemerkt. Sein Safarihemd war hochgekrempelt und zeigte seine Arme, die massiver waren als ihre Schenkel. Und als George sich streckte, begannen seine Muskeln zu tanzen. Das Hemd stand offen und ließ eine behaarte Brust sehen. Er war nicht trainiert im klassischen Sinne, aber alles an ihm war fest und strotzte vor Kraft. Seine dunkelblonden, leicht krausen Haare waren kurz geschnitten und glänzten in der Sonne. Er war der Inbegriff von Gesundheit, braun gebrannt, wohlgenährt, voller Energie. Die Frauen mussten ihm zu Füßen liegen. Aber Angela glaubte nicht, dass er es wusste.

Plötzlich hielt er mitten in der Bewegung inne und schaute zu ihr herüber.

»Guten Morgen, Angela.« Er nickte ihr zu und lächelte, fast unsichtbar.

»Guten Morgen.«

»Sicher ist das Frühstück schon fertig.« Er ging geradewegs hinüber zum Küchenzelt und begrüßte den Koch und Afeni. Die Männer sagten irgendwas und lachten dröhnend.

Die Enttäuschung fühlte sich an wie ein schwarzer Klumpen in ihrem Bauch, der sie schwer aufstehen ließ. Kein Wort vom gestrigen Abend, keine Geste, nichts. Am Ende wusste George doch um seine Wirkung auf die Frauen? Wie sehr sie sich von ihm ein Zeichen der Erinnerung an den gestrigen Abend gewünscht hätte, wurde ihr erst klar, als er es unterließ.

Mit langsamen Schritten ging sie hinüber zu dem Tisch und setzte sich. Auch Obermöllers waren im Anmarsch. Horst sagte etwas und Renate kicherte leise. Scheinbar hatte heute Morgen jeder etwas zu lachen außer ihr selbst. Jetzt legte Horst auch noch seine Hand auf den Rücken seiner extravaganten Gattin und führte sie sanft in Richtung Frühstückstisch. Anscheinend gab es etwas, das das ungleiche Paar verband. Angela hätte es nicht für möglich gehalten.

»Guten Morgen, meine Liebe.« Renate trug heute die gleiche beige Safarikleidung wie der Rest der Gruppe, wie Angela überrascht zur Kenntnis nahm. »Dann wollen wir mal, nicht wahr?«

Horst und sie setzten sich nebeneinander und er goss ihr Kaffee ein. Offenbar war der Streit vom Vorabend vergessen. Auch George kam zum Tisch und nahm Angela gegenüber Platz. Als sie versuchte, seinen Blick aufzufangen, wich er aus. »Wir haben Omelett mit Gemüse, Schinken, Toast und hier drüben einen Obstsalat. Außerdem gibt es Marmeladen aus unserem eigenen Farmgarten. Greifen Sie ordentlich zu, wir haben heute ein paar Kilometer vor uns.« Er lächelte professionell in die Runde. Als seine Augen Angela streiften, blieben sie nun doch für den Bruchteil einer Sekunde hängen, bevor er sich über den Tisch beugte und nach einem Marmeladenglas griff.

Angela schaute auf Georges Lippen. Sie fühlte sich magnetisch angezogen von diesem Mann und sie wünschte sich in diesem irrationalen Augenblick nichts mehr, als ein weiteres Mal – nur noch ein einziges Mal – von ihm geküsst zu werden.

* * *

»Meine Liebe, Sie haben eine wunderbar mutige Frisur.« So einsichtig Renate sich in Safarikluft geworfen hatte, so wenig hatte sie ein Gefühl dafür, wann man besser die Klappe hielt.

»Danke.« Angela wollte leise durch den Busch laufen, Tiere sehen und kein sinnloses Zeug quatschen. Der Vormittag und das Mittagessen waren wie im Flug vergangen. Sie hatten wieder Giraffen gesehen, einen kleinen Wildhund, ein paar Springböcke und sogar ein Breitmaulnashorn, das allerdings ziemlich weit weg gewesen war.

»Wie sind Sie denn auf die Idee gekommen, Ihr Haar so kurz zu tragen?«

Was sollte Angela sagen? Das ist mein Nach-Chemo-Schnitt? »Eine Eingebung.« Sie lächelte gezwungen, legte dann ihren Finger auf die Lippen und deutete auf einen Strauch.

Renate riss die Augen auf und schaute in die gezeigte Richtung. Angela nutzte ihre Chance und ging ein wenig schneller, schloss auf zu George, während ihre Mitreisende das unspektakuläre Gebüsch eingehend betrachtete. Die war sie vorerst los.

Sie liefen an einem Flussbett entlang, das nur noch ein Rinnsal Wasser in sich führte.

»Weiter oben gibt es ein paar Wasserbecken. Hier fließt der Fluss weitestgehend unterirdisch. Dort oben lebt ein Flusspferd. Wir haben es noch relativ neu hier auf der Farm. Es ist ein Versuch. Wenn der Bulle sich wohlfühlt, werden wir noch ein paar Weibchen einquartieren.«

George sprang von einem großen Stein zu einem nächsten. »Wussten Sie, dass diese Tiere nachts bis zu zehn Kilometer zurücklegen, um zu grasen? Wenn man dabei zwischen sie und das Wasser gerät, bekommen die Hippos Angst. Sie rennen einen einfach über den Haufen.«

Er schaute sich nach der Gruppe um. »Aber tagsüber, wenn sie ihre Haut im Wasser vor der Sonneneinstrahlung schützen, sind die Flusspferde völlig harmlos.«

Angela lief noch schneller. Sie konnte es kaum erwarten, ein Flusspferd zu sehen. Als sie über mehrere große Steine kletterten, wollte George ihr helfend die Hand reichen, aber bis er so weit war, hatte sie die Stelle schon selbst überwunden, was ihr einen anerkennenden Blick einbrachte.

Heute hatte sie keine Schmerzen, nichts deutete auf Knuts Gegenwart hin. Sie überlegte, wann der letzte Tag gewesen war, an dem sie wirklich völlig schmerzfrei gewesen war. Es war eine Weile her. Angela würde diesen Tag in vollen Zügen genießen. Sie war immer sportlich gewesen, hatte sich gern und viel bewegt. Erst als die Krankheit fortgeschritten war, musste sie ihre Aktivitäten zurückschrauben. Aber das Rudergerät in ihrem Keller zu Hause in London stand nach wie vor nicht umsonst dort. Wenn sie sich gut genug fühlte, ging sie an das Fitnessgerät und ruderte eine halbe Stunde, um so fit wie möglich zu bleiben.

»Oh Gott, das ist aber ein beschwerlicher Weg.« Anscheinend hatte Renate mit Sport nicht viel am Hut. Wackelig und schwer auf George gestützt überquerte sie die Stelle mit den großen Findlingen. Ungeschickt sprang sie auf der anderen Seite der Passage in den Kies und stöhnte augenblicklich auf.

»Renate?« Horst eilte sofort zu seiner Frau, die mit schmerzverzerrtem Gesicht an ihrem Knöchel herumrieb. »Was ist passiert?«

»Ich weiß nicht.« Sie zog ihren Schuh und ihre Socke aus. Horst stützte sie, während sie zu einem der Findlinge humpelte und sich daraufplumpsen ließ.

»Wie fühlt sich der Schmerz an?« George hatte seinen Rucksack abgenommen und Afeni mit einem Fingerzeig die Verantwortung über den Schutz ihrer kleinen Gruppe übertragen. Er beugte sich über den Rucksack und holte das Erste-Hilfe-Set heraus. Vorsichtig bewegte er den Knöchel.

»Es scheint nichts gebrochen zu sein.«

Er tastete erneut den Fuß von Renate ab. Seine Hände, diese riesigen Hände, wurden zu vorsichtigen Tastinstrumenten.

»Ich habe eine Kältekompresse dabei.« Souverän holte er einen flexiblen Kühlakku aus der Tasche und legte ihn auf Renates Knöchel. Sie war ein wenig gelb um die Nase geworden.

»Meine Güte. Ich konnte ja nicht ahnen, wie beschwerlich das alles hier draußen werden würde.« Ihr lautes Organ beschallte das gesamte Flussbett, das sich an dieser Stelle etwas tiefer in die Felsen gegraben hatte.

»Wir sollten hier nicht so lange bleiben.« Afeni, der sonst sehr schweigsam war, beobachtete die Umgebung mit Argusaugen. »Ich habe kein gutes Gefühl.«

George schaute zu seinem Mitarbeiter. »Wenn Afeni das sagt, müssen wir schnell weiter. Sein Gefühl ist unbezahlbar.« Auch er hatte einen besorgten Gesichtsausdruck.

»Können Sie laufen, Renate?« Alle standen um die Frau herum.

Horst hielt seiner Frau noch immer das Kühlpad gegen den Knöchel.

»Ich habe noch eine Salbe gegen Entzündungen und Schmerzen dabei.« George zog eine Tube aus dem Erste-Hilfe-Set.

»Sieht nicht so aus, als ob ich da eine Wahl hätte, nicht wahr?« Ihre Lippen waren ein schmaler Strich, als sie die Hand nach der Salbe ausstreckte. Horst gab den Akku an George zurück, während Renate ihr Bein mit einer dicken Cremeschicht versah.

»Komm, Renate, zieh dich wieder an. Du musst es versuchen.«

»So weit ist es nicht mehr bis ins Camp und von dort aus sehen wir dann weiter. Im Zweifel kann mein Vater Sie abholen.«

Georges ruhige Art beruhigte die Verletzte. Sie schlüpfte in ihre Socke und zog den Trekkingschuh wieder an. Als sie vorsichtig auftrat, verzog sie das Gesicht.

Horst hakte sie unter und sie gingen langsam weiter.

»Ich denke, wir streichen das Flusspferd, wenn das für dich okay ist, Angela«, wandte George sich an sie.

Angela nickte. »Selbstverständlich.«

Kies knirschte unter ihren Sohlen, als sie nah am Wasser entlanggingen.

»Danke.« Renate war tatsächlich kleinlaut geworden. »Entschuldigen Sie den Umstand.«

»Das ist in Ordnung. Wirklich. Vielleicht können Sie sich ja im Camp ausruhen und wir anderen gehen noch eine kleine Runde«, schlug George vor. Tatsächlich lächelte Renate dankbar.

»Ein Leopard!« Afenis Stimme war nur ein Zischen, aber sie hörten es alle. Sowohl George als auch Afeni hatten in Sekundenbruchteilen die Waffe im Anschlag, während die Gruppe stocksteif stehen blieb, nicht wissend, was zu tun war. Weiter oben im Flussbett, ein Stück entfernt, sprang eine Großkatze geschmeidig von Stein zu Stein. Sie schien die Gruppe noch nicht bemerkt zu haben.

Angela spürte Georges Hand in ihrer. »Komm mit. Ihr anderen bleibt bei Afeni.«

Er zog sie hinter sich her, in Richtung des Tieres, bedeutete ihr, über einen Haufen Findlinge zu steigen und die Böschung zu erklimmen.

»Wir treffen uns drüben beim Marulabaum«, raunte er seinem Mitarbeiter zu, der wortlos nickte und mit der Waffe auf den Leoparden deutete. Dann setzte Afeni sich in Bewegung, gefolgt von der humpelnden Renate und Horst, der das Beste gab, um seiner Frau zu helfen.

Angela konzentrierte sich auf das Raubtier vor sich. Jeder Muskel des Tieres schien sich unter seinem Fell abzuzeichnen. George zupfte sie am Ärmel, bedeutete ihr, ihm zu folgen. Sie liefen in das Dickicht auf ihrer Uferseite, um dem Leoparden noch näher zu kommen. Leise schlichen sie vorwärts. Angela hörte ihr Blut in den Ohren rauschen. Ein Zweig knackte viel zu laut unter ihrem Fuß. Sie schaute auf den Boden, damit ihr nicht noch so ein Missgeschick passieren würde.

Sie sahen den Leoparden jetzt relativ nah, wie er etwas Wasser trank. Dann richtete er sich auf und blickte in ihre Richtung. Angela schluckte hart. Welch natürliche Würde dieses Tier ausstrahlte! Die Wildkatze drehte sich um, wandte ihnen den Rücken zu, sprang hinter einen Findling – und blieb verschwunden.

George war stehen geblieben und starrte aus dem Dickicht hinaus aufs Flussbett. Er wartete, sein ganzer Körper in Alarmbereitschaft. Angela hielt ebenfalls Ausschau, aber da waren nur die riesigen Findlinge und das dünne Rinnsal Wasser.

»Wo bist du hin, großer Junge?«, murmelte George fast unhörbar. Er suchte den gegenüberliegenden Uferbereich mit den Augen ab.

»Hör zu, Angela«, wandte er sich dann an sie. »Du bleibst ganz nah bei mir, hörst du? Zwischen uns darf keine Distanz entstehen. Ein Leopard kann so schnell einen Menschen töten, dass ich möglicherweise nicht rechtzeitig abdrücken kann.«

Ihr Herz schlug wild. Aber sie war nicht in Panik. George war da. Alles würde gut werden. Er vermittelte ihr das Gefühl, zu wissen, was er tat.

»Wir gehen jetzt zurück zum Flussbett, wo ich ihn besser ausmachen kann. Ein Stück weiter drüben ist eine freie Feldfläche. Das ist unser Ziel.«

George machte Anstalten, loszugehen, aber Angela berührte seinen Arm.

»Danke. Das hier war fantastisch.«

Seine grünen Augen – Raubtieraugen, dachte Angela – funkelten sie abenteuerlustig an.

»Ich wusste, dass es dir gefallen würde.« Dann dirigierte er Angela mit dem Kinn in Richtung Flussbett. »Komm jetzt.«

Geschickt stieg Angela zurück in das Flussbett. George folgte ihr, die Waffe im Anschlag. Sie sahen sich um, aber außer den rötlichen Steinen gab es nichts zu sehen. Afeni und die Obermöllers waren längst weitergezogen.

Sie liefen zu der Stelle, wo die drei zwischen zwei Büschen verschwunden waren, und taten es ihnen nach. George blieb immer wieder stehen, starrte auf das undurchdringliche Buschwerk um sie herum und horchte.

Angela lief hinter George. Sein Hemd war nassgeschwitzt, die Haut glänzte vor Schweiß. Die Natur um sie herum schien den Atem anzuhalten. Langsam wichen die hohen Sträucher niedrigerem Bewuchs und Angela sah weiter vorne den Rest ihrer Gruppe bei einem mächtigen Baum stehen, dessen Äste sich weit verzweigten.

»Das nächste Camp ist auch wieder eingezäunt, weiter oben am Fluss. Dort liegt er ganz trocken. Aber dafür gibt es ein gut frequentiertes Wasserloch.« George wurde wieder lockerer, hielt aber noch immer die Waffe fest, wie auch Afeni es noch immer tat.

»Wollen wir weiter?«, fragte George Renate und Horst, als sie bei ihnen angekommen waren. Hier ging ein leichter Wind, die Gräser wogten sacht mit. Ein Meer aus Gras. Plötzlich raschelte es von einem Busch her. Angelas Herz blieb stehen und schnell wie der Blitz richteten Afeni und George die Läufe ihrer Gewehre in die Richtung, aus der das Geräusch gekommen war. Dann schoss ein kleiner Hase aus dem Dickicht und sprang im Zickzack über die Wiese davon.

Afeni grinste über alle Backen und ließ seine makellos weißen Zähne sehen. Auch George musste lachen und ließ die Waffe sinken. Die Erleichterung war allen in der Gruppe anzusehen.

»Was für ein Abenteuer.« Horst, der sonst kaum sprach, brachte es auf den Punkt.

Angela würde nie vergessen, wie sie mit George im Gebüsch gekauert und den Leoparden beobachtet hatte. Dem Tier in der Wildnis so nah zu kommen – das war wie ein Lottogewinn. Und mit ihm zusammen hatte sie nicht eine Sekunde Angst gehabt.

»Gehen wir zum Camp.« George setzte sich an die Spitze der Truppe und ging gemäßigten Schrittes los.

Kapitel 12

George van Staal

Renate und Horst saßen im Schatten am Wasserloch. Der verletzte Knöchel war mittlerweile dick angeschwollen und Horst hielt die Hand seiner Frau, während sie drei Elefantendamen und ein Jungtier am Wasserloch beobachteten. Es war klar, das Renate nicht mehr weiterlaufen konnte. Sie brauchte einen Arzt, der den Knöchel behandelte.

George hatte seinen Vater via Satellitentelefon angerufen. Er würde mit einem Safarifahrzeug kommen und die Truppe abholen.

Angela stand ein Stück weiter vorn am Zaun und starrte auf die Elefanten. Sie machte keine Fotos, wie George überrascht feststellte. Sie schaute nur. Sie schien jede Sekunde in sich aufzusaugen.

Horst dagegen hatte eine dieser riesigen Kameras mit einem noch riesigeren Objektiv gezückt und fotografierte immer wieder die kleine Gruppe Dickhäuter.

Als das leise Motorengeräusch des Jeeps ertönte, stand George noch immer ein wenig abseits der Gruppe und beobachtete Angela. Mittlerweile waren noch ein paar Kudus hinzugekommen, um ihren Durst zu stillen. Die Sonne schien Angela ins Gesicht und ein weiteres Mal kamen ihre Sommersprossen wunderschön zur Geltung. Die roten Haare sahen im Licht aus, als ob sie glühen würden. Das war es also gewesen. Ein paar Küsse und schon war es wieder vorbei, dachte er bedauernd. Dann ging er hinüber zum Parkplatz, um seinen Vater zu begrüßen.

»Na, mein Junge?« Hans van Staal lächelte George zu. »Ich höre, du hast Verluste?«

»Renate ist umgeknickt. Das hätte ich dir schon im Voraus sagen können, dass die Frau nicht für Safaris gemacht ist.« George war schlechter Laune.

»Ja, aber du kennst die Regeln. Wer zahlt, hat recht.« Er ging hinüber zu den Rucksäcken. »Außerdem wirst du so schnell keine Safari mehr machen müssen, brauchst gar nicht so leidend zu gucken. Mojo ist wieder da.«

»Ja?« George schwankte zwischen Erleichterung und der Frage, was Angela wohl sagen würde, wenn sie das erfuhr.

»Ja. Ich dachte nur, es hat keinen Sinn, ihn mitzubringen, wenn ihr eh nach Hause kommt.« Er ging hinüber zu dem Gepäckberg, der am Rand der Einfahrt gestapelt war. Der Koch hatte ihn mitgebracht, als er am Vormittag die Vorräte hertransportiert hatte. Jetzt war er abbeordert worden, weil die Gruppe den Trip abbrach. »Sind das die Sachen der Obermöllers?« Hans hob eine schwere Tasche hoch.

»Ja, das ist das Gepäck der ganzen Gruppe.« George nahm seinem Vater das schwere Gepäckstück ab. »Lass nur, ich mach das.« Er warf es mühelos in den Kofferraum.

»Warte!«

Angela war unbemerkt herangetreten.

»Was denn?«

»Ich glaube, ich würde gern über Nacht hierbleiben. Also, falls das möglich ist?«

»Aber der Koch ist schon weg, Madam. Und wir führen auch keine Einzeltouren durch.« Hans van Staal hob entschuldigend die Achseln. »Selbstredend bekommen Sie Ihr Geld anteilig zurück.«

»Nein, natürlich geht das.« George unterbrach die Erklärung seines Vaters und schenkte ihm einen vielsagenden Blick.

»Aber …« Hans van Staal verstand ihn nicht.

»Es ist überhaupt kein Problem, Angela. Nicht wahr, Dad?« George fixierte seinen Vater. Dessen Augen wurden groß. Man konnte den Groschen richtiggehend fallen sehen.

»Ach so. Ja, also natürlich. Selbstverständlich.« Hans' Blick wanderte von George zu Angela und zurück. Er rieb sich die Hände und ging hinüber zu den Gepäckstücken, um Renates Rucksack zu holen.

Die kam gerade angehumpelt, schwer auf Horst gestützt, der fürsorglich den Arm um seine Frau gelegt hatte.

George wandte sich an Angela. »Ich fürchte nur, wir haben dem Koch und Afeni schon freigegeben. Du müsstest mit mir allein vorliebnehmen.«

»Klingt traumhaft.« Angelas Wangen färbten sich leicht rot, kaum wahrnehmbar, aber George sah es, er sah es sehr wohl, und es ließ sein Herz tanzen.

»Wenn ein einfaches Potjie-Gericht in Ordnung ist, kann ich auch gern das Kochen übernehmen. Dann verbringen wir den Abend am Wasserloch und machen vielleicht noch einen kleinen Morningwalk bei Sonnenaufgang.«

Er drehte sich beschwingt ein weiteres Mal zu seinem Dad um. »Es macht dir doch nichts aus, uns und die restlichen Lebensmittel morgen abzuholen, oder?«, fragte George.

Hans van Staal strahlte. Er war so auffällig erfreut, dass es George beinahe peinlich war. Klar, es hatte seit Jahren keine Frau mehr in seinem Leben gegeben – aber so wenig dezent musste er sich doch wohl nicht benehmen.

»Nein, ich mach das gern, mein Junge.«

George begann, die restlichen Gepäckstücke einzuladen – bis auf Angelas Sachen.

»Alles drin?« Hans hatte sich bereits hinter das Lenkrad geschwungen, Afeni saß abfahrbereit auf dem Beifahrersitz. George nickte und klopfte mit der flachen Hand gegen die Fahrertür.

»Dann viel Spaß euch beiden.« Hans zwinkerte Angela zu, die ihm etwas verlegen zuwinkte.

George verdrehte die Augen. »Fahr zu, Vater!«

Kichernd legte Hans einen Gang ein und schoss so rasant durch die Einfahrt hinaus, dass die Kieselsteine nach allen Richtungen spritzten.

George folgte dem Safarijeep bis zum Tor, um es zu schließen. Dann drehte er sich zu Angela um, die wie bestellt und nicht abgeholt mitten auf dem Parkplatz stand.

Er klatschte in die Hände. »Da wären wir also!«, stellte er fest.

Warum nur fehlten ihm immer die Worte? Dabei hätte er ihr so viele schöne Dinge sagen wollen. Aber sie kamen ihm einfach nicht über die Lippen.

Kapitel 13

Angela Riley

Angela war froh, dass sie sich getraut hatte, zu fragen, ob sie noch bleiben konnte. Und hatte insgeheim gehofft, dass George das auch wollte. Besondere Situationen erforderten besonderen Mut. Deshalb hatte sie sich einen Ruck gegeben.

Das Erlebnis mit dem Leoparden hatte sich tief eingebrannt. Sie war George so dankbar dafür, dass er das Tier mit ihr beobachtet hatte.

Als er ihre Hand ergriffen hatte, war sofort wieder die Verbindung zu ihm dagewesen, die sie schon am Vorabend gespürt hatte. Sie wollte das nicht abreißen lassen, noch nicht.

Es war – auch wenn sie sich das nur ungern bewusst machte – die Zeit der letzten Male und das hier war eine Chance auf … Ja, auf was? Nähe? Ein Abenteuer? Eine Umarmung? Sie wusste es nicht genau, aber es war eine Chance auf *etwas*.

Als George das Tor schloss und sich zu ihr umdrehte, hatte sie das Gefühl, sie seien in einer Oase. An einem Ort, wo nur sie beide zählten.

»Ich denke, ich gehe das Essen vorbereiten.« George machte riesige Schritte in Richtung Camp. Angela musste fast rennen, um ihm zu folgen.

In der Mitte, zwischen den Hütten, wo bequeme, selbst gezimmerte Holzsessel um eine gemauerte Feuerstelle arrangiert waren, entzündete er mit bereits vorbereiteten Holzscheiten ein Feuer. Er war geschickt in allem, was er tat. Angela bewunderte das.

Dann stand er auf und ging in Richtung Küchenzelt, das etwas größer als die Schlafzelte war. Dennoch musste sich George am Eingang bücken.

Im Zelt gab es eine windschiefe Kommode mit Küchenutensilien, eine riesige Kühlbox, die mit einem Solarpanel betrieben wurde – wie alle anderen elektrischen Dinge im Camp –, und ein großer Tisch, auf dem ein schmiedeeiserner Topf stand.

George hatte schon angefangen, Gemüse aus der Truhe zu holen. »Ich mache uns einen Eintopf im Potjie. Das dauert eine ganze Weile, weil es lang einköcheln muss, ist geschmacklich allerdings ein Traum.«

»Ich habe so einen Topf noch nie gesehen. Aber ich bin sicher, es wird schmecken.« Sie lachte. »Kann ich was schnippeln?«

Wortlos reichte George ihr ein Messer, ein Schneidebrett und zwei Tomaten.

»Es ist ein holländischer Topf aus Gusseisen. Man stellt ihn in die offene Glut und lässt ihn dort einfach seine Arbeit tun. Ich dachte, wir machen ein Potjie mit Hühnerfilets und Pilzen.« George holte Champignons aus einer Tüte und begann, sie zu putzen. Angela schnitt die Tomate sorgfältig in winzige Würfelchen.

»Was machst du eigentlich, wenn du nicht in Afrika bist?«, fragte er sie.

Angela griff nach der zweiten Tomate. »Ich bin Krankenschwester.«

»Ja? Dann hättest besser du dich um Renate gekümmert, oder?«

Sie schüttelte den Kopf. »Oh nein. Von Brüchen und so was habe ich keine Ahnung. Ich war auf einer Station für innere Medizin – äh, bin.« Sie warf die Tomatenwürfelchen in den Topf.

Er hatte ihren Versprecher zum Glück nicht bemerkt.

»Und wenn du abends heimkommst?« Er schnitt die Pilze in unglaublichem Tempo. Angela beobachtete fasziniert, wie das Messer sich auf und ab bewegte. Dass seine großen Hände zu so zielgerichteten kleinen Bewegungen fähig waren, gefiel ihr.

Sie wusste, was er wissen wollte, aber sie gab eine ausweichende Antwort.

»Ich mag Sport. Ich rudere gern. Außerdem hat London immer etwas zu bieten.« Sie griff nach der kleinen Knoblauchzehe, die George bereitgelegt hatte, und begann damit, sie zu häuten. Dann drückte sie die weiße Knolle mit ihrem Messer platt und schnitt sie in winzige Stückchen.

George hielt mitten in seiner Schneidebewegung inne. »Ich meine, ob jemand auf dich wartet, zu Hause.«

Vor Angelas innerem Auge tauchte Jasper auf. Wirre Locken und ein Lachen wie Kristall, das ihr Herz weit werden ließ. Aber selbst Jasper hatte hier im Camp keinen Platz. Außerdem war es nicht das, was George wissen wollte, redete sie sich ein. Er sprach natürlich von einem anderen Mann.

»Nein. Ich bin allein.« Und auf eine Weise stimmte das auch. Die Bewegung von Georges Messer setzte wieder ein, als er einen weiteren Pilz in Scheiben schnitt.

Angela fragte ihn nicht. Es war nichts, was sie wissen musste. Der Augenblick war es, der zählte.

Die Pilze landeten im Topf, dazu Gewürze. George schnitt die Filets klein, während er leise summte. Es klang brummig, wie von einem Bären. Angela musste grinsen. Sie beobachtete ihn, während er noch eine Tomate zerhackte und etwas Sahne und Lorbeerblätter in den Topf warf.

Das Feuer war schon fast heruntergebrannt. George zerteilte die Holzreste in der Feuerstelle ein wenig, sodass die Flammen schnell erloschen waren und nur noch glühende Kohlen zurückblieben. Dann stellte er den Topf in das Kohlenest.

»Der Rest passiert von selbst.«

Er stand auf. »In einer Stunde können wir essen.«

»Klingt wunderbar.« Angela hatte riesigen Hunger – und noch immer keine Schmerzen. War es die Luft hier draußen? Georges Gegenwart? Oder einfach nur ein blöder Zufall.

»Wollen wir zum Wasserloch? Ich könnte uns zwei kalte Bier holen und wir schauen, ob noch das ein oder andere Wildtier vorbeikommt?«

»Gern.«

George spurtete fast zurück ins Küchenzelt. Um ein Haar hätte er sich den Kopf angestoßen, er duckte sich im letzten Moment. Sekunden später war er auch schon wieder da, zwei Bier in einer Hand. Die andere streckte er nach Angela aus, wie im Busch, als sie den Leoparden gesehen hatten. Nur dass dieses Mal klar war, das er ihre Hand nicht nur halten wollte, um sie zu beschützen, sondern dass er sie halten wollte, um sie zu spüren.

Bereitwillig legte sie ihre Hand in seine. Seine Wärme traf auf ihre kühle Hand, ihre Handflächen berührten sich und Angela spürte, wie Georges Hitze auf sie überging. Sein Griff war fest, auf gute Art. Und sie versuchte, den Druck seiner Hand zu erwidern, so gut es ihren zarten Händen gelang.

Und dann spürte sie es: Sie war, zumindest an diesem Abend, nicht allein.

* * *

Die Sonne war untergegangen, während sie am Wasserloch saßen. Ein Wüstenhund, zwei Nashörner und dutzende Springböcke waren vorbeigekommen und hatten ihren Durst gestillt. George und sie waren schweigend auf einer Bank gesessen und hatten die Szenerie genossen, während die Sonne die Landschaft in die verschiedensten Rottöne tauchte. Diese Landschaft hatte etwas Heiliges. Sie vermittelte einem den Respekt vor der Natur, den man im Alltag so oft verlor.

Jetzt kauerten Angela und George neben dem Feuer, um das Essen zu inspizieren. George hatte mithilfe zweier Stöcke den heißen Potjie von der Glut gehoben und verwendete nun den Stiel eines Kochlöffels, um den Deckel abzunehmen. Eine Dampfwolke stieg empor und der verführerische Duft von Kräutern, Knoblauch und Pilzen breitete sich aus.

George beugte sich schnuppernd über den Topf.

»Das riecht köstlich, oder? Wobei: Für Renate wäre es wohl nichts gewesen.« George lachte und Angela fiel in das Lachen ein.

»Wohl wahr.«

George rührte mit dem Kochlöffel um. Die Dampfwolke verdichtete sich. Der Eintopf im Potjie köchelte noch immer vor sich hin. Er holte ein Stückchen Fleisch mit Pilzen heraus und pustete. Dann hielt er Angela den Löffel hin.

»Probier und sag mir, was fehlt.« Er schaute ihr direkt in die Augen, während er ihr den Kochlöffel hinstreckte, und sie erwiderte den Blick. Von ihm gefüttert zu werden, verursachte ein Kribbeln in ihrer Magengegend. Seine grünen Augen schienen von innen heraus zu leuchten. Automatisch öffnete sie den Mund, ohne seinen Blick loszulassen.

»Köstlich, absolut köstlich!« Sie hob ihren Zeigefinger und wischte sich ein wenig Soße aus dem Mundwinkel. Ihr Finger wanderte wie automatisch an seine Lippen. Er griff zärtlich nach ihrer Hand und steckte sich ihren Zeigefinger in den Mund.

Seine Stimme war heiser, als er sprach. »Stimmt. Ein Gedicht.«

Sie waren beide hypnotisiert, starrten einander an. Das Essen war vergessen. Erst noch langsam, aber dann sehr schnell, näherten sich ihre Gesichter einander und ihre Münder versanken in einem Kuss. Der Kochlöffel fiel zu Boden und traf Angelas Zeh, aber sie spürte es nicht. Sie spürte nichts außer den weichen Lippen von George, seiner Zunge, der sie nur zu gern Einlass in ihren Mund gewährte und die sofort begann, mit ihrer zu spielen. George zog sie hoch, in seine kräftigen Arme, und hob sie auf seine Höhe, wie schon am Vorabend.

Und ebenfalls wie schon am Vorabend reagierte ihr Körper sofort auf den seinen. Er schrie förmlich nach mehr, ja, er brüllte regelrecht. Aus ihrer Mitte kam ein Pulsieren, das ihren ganzen Körper ergriff, wie eine mächtige Welle, die alles mit sich riss. Sie war dieses Pulsieren, alles andere war unwichtig.

Ihre Hände krallten sich in Georges Haaren fest, sie presste sich an ihn, als ob ihr Leben davon abhinge. Und da spürte sie, dass es ihm nicht anders ging als ihr. Auch sein Körper reagierte auf sie, mächtig und hart.

»Komm, wir gehen in mein Zelt.« Sie hauchte den Satz nur, zwischen zwei Küssen, fast nicht mehr als ein Atemzug. George stellte Angela kurz auf den Boden. Er hatte den Blick eines Jägers. Angela drohte schon jetzt, den Verstand zu verlieren. Sie wollte ihn so sehr – und sie wollte ihn ganz.

Dann hob er sie auch schon erneut hoch, mühelos. Während er sie weiter küsste, trug er sie zu ihrem Zelt hinüber, um sie dort wie eine Braut über die Türschwelle zu tragen. Er legte sie ganz sanft auf das französische Bett, schob achtlos ein zu einer Blume gefaltetes Handtuch auf den Boden, das zu Dekorationszwecken auf der Decke lag.

Angela zog an seinem Hemd, wollte ihn auf sich ziehen, sein Gewicht spüren, sein Hemd aufreißen, die nackte Haut fühlen.

Aber George zog sich zurück. Er atmete schwer. Sie sah, wie sein Brustkorb sich hob und senkte, sah seine Erregung, hätte ihm am liebsten die Hose vom Leib gerissen, aber er schüttelte den Kopf, als sie versuchte, wieder aufzustehen.

»Warte. Gib uns Zeit.«

Ergeben, wenn auch widerwillig, legte Angela sich zurück auf ihr Kissen.

George kniete sich über sie. Sein Gesicht kam wieder ganz nah. Sie spürte seine Zurückhaltung, die Willenskraft, die es ihn kostete, sich zu beherrschen, als er sie ein weiteres Mal küsste, sanft dieses Mal, zärtlich. Dann ließ er seine Lippen zu ihrem Ohr wandern und begann, das Ohrläppchen zu liebkosen. Allein diese Berührung war schon fast zu viel. Angela stöhnte leise auf.

George setzte sich rittlings auf sie. Sie streckte ihre Hände nach ihm aus, aber er hob sie sanft über ihren Kopf, bedeutete ihr, sich still zu halten. Seine Augen waren überall. Dann begann er, die Knöpfe ihrer Bluse zu öffnen, langsam, viel zu langsam. Er tat es, als ob sie ein kostbares Geschenk wäre. Sie trug keinen BH und Georges Augen weiteten sich kurz beim Anblick ihrer kleinen Brüste. So oft hatte Angela in ihrem Leben das Gefühl gehabt, zu schmächtig zu sein, zu knöchern, zu wenig von allem. Aber George vermittelte ihr, dass sie sich geirrt hatte, dass sie genau richtig war. In seinem Blick lag noch immer Begehren – und der ungläubige Ausdruck eines Menschen, der zutiefst verwundert war.

Dann beugte er sich wieder über Angela, langsam strichen seine Lippen über ihren Hals, hinunter zu der kleinen Kuhle unter dem Adamsapfel. Er ließ seine Zunge kurz hineinschnellen, bevor er weiter zu ihren Brüsten wanderte. Vorsichtig sog er an ihrer Brustwarze, küsste sich dann hinüber zur anderen Seite, nahm auch die linke Brustwarze zärtlich zwischen seine

Lippen, bevor er weiter in Richtung Bauch zog. Er schien jeden Millimeter zu liebkosen. Angela platzte fast.

Als seine Zunge um ihren Nabel kreiste, stöhnte sie erneut auf, dieses Mal lauter. Sie konnte Georges keuchenden Atem auf ihrer Haut fühlen. Dann öffnete er ihren obersten Hosenknopf und diese erste intime Begegnung zwischen ihnen wurde zu einem Rausch. Angela stockte der Atem, als er seine Zunge wieder tanzen ließ, an ihre empfindlichste Stelle, instinktiv berührte er sie auf eine Weise, die sie immer tiefer in einen Strudel der Lust zog. Ihre Arme flogen zu seinem Kopf und er ließ es geschehen, während er sie immer weiter liebkoste. Mit einem Ruck zog er ihr die Hose ganz aus und kam wieder nach oben, um aufzustehen.

Er machte sich nicht die Mühe, seine Hemdknöpfe zu öffnen, er zog das Safarihemd einfach über den Kopf und warf es achtlos zu Boden.

»Komm zurück, komm sofort zu mir zurück.« Angela flehte fast, streckte die Arme nach ihm aus. George lachte leise. Sein heiseres Lachen triefte vor Lust. Schnell schlüpfte er aus seiner Hose. Er legte sich aufs Bett und zog Angela auf sich. Sie war es, die ihn in eine eindeutige Richtung dirigierte, unmissverständlich. Er wollte noch etwas dagegen einwenden, aber sie ließ ihn nicht, jetzt nicht mehr. Sie entwickelte viel Kraft, mehr als sie normalerweise gehabt hätte, und setzte sich auf ihn.

Jetzt war er es, der laut aufstöhnte. Angela legte ihre Hände auf seine Brust, strich über seine Haut. George schaute sie an, seine grünen Jägeraugen waren fest auf sie geheftet. Er umfasste ihre Hüften und begann, ihr Becken zu dirigieren. Es wäre nicht nötig gewesen, sein Rhythmus war der ihre. Sie verschmolzen in Perfektion. Ihrer beider Stöhnen füllte das Zelt aus, Angela ließ sich auf ihn sinken, krallte ihre Finger in seine Schultern und gab sich ihrer Erregung endgültig hin. Wieder küssten sie einander, verschlangen sich gegenseitig. Dann spürte sie, wie auch George mitgerissen wurde und sich verlor. Kraftlos sank sie über ihm zusammen. Die Entladung ihrer Gefühle hatte nichts als ein ruhiges, erfüllendes Gefühl der Sättigung zurückgelassen.

Sie nahm wieder Details wahr. Seinen noch immer schweren Atem, den Herzschlag, den sie durch seine Brust hindurch so deutlich hörte, seine rauen Hände, die über ihren Rücken strichen, sanft und zärtlich.

Sie spürte tiefen Frieden in sich und verstand zum ersten Mal den Ausdruck Befriedigung zur Gänze. George hatte eine Lücke in ihrem Leben gefüllt, die noch niemandem zu füllen gelungen war. Als sie dalag, dem kräftigen Pochen seines Herzens lauschend, wusste sie, dass sie ihn liebte. Dass sie zum ersten Mal in ihrem Leben einen Mann aufrichtig liebte, für das, was er war, mit Arbeitshänden, dem kräftigen Körper, den drahtigen Haaren und dem Gesicht mit der etwas zu großen Nase und der wettergegerbten Haut. Es brauchte keine Perfektion für die Liebe. Es brauchte nur den richtigen Menschen.

Angela spürte, wie ihre Augen sich mit Tränen füllten. Es war zu viel, einfach zu viel. Sie war so glücklich, so unbeschreiblich glücklich. Und zu wissen, dass dieses Glück nur von kurzer Dauer sein würde, zerriss ihr fast das Herz.

Kapitel 14

George van Staal

Er hielt sie fest im Arm, spürte seinem Atem nach, der sich langsam wieder beruhigte. Der Duft ihrer Haare stieg George in die Nase und er lächelte in sich hinein. Zufrieden seufzend strich er Angela durch ihre kurzen Strähnen, die nach allen Seiten abstanden.

Sie hatte ihre Hand auf seine Brust gelegt, so weiß auf seiner gebräunten Haut, wie ein Gemälde.

Irgendwann schaute sie auf. »Können wir jetzt was essen? Dieses Pottgericht war sooo lecker.«

George musste lachen. »Es heißt Potjie.«

»Sag ich doch.« Angela grinste und stützte sich auf seiner Brust auf.

»Weißt du was, ich hole den Topf und Besteck rüber und wir essen vor deinem Zelt, in Ordnung?«

Angela nickte und stand auf. Sie versuchte, ihre wirren Haare zu bändigen – ohne Erfolg. George strich ihr liebevoll eine Strähne hinter das Ohr, bevor er aufstand. Es fühlte sich alles so selbstverständlich an. Er war nackt, aber nicht bloßgestellt.

George ging zu dem Potjie und warf einen Blick hinein. Das Essen war noch warm. Er nahm den gusseisernen Topf und ging zurück zur Terrasse. Anschließend lief er noch einmal ins Küchenzelt, packte zwei Gläser, eine Flasche Wein, Teller und Besteck in einen Korb und trug ihn auf die Terrasse, wo Angela, in ein Bettlaken gehüllt, auf ihn wartete.

Er deckte den Tisch, stellte noch ein paar Windlichter auf, die er in der Küche gefunden hatte, und zündete sie an. Dann ging er kurz ins Zelt und schlüpfte in seine Boxershorts und ein T-Shirt.

Als er wieder an den Tisch zurückkam, hatte Angela die beiden Teller bereits mit dem Eintopf aus Huhn und Pilzen gefüllt und Wein eingeschenkt. George setzte sich und hob sein Glas. »Auf uns!«

Huschte da ein Schatten über ihr Gesicht oder war es nur das Licht einer flackernden Kerze, das ihm einen Streich spielte?

»Ja.«

Ihre Gläser klirrten leise gegeneinander. Nachdem sie getrunken hatten, begannen sie zu essen. George spürte erst jetzt, dass er halb verhungert war. Angela dagegen aß wie ein Spatz. Sie schnitt winzige Stückchen von dem Fleisch ab und kaute Ewigkeiten darauf herum.

»Schmeckt es dir nicht? Ich könnte dir auch ein Omelett machen oder so«, bot George an.

»Nein, danke.« Angela lächelte ihm zu. »Es ist köstlich. Ich habe nur Kopfschmerzen. Vielleicht ein wenig viel Sonne erwischt oder so.«

»Kann ich dir irgendwie helfen?« Sie sah so zart aus. Das weiße Laken verstärkte den Eindruck noch.

Angela schüttelte den Kopf und legte ihre Hand kurz auf seine. »Danke. Ich habe schon eine Tablette genommen, bestimmt geht es gleich wieder.«

»Macht es dir etwas aus?« Er deutete auf sein Essen.

»Um Himmels willen, nein. Iss!« Sie lächelte. Aber es sah ein wenig zerknittert aus.

Als George satt war, schob er seinen Teller von sich. Er hatte zwei große Portionen verdrückt.

Angela war still. Ihr Teller war noch immer halb voll.

»Möchtest du dich lieber hinlegen?«, fragte George besorgt. Sie gefiel ihm nicht, so ungesund, wie sie aussah.

»Ja, gleich. Ich müsste nur eben mal telefonieren.«

»Gut. Natürlich. Du musst schauen, ob dein Handy Empfang hat, sonst gebe ich dir mein Satellitentelefon.« George war verwirrt. Wen wollte sie anrufen? Gab es am Ende doch jemanden, der zu Hause auf sie wartete? Hatte sie ein schlechtes Gewissen?

Angela war aufgestanden und hatte ihm im Vorbeigehen über die Wange gestrichen, eine zärtliche Geste, die ihn rührte. Er wollte nicht nachhaken, mit wem sie sprechen musste. Es ging ihn nichts an. Sie würde es ihm schon sagen, wenn sie das wünschte.

»Ich habe Empfang. Ich geh eben da rüber.« Sie ging in Richtung Feuerstelle.

Kurz darauf hörte er ihre Stimme, nicht mehr als ein leises Murmeln.

Er kam sich blöd vor. Wenn sie wieder an den Tisch kam, würde er sie in Ruhe lassen, ins Bett gehen, sich zurückziehen. Sie war plötzlich so distanziert, als ob sie sich vor ihm verstecken wollte.

Ganz langsam näherte sie sich jetzt, als ob sie es nur widerwillig täte.

»Alles in Ordnung?« Er hätte viel mehr Fragen gehabt als nur diese.

Angela lächelte wieder ihr Pergamentpapierlächeln. »Ja. Alles gut. Es war – geschäftlich.«

Sie ging an ihm vorbei in ihr Zelt, bevor er noch etwas sagen konnte. George war aufgestanden und lehnte sich gegen die Brüstung der kleinen Terrasse. Für eine Krankenschwester hatte sie erstaunlich viel Geschäftliches zu tun. Sie konnte jemand anders für blöd verkaufen, aber ihn nicht. Er verschränkte die Arme. Augenblicke später war Angela wieder zurück.

»Mojo ist auf der Farm«, platzte es aus ihm heraus. »Du siehst ihn gleich morgen.«

Er beobachtete ihre Mimik. Ihr Gesichtsausdruck wechselte von Überraschung zu Angst, und wirkte dann besorgt, bis sie sich gefasst hatte. Sie sagte nichts. Sie stand da und starrte ihn nur an. Ihre Arme hingen einfach an ihr hinunter, ohne Kraft. Sie schwankte leicht. Also doch! Mojo. Von wegen geschäftlich.

»Ich geh dann mal.« George wünschte, er hätte ihr alles an den Kopf werfen können, was ihn beschäftigte, wie sehr ihn die Mischung aus Nähe und Distanz verwirrte, wie sehr ihn ihre Reaktion auf Mojos Namen mitnahm. Er war schon einmal so verletzt worden – aber er konnte ihr das nicht sagen, wollte sich nicht noch verwundbarer machen, als er sich ohnehin schon fühlte.

Als er sich vom Geländer abstoßen und gehen wollte, endgültig gehen, kam endlich Bewegung in Angelas Körper. Sie hechtete schier in seine Richtung. »Nein, bitte. Bleib. Ich will jetzt nicht allein sein.«

Ihre großen grünen Augen, nur vom Mondlicht beleuchtet, ihre Hände, die seine verschränkten Arme – willenlose Arme – öffneten. George fluchte innerlich, weil sein Körper schon wieder auf sie reagierte, seine Arme sich unwillkürlich um diese Frau schlossen.

»Schlaf hier«, flüsterte sie an seiner Brust. »Bitte.«

»Mojo …« Ein letztes Aufbäumen.

Sie legte ihre Hände gegen seine Brust und schob sich weg, nur ein kleines Stück.

»Bitte glaub mir, dass das mit Mojo nichts mit dir zu tun hat.« Ihr Ausdruck war ernst. Ein klein wenig Farbe war in ihre Wangen zurückgekehrt, sie sah nicht mehr ganz so blass und ungesund aus. »Ich kann nicht mehr dazu sagen. Aber bitte vertrau mir.«

Er schaute sie an – und er vertraute ihr, genau wie sie es sich gewünscht hatte. Da war etwas zwischen ihnen, das sich so verdammt richtig anfühlte. Er musste ihr vertrauen.

Als sie sich ganz aus seiner Umarmung löste und seine Hand nahm, ließ er es geschehen. Angela führte ihn in das Zelt. Sie stellte sich vor ihn, suchte schon wieder seinen Blick und löste das umgeschlungene Laken, das einfach zu Boden glitt und den Blick auf ihren nackten Körper preisgab.

Und George wusste, er würde nicht gehen. Er würde ohne Angela am liebsten nie wieder irgendwo hingehen. Dann zog er sie stürmisch zurück in seine Arme und begann, sie leidenschaftlich zu küssen.

Kapitel 15

Angela Riley

Angela wachte auf, weil ihr so heiß war. Sie fühlte in sich hinein und ihr fiel ein Stein vom Herzen. Die Medikamentendosis, die Doktor Cooney ihr am Telefon empfohlen hatte, schien die bohrenden Schmerzen vorerst zurückgedrängt zu haben. Gestern auf der Terrasse hätte sie sich vor Schmerz beinahe übergeben. Eine ganz neue Art von quälendem Stechen hinter ihren Augen hatte dazu geführt, dass sie fast nichts mehr gesehen hatte. Es hatte ihr Angst gemacht. Klar, ihr war schon in Kapstadt schwarz vor Augen gewesen, aber da hatte sie es auf die Reise zurückgeführt. Hier konnte sie das nicht. Im Gegenteil, sie hatte sich ja glücklich und ausgeruht gefühlt.

George war ihr Telefonat komisch vorgekommen, das hatte sie ihm angemerkt. Aber was hätte sie tun sollen? Ihr war es so elend gegangen, dass allein der Geruch des leckeren Essens schon zu viel gewesen war.

Die prüfenden, besorgten Blicke, die George ihr zugeworfen hatte, waren es gewesen, die sie am Ende davor bewahrt hatten, zusammenzuklappen. Sie wollte ihm auf keinen Fall etwas über ihre Gesundheit erklären müssen.

Doktor Cooney und die Notfallnummer, die er ihr mitgegeben hatte, waren am Ende ihre Rettung gewesen. Der Medikamentencocktail, eine Mischung aus Tropfen und den üblichen Schmerztabletten, hatte beinah sofort gewirkt. Über die negativen Auswirkungen des Morphiums machte sie sich keine Gedanken mehr zu diesem Zeitpunkt. Dafür war die Qual einfach zu groß.

Als sie dann wieder nach draußen zu George trat und hörte, dass Mojo auf der Farm war, hatte sie die Nachricht geradezu schockiert. Aus Erleichterung und Freude zwar, dennoch hätte sie der Schock beinahe umgeworfen. Schließlich bedeutete das, dass sie Jaspers Vater gefunden hatte und bald treffen würde! Klar, George hatte das ganz falsch interpretiert. Und sogar gehen wollen. Kein Wunder, die Ausrede mit dem »Geschäftlichen« war ja auch selten dämlich gewesen.

Dabei hätte sie in dem Moment beinahe alles aufgeklärt, nur, um ihn zum Bleiben zu bewegen. Angela wusste einfach, dass die Angst sie aufgefressen hätte, in dem Moment, wo sie allein im Zelt gelegen wäre. Außerdem war die Zeit mit George viel zu kostbar, um auch nur eine Sekunde davon zu verschwenden. Ohne darüber nachzudenken, hatte sie sich in seine Arme geworfen.

Jetzt, am nächsten Morgen, lag sie noch immer in Georges Armen, oder schon wieder, ihr Kopf auf seiner Brust. Sie hatten sich ein zweites Mal geliebt, wilder als beim ersten Mal, fordernder. Und es war noch schöner gewesen als ihre erste intime Begegnung. Anschließend waren sie ineinander verschlungen eingeschlafen. Angela hatte sich an George klammern wollen wie eine Ertrinkende, ihn für immer festhalten.

Sie verstand, warum bei manchen Paaren die Liebenden einander anflehten, zusammenzubleiben, sich nicht zu verlassen, auch wenn es die Umstände verlangten. Genau diese Worte lagen ihr auf der Zunge, obwohl sie wusste, sie durfte sie nicht aussprechen. Er, dieser sanfte, fürsorgliche Mann, sollte nicht ihre Sorgen tragen müssen. Dafür liebte sie ihn zu sehr. Es war leicht, sich diese Liebe einzugestehen, so frisch sie auch war. Aber George durfte es nicht wissen. Sie musste ein Abenteuer für ihn bleiben, sonst nichts. Mehr konnte Angela nicht sein

»Bist du wach?« Er flüsterte fast unhörbar.

Angela hob den Kopf und lächelte George an.

»Guten Morgen, kleines Murmeltier.« Er richtete sich ein wenig auf und küsste sie zärtlich auf die Stirn. Sie spürte seine festen Bauchmuskeln unter ihrer Hand.

»Bist du schon lange auf?«, fragte Angela.

»Nein. Keine Sekunde zu lange. Ich habe dir beim Schlafen zugehört. Du schläfst schön.« George wuschelte ihr mit seiner großen Hand durchs Haar und sortierte die einzelnen Strähnen danach an ihren Platz.

»Spinner!« Angela musste lachen.

»Nein, wirklich. Ich habe es genossen. Man hält schließlich nicht jeden Tag seine Traumfrau im Arm beim Aufwachen.«

Angela wusste nicht, was sie erwidern sollte. Er war der Mann, den sie gern vor zehn Jahren kennengelernt hätte. Der Mann, den sie mit ihrem Herzen gesucht hatte. Und jetzt – sie löste sich aus seinem Arm. »Ich muss eben ins Bad.«

Mit ein paar Schritten war sie in dem kleinen gemauerten Raum, der an das Zelt angrenzte.

Angela stand vor dem kleinen Spiegel. Ihre Augen lagen tief in ihren Höhlen, dunkle Ringe gaben ihrem kranken Aussehen den letzten Schliff. Dass George sie überhaupt attraktiv fand war ein Wunder. Sie konzentrierte sich darauf, tief durchzuatmen. Die Schmerzen, die widersprüchlichen Emotionen, die Erlebnisse bildeten einen Berg, der unüberwindbar vor ihr aufragte. Aber wenn sie das zuließ, würde sie nicht mehr damit aufhören. Sie wollte aufgeben und weinen. Sich einfach am Fuß dieses Berges niederlassen und weinen. Aber das konnte sie nicht zulassen. Sie musste sich zusammenreißen, wenn schon nicht für sich selbst, dann für George und, noch mehr, für Jasper. Er verdiente, dass sie durchhielt, so lange sie irgendwie konnte.

Einen weiteren tiefen Atemzug später ging Angela zurück zu George, der noch immer im Bett saß.

»Sollen wir gleich zurückfahren?« In seiner Stimme lag jetzt keine Zärtlichkeit mehr, sondern nichts als nüchterne Sachlichkeit.

Angela dachte kurz über seine Frage nach, dann schüttelte sie den Kopf.

»Nein. Wir könnten wenigstens noch einen Kaffee trinken, oder?« Sie setzte sich zu George auf die Bettkante. Sein nackter Oberkörper, die kleine Narbe auf der Schulter, deren Geschichte sie nicht kannte, die Kraft, die in seinen Händen lag, all die Attribute, die ihn besonders machten, sprachen sie sofort wieder an und ihr Körper reagierte wie von selbst auf ihn. Sie beugte sich nach vorn, um ihn zu küssen. Aber jetzt war er es, der auswich. Angela erwischte seine stoppelige Wange. Wie gut er roch! Nach Erde und Mann.

»Gut, ein Kaffee.« George rutschte ein Stück von ihr weg und stand auf. Der große Mann schien das Zelt fast auszufüllen. »Ich werfe gleich die Maschine an.«

Er schlüpfte in die Boxershorts und ein T-Shirt. Angela stand ebenfalls auf. Sie trat von hinten an ihn heran und umschlang ihn. Ohne ein Zögern schlüpfte ihre Hand in seine Hose.

George hielt still, ganz still. Sein Körper reagierte prompt auf ihre Berührung. Doch dann hielt er ihre Hand fest und drehte sich zu ihr um.

»Angela, du bist eine rätselhafte Frau, weißt du das?« Er schaute sie mit feierlichem Ernst an. Ihre forsche Hand hatte er sanft zur Ruhe gebracht und an seine Taille gelegt. Jetzt beugte er sich zu ihr herunter und küsste sie, voll mühsam gezügelter

Leidenschaft. Sie spürte seine Beherrschung, wollte ihre Hand erneut auf die Reise schicken, aber George entwand sich.

Am Eingang des Zeltes drehte er sich noch mal um. »Kaffee – du erinnerst dich?«

Mit einem ungläubigen Kopfschütteln war er aus der Tür.

Kapitel 16

George van Staal

Sie machte ihn verrückt, diese Frau machte ihn einfach verrückt. Kopfschüttelnd verließ er das Zelt. Ein Lächeln überzog sein Gesicht.

Sein Körper war unkontrollierbar in ihrer Gegenwart. Aber mehr noch, er wollte bei ihr sein, so dringend, so verzehrend bei ihr sein, dass es schon schwierig gewesen war, in das Küchenzelt hinüberzugehen.

Er öffnete die Kaffeedose, steckte die Maschine an und gab eine Filtertüte in den Filter hinein.

Ohne Frage: Er hatte sich verliebt. Dabei hatte er sich geschworen, es nie wieder so weit kommen zu lassen, nach der Sache mit Clarice. Und doch ertappte er sich dabei, dass es mit Angela noch viel überwältigender war. Im Vergleich dazu war die Sache mit Clarice ein Klacks gewesen. Ein Fliegenschiss auf einer Fensterscheibe, sozusagen.

Gedankenverloren löffelte George Kaffeepulver in den Filter, ohne zu merken, dass er schon mehr als genug hineingeschaufelt hatte. Dann füllte er Wasser ein und ließ die Kaffeemaschine ihre Arbeit tun.

Wenn Angela doch nur nicht so rätselhaft für ihn gewesen wäre! In einer Sekunde verschwand sie im Badezimmer, weil er ihr zu nah gekommen war, und im nächsten berührte sie ihn so verführerisch, dass er vor Erregung beinahe platzte.

Allein die Erinnerung, ihre Hand an … Ohne nachzudenken, sprang George auf. Für den Augenblick hatte er genug gegrübelt. Zeit, zu Ende zu bringen, was Angela gerade eben begonnen hatte. Er grinste. Pfeifend machte er sich auf den Weg zurück zu ihr.

Kapitel 17

Angela Riley

Hans van Staal war auf Georges Anruf hin mit dem Jeep gekommen und hatte zwei Arbeiterinnen mitgebracht, die das Camp für die nächsten Gäste in Ordnung bringen würden.

George und sie hatten den Kaffee miteinander getrunken, nachdem sie sich ein drittes Mal geliebt hatten. Nur widerstrebend war Angela hinaus auf die Terrasse getreten, am liebsten hätte sie den kläglichen Rest ihres Lebens in dem Zelt verbracht, abgeschirmt von der Realität und ihren dunklen Farben.

Der Kaffee war tiefschwarz gewesen, bitter. George entschuldigte sich für den misslungenen Aufguss, er wollte sofort in die Küche, neuen machen, aber Angela hatte ihn zurückgehalten.

»Bitte, bleib. So werden wir wenigstens richtig wach.«

Sie saßen vor dem Zelt. Keiner von ihnen dachte daran, noch mal zum Wasserloch zu gehen. Erst jetzt, im Auto, kam ihr der Gedanke, dass es eine gute Idee gewesen wäre, dort den Trip zu beenden, ein letztes Bild in ihre Erinnerung zu brennen von diesem Ort, der für sie pure Magie bereitgehalten hatte.

Als Hans mit dem Jeep vorgefahren war, hätte ihr Bedauern tiefer nicht sein können. George hatte das Gepäck und die Lebensmittelkiste verladen. In der Zeit war sie noch mal durch das Camp gewandert, zu der Feuerstelle, in die Küche, in ihr Zelt, das wie eine Insel der Zärtlichkeit und Erotik zugleich gewesen war. Hier war Geborgenheit zu Hause.

Ihr Magen schmerzte. Sie wollte nicht gehen.

»Angela? Wo bist du? Wir sind so weit.« George hatte sie gerufen, als er fertig gewesen war. Aber es war ihr schwergefallen, von der Bettkante aufzustehen und das Zelt zu verlassen.

Plötzlich hatte George hinter ihr gestanden. Sie hatte ihn nicht hereinkommen hören, aber sie roch ihn. Spürte seine Anwesenheit.

»Können wir nicht einfach hierbleiben?« Die Sehnsucht in ihrer Stimme war unüberhörbar.

George küsste sie hinters Ohr.

»Wir kommen einfach wieder«, raunte er und nahm ihr Ohrläppchen kurz in den Mund, um mit seiner Zunge damit zu spielen. Worte, die für Angela wie der Kaffee von vorhin schmeckten, verbunden mit der Süße seiner Liebkosung. Plötzlich rückte er von ihr ab.

»Dad.« Mit einem Schlag klang er sachlich und nüchtern.

Als Angela sich umdrehte, stand da der alte Mann und grinste von einem Ohr zum anderen. Mit seinem Fransenhemd und den Cowboystiefeln hätte er besser in den Wilden Westen gepasst.

»Wie schön.« Hans van Staal sah aus wie ein Honigkuchenpferd, bereit zum freudigen Galopp.

»Dad!«

»Ist doch wahr.« Er klatschte in die Hände, sichtlich erfreut. »Wir müssten trotzdem zurück zur Farm. Tut mir leid, ihr Turteltäubchen.«

George entrüstete sich ein drittes Mal: »Dad!«

Aber Hans sprach ungerührt weiter. »Obermöllers wollen nach Vleesbaai zum Arzt fahren und da wir den Jeep nachher brauchen, damit Mojo später noch den anderen Wagen mit

Afeni holen kann, habe ich den beiden ein Taxi bestellt. Ich will nur sichergehen, dass auch alles gut klappt. Du weißt, wie Renate sein kann.«

George seufzte. »Oh ja.«

»Darf ich Ihnen den Rucksack abnehmen, Angela?« Hans streckte seine Hand aus. Sie reagierte erst nicht. Die Erwähnung Mojos hatte sie aus dem Konzept gebracht. Als Hans seine Frage wiederholte, ließ Angela ihren kleinen Tagesrucksack von der Schulter gleiten.

»Danke sehr.«

»Für Sie gern, meine Liebe.« Er kicherte und ging voraus.

Erstaunlich behände kletterte er in den Jeep und warf den Rucksack auf den Beifahrersitz.

»Tut mir leid, hier vorn ist schon besetzt, ihr müsst euch beide hinten reinsetzen.«

Für Angela war das kein Problem, aber George verdrehte die Augen. »Dad, hör auf, den Kuppler zu spielen!«

Wieder kicherte van Staal und ließ den Motor an. Jetzt ruckelten sie über die schlechte Schotterpiste in Richtung Farm. George hatte seine Hand auf ihre gelegt, eine lockere Verbindung zwischen ihnen geschaffen. Seine Finger bedeckten ihre vollkommen. Angela schaute aus dem Fenster, ließ die Landschaft an sich vorbeiziehen. Einmal bremste Hans van Staal abrupt und deutete aus dem Fenster. Eine Gruppe Grünmeerkatzen hatte sich am Wegrand zur Mittagsruhe niedergelassen. Eine von ihnen war gerade dabei, ihr Junges zu entlausen, was sie so sehr beschäftigte, dass sie das Auto völlig ignorierte.

Als der Jeep wieder anfuhr, schaute das Junge kurz auf, um sich dann sofort wieder seiner Mutter zuzuwenden und ihre Brust zu suchen.

Alle anderen Tiere schienen die Hitze des frühen Nachmittags zu meiden, der Busch war wie ausgestorben. Angela drehte sich zu George. Sein Blick war ernst nach vorn gerichtet, zeigte keine Emotion. Sie glaubte zu wissen, dass auch ihn Mojo beschäftigte.

Je näher sie der Farm kamen, umso mehr drehten sich Angelas Gedanken um ihren Sohn. Sein Wohlergehen war alles, was wirklich zählte. Hoffentlich konnte Mojo davon überzeugt werden, dass es die richtige Entscheidung war, Jasper in seine Familie aufzunehmen, dass ihr Geld auch ihm helfen konnte. Bestimmt würde er Jasper lieben. Man musste ihn einfach lieben, dieses offene, herzliche Kind mit den Wuschelhaaren und den fast schwarzen Augen.

Sie vermisste ihn. Sie wünschte sich mit unerwarteter Intensität, dass er hier gewesen wäre und all das hier, die Farm, die Tiere, George, mit eigenen Augen hätte sehen können. Es hätte ihm gefallen. Angela dachte an den Elefanten, den Leoparden, das Grünmeerkätzchen von gerade eben. Ja, es hätte ihm gefallen. Es *würde* ihm gefallen, sobald er erst mal hier in Südafrika lebte.

»Kannst du Mojo gleich holen, wenn wir zurück sind?«, fragte sie George leise.

George räusperte sich. »Natürlich.« Er zog seine Hand weg. Es war ein klarer Bruch, schon wieder.

»Hattet ihr es wohl schön letzte Nacht?« Hans van Staal schaute in den Rückspiegel und zwinkerte Angela zu. Er hatte nichts von dem Bruch in der Stimmung bemerkt.

»Vater, lass es einfach.« Georges schneidende Stimme ließ seinen Vater tatsächlich verstummen.

Angelas Finger waren einsam ohne seine Hand, die sich wie ein schützendes Zelt angefühlt hatte. Sie formte eine Faust, nahm die Hand in ihren Schoß und umschloss sie mit ihrer anderen.

Schon wurde der Jeep langsamer. Die Farm tauchte vor ihnen auf und Angelas Herzschlag beschleunigte zu einem wilden Stakkato.

Sie schaute auf das Hauptgebäude, hinüber zu dem kleinen Gebäude, das als Garage diente, und ließ ihren Blick weiter zu einer Reihe kleiner Häuser – offensichtlich die Touristenunterkünfte – und dem riesigen Pool schweifen. Ihre Augen suchten nach Mojo, aber die Einfahrt war leer, der große Hof ebenfalls. Als der Wagen heranfuhr, näherte sich ein Springbockweibchen mit nur einem Horn dem Fahrzeug, gefolgt von einem winzigen Kalb, das versuchte, mit seiner Mutter Schritt zu halten.

»Chicki hat dich vermisst«, stellte Hans fest.

Tatsächlich zuckten Georges Mundwinkel beim Anblick des Tieres und der Ausdruck seiner Augen veränderte sich, wurde für einen Moment weich. Doch dann konzentrierte er sich wieder auf das Wesentliche.

»Wo ist Mojo, Dad?«, fragte George. Angela war ihm dankbar dafür, dass er fragte.

»Der versucht mal wieder, den Hilux flottzumachen. Von wegen, die Pick-ups sind unkaputtbar. Da lach ich ja.« Hans parkte den Wagen mitten im Hof, sprang wie ein junger Bursche aus dem Wagen und hielt Angela die Tür auf. Er deutete auf die Garage. »Bis jetzt haben wir gute Erfahrungen mit den Toyotas gemacht, aber dieser Wagen kostet mich noch meinen letzten Rand!«

Ohne Angela zu beachten, begann George das Gepäck aus dem Wagen zu räumen und hinüber zum Haupthaus zu tragen. Chicki nahm sofort die Verfolgung auf und stupste George in den Allerwertesten, der daraufhin den Rucksack abstellte und die Springbockdame hinter ihrem verbliebenen Horn kraulte.

Angela fiel ein, dass sie gar nicht darüber gesprochen hatten, wie es mit ihnen weitergehen sollte, wenn sie zurück waren. Als ob sie beide dieses Thema mit Absicht vermieden hätten.

Jetzt sah Angela, wie George ihren großen Rucksack aufhob und ihn hinüber zu der Veranda trug, wo er ihn in den Schatten unter dem Vordach stellte.

Hans legte Angela die Hand auf den Arm. »Ich geh mal eben ins Haus. Ein Eistee wird uns allen guttun.« Er schenkte ihr sein gütiges Lächeln und bewegte sich ebenfalls in Richtung der Veranda. Erst jetzt sah Angela Renate und Horst im Schatten sitzen. Renate hatte ihr Bein unter einem Berg aus Eiswürfelbeuteln begraben und trank ein Bier, während Horst sich einem Buch über die südafrikanische Tierwelt widmete. Hans ging kurz zu den beiden, sprach ein paar Worte und verschwand anschließend im Haus.

Auch George war aus ihrem Blickfeld verschwunden. Vielleicht wollte er sie in Ruhe lassen, damit sie ihre »geschäftlichen« Angelegenheiten regeln konnte. Wie auch immer, sie war ihm dankbar für seine Rücksichtnahme.

Langsam ging sie hinüber zu den Garagen, um Mojo zu finden. Endlich würde sie ihn treffen, wiedersehen nach so langer Zeit. Sie machte kleine Schritte, plötzlich ängstlich, voller Bedenken, wie er reagieren würde. In Gedanken legte sie sich die Worte zurecht, die sie ihm gleich sagen wollte. Angela tastete nach ihrem Handy. Darin waren Fotos von Jasper abgespeichert, die sie Mojo zeigen konnte. Der Junge hatte viel Ähnlichkeit mit seinem Vater, die gleichen Lippen und Haare, die gleichen ausdrucksstarken dunklen Augen.

Angela erreichte die große Garage. Unter dem Toyota Hilux schauten zwei Männerbeine in blauen Arbeitshosen hervor. Eine dunkle Stimme fluchte und sie hörte ein metallenes Klopfen vom Fahrzeugboden her.

Sie räusperte sich. »Entschuldigen Sie? Mojo?«

»Ja.« Er klang dumpf. Dann kam Bewegung in die blaubehosten Beine. Zwei Hände, tiefschwarz vom Schmutz auf dunkler Haut, tauchten auf, umfassten die Stoßstange und zogen ihn hervor. Langsam wurde sein Oberkörper sichtbar, dann der ganze Mann.

Angela presste es die Luft aus den Lungen. Sie wollte atmen, sie wollte so dringend etwas sagen, aber es ging nicht, es ging einfach nicht.

»Was kann ich für Sie tun?« Er lächelte, schiefe, aber gepflegte Zähne blitzten weiß in dem dunklen Gesicht auf. Strahlend blaue Augen schauten sie an.

Sie musste Luft holen, sonst würde sie hier und jetzt einfach umkippen. Endlich gelang Angela ein pfeifender Atemzug.

Noch immer starrte sie Mojo an. Sie konnte ihre Augen nicht von dem Mann abwenden.

»Ma'am?«, hakte der jetzt nach.

»Sie sind Mojo Tshabala?«

»Der bin ich, Ma'am.« Mojo tippte sich an die nicht vorhandene Mütze und grinste sie erneut an. Es war ein fröhliches, zufriedenes Grinsen, ohne Argwohn. Mojo war ein sympathischer Mann, keine Frage. Aber er war der falsche Mojo.

Angela hielt sich am Außenspiegel des Hilux fest. »Nichts. Sie können nichts für mich tun.«

Ohne eine Antwort des Mannes abzuwarten, taumelte sie aus der Garage, hinaus ins gleißende Licht der afrikanischen Sonne.

Kapitel 18

George van Staal

Sie hatte so einsam ausgesehen, als sie zu der großen Garage hinübergegangen war, so verletzlich. Am liebsten wäre er aus dem Haus gerannt, hätte ihre Hand genommen und ihr gesagt, das es ihm egal war, was sie mit Mojo zu schaffen hatte, dass er sie wollte, unter allen Umständen wollte. Aber stattdessen schaute er nur zu, sah Angela im Halbdunkel der Garage verschwinden.

Es waren nur ein paar Augenblicke. Eine kurze Zeitspanne, in der ein Taxi vorfuhr und Renate, auf Horst gestützt, in Richtung des Wagens humpelte.

Hans war noch nicht wieder da, er war mit dem Eistee beschäftigt, während George beobachtete, wie Horst seiner Frau liebevoll auf die Rückbank des Wagens half. Ja, Horst beugte sich sogar noch mal kurz über sie, als sie schon saß und strich ihr über die Schulter. Erstaunlich, wie stark sich der erste Anschein dieses Paares von dem unterschied, wie diese Beziehung offenbar wirklich war.

George wollte gerade nach seinem Vater rufen, als Angela aus der Garage getaumelt kam. Sie war so blass, dass ihre Haut bläulich schimmerte, und sie wirkte, als ob sie gleich jeden Halt verlieren und einfach in sich zusammenfallen würde. Was hatte

Mojo getan, das sie so sichtlich aus dem Konzept gebracht hatte? George krallte sich am Fensterbrett fest, um nicht einfach hinauszurennen. Was Mojo anging, hatte Angela eine klare Grenze gezogen. Sie hatte ihm durch ihre Ausflucht zu verstehen gegeben, dass ihn das nichts anging. Sie würde zu ihm kommen, wenn sie es wollte. Er musste es ihr überlassen.

Aber Angela kam nicht. Sie lief zu dem Taxi und sprach mit Horst. Dann rannte sie, plötzlich sehr zielstrebig, zur Veranda und packte ihren Rucksack, der so schwer war, dass sie dabei fast das Gleichgewicht verlor. Doch sie fing sich, offensichtlich unter Mobilisieren ihrer letzten Kräfte. Horst kam ihr entgegen und nahm ihr die schwere Last ab.

Ungläubig beobachtete George, wie Horst und der Taxifahrer, der soeben ausgestiegen war und den Kofferraum geöffnet hatte, den Rucksack im Heck des Wagens verstauten, während Angela sich auf den Beifahrersitz fallen ließ. Sie hatte sich nicht umgesehen, nicht einmal das! Sie war einfach eingestiegen, als würde sie von einem banalen Urlaub abreisen, als wäre nichts zwischen ihnen passiert.

Seine Knöchel traten weiß hervor, so fest hielt er die marmorne Fensterbank. Es hätte ihn nicht gewundert, wenn das massive Gestein einfach gebrochen wäre unter dem Druck.

George beobachtete, wie der Taxifahrer den Motor anließ und den Wagen langsam anfuhr. Er sah reglos zu, wie das Taxi beschleunigte und wie Chicki, die mit ihrem Jungen etwas ratlos im Hof zurückgeblieben war, nachdem George ins Haus gelaufen war – vielleicht wartete sie auf ihn –, einen erschrockenen Satz zur Seite machte. Er sah die Staubwolke, als das Auto beschleunigte und vom Hof raste, viel zu schnell. Diese schrecklichen Taxifahrer fuhren immer viel zu schnell.

Und dann sah er, wie das Taxi einfach hinter der nächsten Kurve verschwand.

Angela war weg. Sie hatte sich nicht einmal von ihm verabschiedet. Sie hatte ihn allein zurückgelassen. Fassungslos schaute George hinaus auf die Stelle, wo soeben noch das Fahrzeug geparkt hatte. Was war nur passiert?

George löste sich von dem Fensterbrett und rannte hinaus. Er sprintete über den Hof in die Garage.

»Mojo? Mojo!«

Der Arbeiter quälte sich erneut unter dem Hilux hervor.

»Ja, Sir?«

»Was war mit Angela?«

»Mit der Lady?« Mojo war nicht der Schnellste.

»Natürlich mit der Lady!« George war ungeduldig. Er merkte, dass sein Ton nicht in Ordnung war, aber gerade war er viel zu aufgebracht, um auf solche Feinheiten zu achten.

»Ich weiß es nicht. Sie hat mich gefragt, ob ich Mojo bin und dann ist sie weggelaufen.« Er zuckte mit den Schultern.

George war genauso ratlos wie sein Mitarbeiter. Angela hatte doch unbedingt mit Mojo sprechen wollen.

»Und kennst du eine Angela Riley, hast du mal von ihr gehört oder mit ihr telefoniert?«

Mojo schüttelte den Kopf. »Nein, Sir. Nie, Sir.«

George lehnte sich gegen den Hilux. Er war ratlos und wusste nicht, was er tun sollte. Ihn, der so gut im Handeln war, alle Probleme des Lebens mit den Händen löste, zupackte, wenn es sein musste, traf die Ratlosigkeit wie ein Knüppel am Hinterkopf.

Angela war weg. Ohne Mojo weiter zu beachten, trat George hinaus auf den leeren Hof. Sofort kam Chicki in der Hoffnung auf eine weitere Streicheleinheit heran und stupste ihn sanft mit ihrem verbliebenen Horn. Doch George stand geistesabwesend in der Hitze und schaute sich um, als ob er das Haus, den Pool, die Gästebungalows und den in prächtigem

Lila blühenden Jacarandabaum neben der Hofeinfahrt zum ersten Mal in seinem Leben sähe.

»Oh, Angela.« Ihren Namen auszusprechen schmerzte. Langsam ging George zurück ins Haupthaus hinüber und setzte sich in die kühle Lounge. Er starrte auf das Bild mit dem Elefantenauge. Wie oft hatte er hier schon gesessen und dieses Foto angestarrt, weil es ihn so sehr in seinen Bann zog? Aber heute vermochte es ihn nicht zu packen. Sein Blick war leer. Wohin er auch schaute, er sah nur, wie Angela in das Taxi stieg und aus seinem Leben verschwand.

»So, der Eistee ist fertig.« Hans van Staal kam herein, gefolgt von der Köchin, die ein Tablett mit großen Gläsern voller Eistee trug, diese auf dem Tisch abstellte und lautlos wieder verschwand.

»George? Wo sind denn alle?«

Er reagierte nicht auf die Frage seines Vaters.

»George?« In Hans' Stimme lag Besorgnis. »Bist du in Ordnung, mein Junge?« Der alte Mann setzte sich neben seinen Sohn.

»Alle sind abgereist.«

»Wie, alle?«

»Obermöllers sind zum Arzt. Und Angela ist mit ihnen gefahren. Sie ist einfach in das Auto eingestiegen.«

»Wie bitte?«

»Sie ist einfach in das Auto gestiegen und weggefahren. Sie hat sich nicht einmal verabschiedet.« George lehnte sich auf dem Sofa zurück und schloss die Augen. Fehlte gerade noch, dass er anfinge zu weinen. Diese Blöße würde er sich nicht geben.

»Hier, trink erst mal einen Schluck.« Hans drückte George ein Glas Eistee in die Hand, das der automatisch zum Mund führte. Die kalte Flüssigkeit tat unerwartet gut.

»Erzählst du mir, was passiert ist?«

George zögerte. Er wollte nicht wie ein Idiot dastehen. Damals, als Clarice ihn für diesen Ölscheich verlassen hatte, war er sich unglaublich dämlich vorgekommen. Einen Ölscheich.

Außerdem wusste er nicht recht, was er erzählen sollte. Er verstand ja selbst nicht, was da gerade passiert war.

»Um ehrlich zu sein, habe ich keine Ahnung, wo ich anfangen soll.« Er trank einen weiteren, riesigen Schluck Eistee, dann stellte er das leere Glas ab.

»Von vorne.«

»Sehr witzig.«

»Entschuldige, George. Ich dachte nur, dass dir an dieser Angela wirklich etwas liegt. Und jetzt ist sie weg. Ich bin verwirrt. Habe ich mich verschätzt?«

»Nein. Du hast das nicht falsch eingeschätzt. Ich bin selbst ziemlich verwirrt.«

George griff sich ein weiteres Glas. Er hatte wirklich Durst. Dann begann er, alles der Reihe nach zu erzählen, natürlich ohne die intimen Details.

»Weißt du, ich dachte wirklich, sie sei anders als …« Er stockte. Er wollte Clarice nicht erwähnen. Er hatte sich geschworen, ihren Namen nicht mehr laut zu sagen. Diese Frau hatte ihn so verletzt! Sie hatte dafür gesorgt, dass er das Gesicht verlor, im Haus und bei allen Nachbarn. Er war verspottet und ausgelacht worden. Damals, als er Clarice mit diesem Ölbaron erwischt hatte – ein Gast, der die ganze Farm gebucht hatte, das war zuvor überhaupt noch nie passiert, jemand, der es sich leisten konnte, das ganze Anwesen für sich zu mieten, inklusive allen Personals zur Unterstützung seiner eigenen Leute –, damals hatte George sich geschworen, dass ihm so etwas nie wieder passieren werde.

Natürlich war es jetzt anders gewesen, aber das Resultat war das Gleiche: Er stand alleine da, mit gebrochenem Herzen.

Und Männer mit gebrochenem Herzen hatten immer etwas Armseliges.

»Du musst mich für schrecklich pathetisch halten, aber ich dachte wirklich, dass Angela besonders ist.« George fluchte. »Ich bin so dämlich!«

Sein Dad lachte leise. George schaute ihn überrascht an.

»Du hast natürlich gut lachen mit deiner ewigen Liebe zu Mum.«

Hans lachte noch immer. »Dachtest du wirklich, deine Mutter war die einzige Frau in meinem Leben? Jeder zahlt doch sein Lehrgeld, bevor er die Richtige trifft.«

»Du auch?«

»Oh, ich hatte auch eine Clarice. Fast jeder Mensch wird im Leben mal enttäuscht, das ist einfach so. Allerdings hast du danach einfach aufgegeben.«

»Wie bitte?«

»Na, du hast doch seit Jahren keine Frau mehr gehabt. Erst jetzt, wo diese Angela aufgetaucht ist, hast du deinen selbst auferlegten Bann gebrochen – nur um sofort wieder die Flinte ins Korn zu werfen.«

»Aber sie ist doch abgehauen!« George war laut geworden.

»Ja, das stimmt. Allerdings weißt du nicht, warum, oder?«

»Wahr.«

»Und es ist kein Ölscheich im Spiel, das weißt du auch. Nur eine ungeklärte Sache mit Mojo.«

George nickte widerwillig. Trotzdem war er verletzt.

»Aber sie hat mich verlassen, Dad. Sie ist einfach abgehauen. Nicht einmal verabschiedet hat sie sich.« George rieb sich die Augen, die verdächtig brannten.

»Ach, Junge. Frauen sind kompliziert.«

»Was du nicht sagst.«

»Sei nicht ironisch! Und hör bitte auf, dich zu verstecken. Du kannst nicht ewig beleidigt sein und dein weiteres Leben auf die schlechte Erfahrung mit Clarice bauen. Das ist seit Jahren vorbei. Und Angela ist nicht Clarice. Ich würde vorschlagen, du bewegst deinen Arsch.«

»Bitte was?« George glaubte, nicht richtig gehört zu haben.

Hans wurde tatsächlich ein wenig rot. »Entschuldige, du weißt ja, dass ich normalerweise nicht zu Kraftausdrücken neige. Aber du solltest Angela eine Chance geben, sich zu erklären. Allein schon deshalb, weil *du* eine Erklärung verdienst.« Sein Vater stieß den Zeigefinger gegen Georges Brust.

»Ich weiß gar nicht, ob ich noch mehr Erklärung brauche. Sie hat sich schon genug erklärt, würde ich meinen.« Eindeutig. Die Bitternis überwog. Er *wollte* kein Verständnis für Angela aufbringen.

»Dad, ich weiß ja, dass du es gut meinst. Aber ich glaube, wir schenken uns jede weitere Diskussion.« Ohne eine Antwort abzuwarten, stand er auf.

»Du entschuldigst mich, Obermöllers wollen heute zu einem romantischen Picknick ans Meer und dann reisen heute noch diese zwei niederländischen Ehepaare an, du weißt schon. Ich habe keine Zeit für diese … diese Faxen.«

George drehte sich nicht um. Deshalb bemerkte er auch nicht das leise Lächeln auf den Lippen seines Vaters, der ihm kopfschüttelnd hinterherblickte.

Kapitel 19

Angela Riley

Angela war mit den Obermöllers nach Vleesbaai gefahren. Je weiter sie von der Farm wegfuhr, umso klarer konnte sie wieder denken. Der Mann war nicht Mojo gewesen – oder doch, allerdings nicht der Mojo, den sie suchte. Ihr Magen pochte heiß und krampfte. Sie war einem Mann mit dem gleichen Namen hinterhergelaufen. Das hieß, ihre Suche stand wieder ganz am Anfang. Und wo war dieser Anfang?

Zum Glück konnte ihr völlig egal sein, was Obermöllers von ihr dachten, mit denen sie auf ihrer gemeinsamen Fahrt kein einziges Wort gewechselt hatte.

Angela verspürte das dringende Bedürfnis, mit jemandem zu reden, wirklich zu reden, dafür kam dieses Ehepaar natürlich nicht infrage. Ihre Gedanken streiften George. Mit ihm hätte sie reden wollen. Aber, wies sie sich selbst zurecht, mit Sicherheit war er nicht der richtige Ansprechpartner für ihre Probleme. Er konnte ihr nicht helfen – und sie hätte ihn nur belastet. Vielleicht war es ganz gut so, dass sie einfach weggerannt war. Vermutlich hielt er ihre Beziehung jetzt für genau das, was sie war: eine Affäre ohne Zukunft, schlicht aus dem Grund, weil sie ein Mensch ohne Zukunft war. Darüber hinaus hatte sie auch anderweitig keine Zeit mehr für mehr. Sie musste sich jetzt um einen guten Platz für Jasper kümmern und so schnell wie möglich entweder Mojo finden oder zurück nach England fliegen, um eine gute Einrichtung oder eine Pflegefamilie für ihren Sohn zu suchen, so lange sie dazu noch in der Lage war. Der Anfall vom Vorabend saß ihr noch in den Knochen. Wenn so etwas häufiger vorkäme, würde sie nicht mehr besonders weit kommen.

Als der Wagen in Vleesbaai hielt und sie ausstieg, kurze Worte des Dankes murmelte und dem Taxifahrer einen Schein zusteckte, wusste sie zumindest, dass sie Carl anrufen wollte, um sich mit ihm zu beraten. Außerdem musste sie unbedingt jemandem alles erzählen, was passiert war.

Auf der Busfahrt nach Kapstadt schlief Angela. Der Bus war fast leer und sie hatte der Müdigkeit einfach nichts mehr entgegenzusetzen. Sie fühlte sich wie ein Sack Blei. Als sie endlich in ihrem gemieteten Apartment ankam, trotz des Schlafs auf der Fahrt müde und ausgelaugt, kopfschmerzgeplagt und verschwitzt, fühlte es sich fast wie Heimkommen an.

Erleichtert ließ Angela sich auf das Bett fallen. Doch sie stand sofort wieder auf und holte ihr Handy aus dem Tagesrucksack.

»Hey, Angela! Ich habe versucht, dich zu erreichen!« Carl klang vorwurfsvoll, aber Angela hörte es kaum. Sie war so dankbar, seine Stimme an ihrem Ohr zu haben, dass sie fast losgeheult hätte. Alle Spannung, alle zurückgehaltenen Emotionen wollten gleichzeitig aus ihr heraus.

»Ich weiß. Ich war auf einer Farm.« Angela wollte weiterreden, aber Carl ließ sie nicht zu Wort kommen.

»Du hast eine lausige SMS geschrieben. Das war alles. Jasper fragt ständig nach dir und warum du weggefahren bist. Mir gehen langsam die Erklärungen aus. Außerdem war ich halb verrückt vor Sorge.«

»Entschuldige. Aber es gibt nicht immer Empfang im afrikanischen Busch«, rechtfertigte sich Angela.

Carl schwieg. Es gelang ihrem Bruder, unglaublich vorwurfsvoll zu schweigen.

»Wie geht es Jasper sonst so?«, fragte Angela in die angespannte Stille hinein.

»Spitze. Seine Mutter ist allein mit Knutr in Afrika und der Junge hat keine Ahnung, wo sie steckt.«

»Carl. Es tut mir leid. Okay? Können wir bitte vernünftig miteinander reden? Das hier hat keinen Sinn. Lass mich doch einfach erklären, was passiert ist, ja?«

Wieder diese Stille. Dann hörte Angela ein leises Seufzen. »Na gut.«

»Danke.«

Endlich konnte sie sprechen. Sie begann hinten, bei Mojo.

»Und dann war er es nicht? Bist du sicher?« Carl klang ehrlich betroffen.

»Ob ich sicher bin? Glaubst du, ich vergesse, mit wem ich Sex hatte?«

Carl lachte leise.

»Ich meinte ja nur.« Er klang jetzt friedlich und ruhig.

»Was willst du jetzt tun?«

»Ich habe keine Ahnung. Ich schätze, ich gehe noch mal in diese Bar, wo ich Mojo damals kennengelernt habe. Und wenn ich nicht weiterkomme, fliege ich nach Hause. Ich will noch etwas Zeit mit euch verbringen, bevor …« Sie ließ den Satz in der Luft stehen. Carl verstand sie schon.

»Ja.«

Wieder Schweigen, aber dieses Mal hatte es nichts Vorwurfsvolles.

»War dein Trip wenigstens schön?«, fragte Carl schließlich. »Hast du viele Tiere gesehen?«

»Nicht nur Tiere.« Die Worte sprudelten regelrecht aus ihr heraus.

»Und dann?«, fragte Carl, nachdem sie erzählt hatte, wie George sie mitgenommen hatte, um den Leoparden zu beobachten, wie sie sich vor dem wilden Hasen halb zu Tode erschrocken hatten.

»Dann?«

»Das war doch nicht alles, oder?« Carl kannte sie einfach zu gut.

Angela lachte. »Dann waren wir miteinander in einem wunderschönen Camp.«

»Einem Camp?«

»Na, so ein Zeltcamp im Busch, mit einem Wasserloch, wo man Tiere beobachten kann, und Lagerfeuer und allem, was so dazugehört.«

»Sag, Schwesterchen, hat dieser George in deinem Zelt geschlafen?«

»Das geht dich überhaupt nichts an!« Angela spielte die Entrüstete, während Carl am anderen Ende der Leitung vor sich hin feixte.

»Also ja.« Er kicherte.

»Möglicherweise.« Angela dachte an seine Hände auf ihrer Haut, die Küsse, den gemeinsamen Rhythmus, wie sie miteinander eingeschlafen waren, sie in seinen kräftigen Armen geborgen, wie eingehüllt von ihm. Ziehende Sehnsucht überkam sie.

»Wie schön.« Carls Stimme hatte einen liebevollen Ton angenommen.

»Ja, das war es.«

»Du klingst traurig. Wie seid ihr denn verblieben?«

»Na ja. Verblieben kann man das wohl nicht nennen. Es gibt ja keine Zukunft für uns. Außerdem war ich wegen der Sache mit Mojo total am Boden zerstört.« Angela spürte, dass sie weinen würde. Aber hier in ihrem Apartment war es egal. Sie konnte heulen, so viel sie wollte.

»Hm. Wie hast du dich denn von ihm verabschiedet?«

»Um ehrlich zu sein, gar nicht«, gab Angela zu. Sie drehte sich auf ihrem Bett um, stopfte sich ihr Kissen in den Nacken und starrte an die Decke.

»Wie, gar nicht?«

»Na ja. Ich habe mit diesem anderen Mojo geredet. Dann bin ich aus der Garage gestürmt, total außer mir. Und da stand ein Taxi, das sich zwei andere Gäste bestellt hatten. Ich bin zu ihnen gerannt, habe gefragt, ob sie mich mitnehmen, und bin Hals über Kopf abgereist.«

»Moment, Moment. Du hast dich verliebt, ja?«, hakte Carl nach.

»Ja.«

»Und du hast es ihm nicht gesagt?«

»Nein. Versteh doch, das hätte alles nur noch schlimmer gemacht!« Ihre Tränen liefen jetzt aus ihren Augenwinkeln und tropften auf das Kissen. Angela ließ es geschehen.

»Ich wollte nicht, dass er sich zu irgendetwas verpflichtet fühlt. Und ich wollte auch nicht, dass er denkt, er muss irgendwelche Dinge für mich tun, weil ich krank bin. Versteh doch, Carl. Ich wollte ihn vor mir schützen. So denkt er, es war nur eine kleine Affäre. Sicher hat er eh ständig irgendwelche Frauen.«

Sie dachte an sein breites, bulliges Kreuz, die maskulinen Arme und die großen Hände, die sie so attraktiv gefunden hatte. Den Geruch nach Erde und sein Gesicht mit den grünen Jägeraugen. Er war mit Sicherheit beliebt beim weiblichen Geschlecht. Trotzdem wusste ein Teil von ihr, dass die Nacht in dem Zelt keine Affäre gewesen war. Sie war nicht unbedeutend gewesen, sondern besonders, durch und durch. Wenn er auch nur ein Quäntchen dessen gespürt hatte, was sie noch immer fühlte, diese Verbundenheit, diese Perfektion im Zusammensein miteinander, dann würde auch er es nicht für eine kurze, bedeutungslose Episode mit einer Frau halten, sondern für mehr.

Trotzdem: Die kurze Trauer darüber, sich geirrt zu haben, war besser, als die Trauer darüber, dass jemand starb, an den man sein Herz gehängt hatte. Sie wollte George so wenig belasten, wie es ihr möglich war.

»Hm.« Sie hörte Carls Zögern. Dass er nachvollziehen konnte, was sie sagte, aber nicht unbedingt einer Meinung mit ihr war.

»Weißt du, Schwesterchen, ich sehe es nicht ganz wie du. Ich war wütend, als ich erfuhr, dass Knutr eben kein Knutr ist, sondern eher ein Goliath. Ich dachte, ich müsste ausflippen, weil ich das Gefühl hatte, du hast mich um etwas beraubt.« Er stockte.

»Wie meinst du das?« Angela wischte sich eine Träne aus dem Augenwinkel.

»Na ja. Seit ich es weiß, genieße ich irgendwie noch mehr, dich zu haben. So wie jetzt gerade. Ich höre dich. Gestern habe ich Bolognese aufgetaut, die Reste von neulich. Die Soße machst nur du so. Niemand sonst kann die genauso machen. Ich habe mir dein Essen auf der Zunge zergehen lassen, im Ernst. Davor war es nur eine Soße. Jetzt betrachte ich das anders, verstehst du?« Carl klang, als würde er an etwas ersticken. Angela wusste, dass er trauerte, schon jetzt trauerte.

»Ja, ich verstehe dich. Und ich höre, wie schwer es für dich ist. Das muss ich George nicht zumuten, indem ich ihn jetzt noch mit Gewalt an mich binde.« Sie war sich sicherer denn je, instinktiv die richtige Entscheidung getroffen zu haben, indem sie Hals über Kopf abgereist war.

Carl sprach nicht. Angela hörte, dass er den Telefonhörer von seinem Ohr weghielt, um sich zu schnäuzen.

»Hör zu. Ich gehe noch mal in die Kneipe. Und dann sehe ich zu, dass ich meinen Flug umbuchen kann. Ich will zu euch.« Sie vermisste ihre Familie wirklich. So schön Afrika war, aber sie wollte zu Jasper.

»Ist Jasper da?«

»Er ist beim Fußballtraining.«

»Richtig.« Wie weit alles weg war, wenn man weg war, dachte Angela. »Richtest du ihm aus, dass ich sehr bald heimkomme?«

»Natürlich.« Carls Stimme klang noch immer belegt.

»Und wehe, du heulst dabei rum.« Angela bemühte sich um einen scherzhaften Ton. »Du Weichei.«

Carl schnaubte. »Von wegen.«

Dann hatte er aufgelegt, ohne weitere Worte. Angela ließ das Handy sinken. Sie rollte sich auf die Seite und zog die Bettdecke unter sich hervor. Ihre Kopfschmerzen würden nicht mehr lange ohne Medikamente zu ertragen sein, das wusste sie.

Sie deckte sich zu und dachte automatisch an George, die Geborgenheit seiner Arme, den tiefen Schlaf, der mit dem Kopf auf seiner Brust möglich gewesen war. Angela war sich sicher, dass sie nie wieder so gut schlafen würde. Und in der Einsamkeit des Apartments wusste sie auch, dass sie in ihrem ganzen Leben nie wieder so umfassend geborgen wäre.

Ein lautes Schluchzen entfuhr ihr, das sie selbst erschreckte. Angela drehte sich auf ihren Bauch und drückte ihr Gesicht in das tränenfeuchte Kopfkissen, bevor sie einen weiteren qualvollen Schluchzer von sich gab. Es tat alles weh: ihr Körper, ihre Gefühle für George, die Einsamkeit, der Gedanke an ihr Kind, für das sie nicht mehr da sein konnte. Alles tat so sehr weh, dass ihr nichts blieb als zu weinen, immer weiter zu weinen, bis die Tränen sämtliche Emotionen mit sich fortschwemmten und für den Augenblick nichts zurückließen als stumpfe Dunkelheit.

* * *

Als Angela aufwachte, war es draußen genauso dunkel wie drinnen. Ihr Schädel dröhnte bedrohlich. Es gab keinen Zweifel: Ihr Zustand verschlechterte sich rapide. Sie nahm eine Dosis Morphiumtropfen und wartete darauf, dass es besser wurde. Als sie wieder einigermaßen klar denken konnte, duschte sie sich und zog sich an.

Dann war sie bereit für das »Black Rhino«. Hoffentlich war Sam da. Er war ihre einzige Hoffnung. Sie fühlte sich noch immer zittrig, aber sie wollte ihn unbedingt um Hilfe bitten.

Als Angela hinaus auf die Straße trat, wo der Duft des Meeres und die Gerüche des Hafens ihr in die Nase stiegen, fühlte sie sich ein wenig besser. Sie nahm einen tiefen Atemzug. Dann schlenderte sie hinunter zur Wasserfront. Sie hörte die Musik, sie genoss den Anblick des Riesenrads, sie blieb bei einem Alleinunterhalter stehen, der sich als Zebra kostümiert hatte und sich immer dann bewegte, wenn jemand eine Münze in einen Strohhut warf, den er vor sich aufgebaut hatte. Weiter vorn auf dem Steg lag eine Robbe. Eine Gruppe Touristen hatte sich angesammelt und fotografierte das Tier wie wild. Die Robbe rollte sich von dem ganzen Trubel unbeeindruckt auf den Rücken und begaffte die Menge. Angela fragte sich, wer hier gerade für wen die Attraktion war. Dann ging sie weiter in Richtung der Bar.

Als sie die Tür aufmachte, schlug ihr die verbrauchte Luft aus der Kneipe ins Gesicht. Bierdunst, Menschengerüche, Stimmengewirr. Im Gegensatz zum letzten Mal war das »Black Rhino« heute sehr gut besucht. Das Mädchen hinter der Bar war so beschäftigt, dass kein bisschen von der Langeweile mehr übrig war, die sie beim letzten Mal ausgestrahlt hatte.

Angela schaute sich um, versuchte unter den vielen Gesichtern Sam auszumachen. Und tatsächlich, er saß am gleichen Platz wie zuletzt, vor sich ein Rock Shandy statt eines

Bieres. Sie zwängte sich zwischen den Menschen hindurch, die sich über die laute Musik hinweg anschrien.

Sam saß alleine an der Bar, die Arme verschränkt, und starrte in sein Glas. Er wirkte seltsam abwesend zwischen all den Menschen »Sam!« Angela berührte den Mann am Arm.

»Hey!« Schlagartig veränderte sich sein Gesichtsausdruck. Wo eben noch finsteres Grübeln gewesen war, strahlte Angela jetzt Freude entgegen.

»Wie war es auf der Farm?«

Angela beugte sich zu ihrem Freund hinüber. »Können wir draußen reden? Die Luft hier drin ist grausam. Und ich verstehe mein eigenes Wort nicht.«

Er nickte. Gemeinsam quetschten sie sich zur Tür und Angela atmete erleichtert auf, als sie in der frischen Abendluft standen.

»Wie du es da drin aushältst, ist mir ein Rätsel.«

»Mir auch oft«, gestand Sam und schaute zu Boden.

»Warum kommst du dann hierher?«

»Ich hatte eine schlechte Phase, wenn man das so sagen will.«

Angela wartete, ob noch mehr kommen würde.

»Ich habe in der letzten Zeit ein paar Probleme gehabt, weißt du.«

Sie nickte bestätigend. Ihr war natürlich aufgefallen, dass Sam zu viel trank. Man sah es ihm an. Aber es stand ihr nicht zu, sich ein Urteil über ihn zu bilden. Sie wusste, dass er ein herzensguter Mensch war. Mehr war nicht wichtig.

»Jedenfalls. Als wir bei Mojo draußen waren, habe ich mich entschieden, dass sich etwas ändern muss. Ich will nicht in Langa enden.« Er lachte bitter auf. »Als Weißer ist das kein Spaß. Außerdem: Selbst Mojo hat einen guten Job, nicht wahr? Warum sollte ich es nicht auch schaffen, wieder auf die Beine zu kommen?« Sam suchte ihren Blick. Angela nickte erneut, energisch dieses Mal. Natürlich konnte er es schaffen.

»Ich dachte, ich frage vielleicht bei dieser Farm. Mojo kennt mich. Vielleicht legt er ein gutes Wort für mich ein.«

Angela dachte an George. Er hatte ein gutes Herz. »Ja, du solltest das versuchen. Auf jeden Fall. Erzähl George deine Geschichte. Er ist ein netter Mann.«

»George?«, fragte Sam.

»Ja, das ist der Besitzer der Gamefarm und ein lieber Mensch.«

»Lieb, ja?« Sam grinste.

Angela wurde rot. »Ja, sehr«, gab sie zu.

»Dann hast du gar nichts mit Mojo angefangen?« Sam wirkte verwirrt.

»Oh nein. Ich habe ihn wirklich nur wegen meines Sohnes gesucht – allerdings hat sich herausgestellt, dass *dieser* Mojo gar nicht der Mojo ist, den ich gesucht habe.« Angela erzählte ihm die ganze Geschichte, wie zuvor Carl. Nur George ließ sie raus. Das gehörte nicht dazu.

»Jetzt bin ich also genauso weit wie am Anfang. Ich habe Mojo nicht gefunden – und ich muss dringend nach Hause, weil mein Sohn mich braucht.« Sie sagte nicht, dass ihr Gesundheitszustand ihr Angst machte, dass sie die letzten zwei Tage das Gefühl hatte, irgendwie wackeliger zu werden, die Schmerzen sie überwältigten, sie schwer krank war. Auch Sam ging das nichts an. Und dass Jasper sie brauchte, war ebenfalls die Wahrheit. Er war ihr Kind. Er hatte ein Recht auf ihre letzten guten Tage.

»Drum wollte ich dich fragen, ob du mir helfen könntest? Vielleicht kannst du für mich weiter nach Mojo Tshabalala suchen? Also dem richtigen Mojo?«

Sam hatte sich gegen die Hauswand neben der Bar gelehnt. Eine Gruppe junger Leute drängte aus dem »Black Rhino« auf die Straße. Sie lachten und schwatzten durcheinander, während sie sich Zigaretten anzündeten.

»Ich? Du hältst mich für zuverlässig genug?« Seine Augen waren groß geworden vor Überraschung.

»Natürlich. Ich meine, du kennst dich hier aus, nicht wahr?« Es gab außerdem keine Alternative. Aber das fügte Angela nicht hinzu.

Sam musste nicht lange überlegen. »Ich mache das gern. Du sagst mir, wie ich dich erreiche, und ich gebe mein Bestes.«

Er lächelte Angela an, trat einen Schritt auf sie zu und umarmte sie zögerlich. Es war eine federleichte Umarmung, vorsichtig, voller Angst vor Zurückweisung. »Danke für dein Vertrauen. Ich meine, das bedeutet mir was.« Wieder schaute Sam auf den Boden, sichtlich bewegt.

»Ich danke dir! Du weißt gar nicht, wie groß der Gefallen ist, den du mir damit tust!« Angelas Augen füllten sich mit Tränen. Erstaunlich, es waren tatsächlich noch welche übrig.

Kapitel 20

George van Staal

George fand schon wieder keinen Schlaf. Dabei wollte er Angela vergessen. Er wollte sich zwingen, nicht mehr über sie nachzudenken, einen Haken hinter die Sache zu machen. Aber es gelang ihm einfach nicht.

Auch in dieser Nacht, vier Tage nach Angelas überstürzter Abreise, lag er seit Stunden wach und versuchte Klarheit darüber zu bekommen, was er eigentlich wollte. Das heißt: Was er wollte, wusste er ja, nämlich Angela »abhaken«, das hatte er bereits beschlossen. Aber er schien es nicht zu können. Sein Herz gehorchte seinem Verstand nicht.

Und wieder hatte er sich schließlich hin und her gewälzt und kein Auge zugemacht. Die Nacht endete damit, dass er auf der Terrasse saß und darauf wartete, dass endlich die Sonne den Horizont rotorange färbte. Chicki und ihr Junges hatten in seiner Nähe auf der Wiese Position bezogen und beobachteten ihn. Es war an der Zeit, dass das Kleine einen Namen bekam. Aber George wollte es erst noch besser kennenlernen. Das Jungtier suchte die Brust seiner Mutter, stupste energisch gegen ihre Flanke. Unweigerlich musste George lächeln, als es sein Ziel erreichte und schmatzend zu saugen begann.

Chicki hielt ganz still. Als ob sie wüsste, wie wichtig der Moment für ihr Kind war. Vielleicht wusste sie es tatsächlich. Vielleicht.

Er seufzte. Er dagegen wusste überhaupt nichts. Angelas Verhalten ihm gegenüber wollte so gar nicht zu der abrupten Flucht passen, die sie hingelegt hatte. Die Obermöllers, die mit nichts weiter als einem Eispack zurück zur Farm gekommen waren – Renate hatte sich ganz unspektakulär den Fuß verknackst –, hatten auch nicht mehr dazu sagen können, als dass Angela die gesamte Fahrt über schweigend auf dem Beifahrersitz gesessen hatte.

»Jemand muss sie emotional sehr getroffen haben.« Der tadelnde Blick, den Renate ihren Worten hinzufügte, sprach Bände darüber, was sie von ihm dachte.

Er selbst dachte allerdings eher an Mojo, der so unschuldig getan hatte, und fragte sich, was wohl in Wirklichkeit zwischen dem Frauenhelden und Angela passiert war. Doch aus seinem Mitarbeiter war kein Wort herauszubringen.

Als endlich die Sonne über dem Horizont auftauchte, hatte er noch immer keine Ahnung, ob er mit Angela reden oder, zum Schutz seiner Gefühle, die Sache lieber auf sich beruhen lassen sollte. Aber war das nicht auch feige?

Wie angenehm die Sonne ihn wärmte! George lehnte sich in dem bequemen Liegestuhl zurück und schloss die Augen. Drüben, im Geäst der Akazie, kam Leben auf, die Webervögel, die dort ein riesiges Gemeinschaftsnest hatten, an dem sie ständig weiterbauten, begrüßten lautstark den Tag. Die kleinen Vögel veranstalteten ein unglaubliches Theater und fiepten um die Wette. Ein leichtes Lüftchen wehte und er hörte, wie die Gräser im Wind wogten, hörte, wie Chicki ganz in der Nähe büschelweise das Gras rupfte, während das Kälbchen noch immer oder vielleicht auch schon wieder an ihr saugte. Er spürte, wie er endlich wegdämmerte.

Als er aufwachte, saß Renate Obermöller ein Stück entfernt an einem Tisch beim Frühstück, ihr Bein demonstrativ hoch gelagert. Sie war der Typ Mensch, der seinem Frühstücksei den Kopf abschlug und es schaffte, den Akt wie einen Mord aussehen zu lassen.

Jetzt fiel ihr tadelnder Blick auf George.

»Sie haben geschlafen.« Auch das klang, als sei er der schlimmste Sünder auf der ganzen Welt wegen eines harmlosen Nickerchens.

George stand auf, griff sich an die Stirn, nickte und sah zu, dass er aus ihrer Reichweite kam. Er zwang sich gar nicht erst zu einem Lächeln, die Grimasse konnte er sich sparen.

Sein ganzer Körper fühlte sich steif und verschwitzt an. Es war heiß geworden und vermutlich schon etwa zehn Uhr. George sehnte sich nach einer Dusche, um richtig wach zu werden. Dann würde er weitersehen.

Als er geduscht und sich umgezogen hatte, war er keinen Schritt weiter. Die widersprüchlichen Gedanken in seinem Kopf lieferten sich eine Schlacht nach der anderen.

»Mr van Staal?« Die Köchin kam gerade von der Terrasse, ein riesiges Tablett vor sich hertragend.

»Ja?«

»Draußen steht ein Herr, der Sie sprechen möchte.«

»Ein Gast?«, fragte George nach.

»Ich weiß nicht genau. Das hat er nicht gesagt.«

George seufzte. Er hatte keine Lust auf einen unangemeldeten Gast.

»Könnten Sie mir einen Kaffee rausbringen, Rosy?«, wandte er sich an die Köchin.

»Selbstverständlich.«

»Danke sehr.«

Er steckte sein Safarihemd in die Hose und fuhr sich durch die Haare. Dann ging er hinaus. Auf der Terrasse stand ein

Weißer mit Melonenbauch. Er war sauber gekleidet, aber man sah den Sachen an, dass sie schon bessere Zeiten gesehen hatten. Der Mann schwitzte stark, sein Jeanshemd hatte schon sichtlich unter der Vormittagshitze zu leiden.

»Sind Sie George? Mein Name ist Sam de Vrees.« Der dickliche Mann streckte die Hand aus.

George schüttelte sie, ohne zu überlegen. »Ja, der bin ich. Was kann ich für Sie tun?«

»Ich bin ein Freund von Mojo – und ein wenig auch ein Freund von Angela.« Ihr Name kam so unerwartet, dass George beinahe zusammengezuckt wäre. Der Schmerz über Angelas Aufbruch saß tief, wie ein Stachel, der sich immer weiter in Richtung seines Herzens bohrte.

»Was kann ich für Sie tun?«, fragte er Sam und bedeutete ihm, sich mit ihm an einen der Tische auf der Terrasse zu setzen. »Möchten Sie vielleicht eine Tasse Kaffee?«

Sam nickte erfreut und nahm auch Georges Angebot, ein spätes Frühstück einzunehmen, gern an.

Nachdem Rosy serviert und sich zurückgezogen hatte, begann Sam zu erzählen. Und George hörte gebannt zu.

Kapitel 21

Angela Riley

Endlich setzte das Flugzeug mit einem Ruck auf. London hatte sie wieder. Der mehr als elfstündige Flug war wie in Zeitlupe vergangen. Es war ihr tatsächlich gelungen, ihren Rückflug umzubuchen. Drei Tage nach ihrem Treffen mit Sam war sie abgereist. Immerhin zwei eher als geplant.

Sie hatte nur noch nach Hause gewollt, und das möglichst schnell. Es gab in Kapstadt keine Verheißung mehr, nichts mehr, auf das sie noch hoffte, während es zu Hause Jasper und Carl gab, ihre beiden Lieblingsmenschen.

Als die Maschine abgehoben hatte, nahm sie in Gedanken Abschied von George. Ohne Zweifel würde er die große Liebe ihres Lebens bleiben. Das so klar zu wissen, war ein seltsamer Gedanke. Natürlich war da einerseits die Trauer darüber, ihn nie mehr zu sehen. Auf der anderen Seite empfand sie auch tiefe Dankbarkeit, ihn noch getroffen zu haben, diese Art von überwältigender Verliebtheit und Zuneigung kennengelernt zu haben. Sie wünschte nur, sie hätten mehr Zeit gehabt.

Als der Jet jetzt zum Terminal rollte, war ihre Kraft für den Tag am Ende. Ihr Schädel zersprang fast vor Schmerzen. Sie brauchte ein Bett, ganz dringend ein Bett. Auf dem Nachtflug hatte sie kaum ein Auge zugetan, auch weil der Herr neben ihr während des ganzen Flugs geschnarcht hatte, als ob er den Regenwald niedersägen wollte. Ihre Nerven waren mehr als dünn und ihr war schwindelig, so schwindelig, dass sie sich an den Lehnen festhalten musste, um den schmalen Gang zwischen den Sitzreihen entlangzulaufen, ohne anzustoßen. Dann war sie draußen. Langsam, mit unsicheren Schritten, ging sie die Gangway hinauf, ins Flughafengebäude.

Als sie ihren Rucksack wiederhatte, konnte sie es kaum noch erwarten. Sie zerrte ihn mit letzter Kraft auf einen Gepäckwagen. Dann strebte sie nur noch hinaus, hielt sich am Griff des Wagens fest, stützte sich darauf wie auf einen Rollator. Sie hatte Tabletten genommen, Tropfen, die höchste Dosis, die Doktor Cooney ihr gestattete. Aber die Schmerzen waren noch immer da, bohrten sich in ihr Gehirn.

Es war alles zu viel gewesen.

Endlich verließ sie den geschlossenen Terminalbereich. Eine große Menschentraube hatte sich versammelt, um ihre Lieben abzuholen. Sie würde Carl und Jasper nie finden. Angela stellte sich an den Rand und holte ihr Handy hervor. Die Zeichen verschwammen vor ihren Augen.

»Mummy! Hey, Mummy!«

Ein wuschelhaariger Wirbelwind warf sich in ihre Arme und sie fast um. Ein heißes Glücksgefühl überwältigte Angela fast, als ihre Arme sich um Jasper schlossen. Sein vertrauter Kindergeruch, die wirren Locken, die sie in der Nase kitzelten, der schmale Körper, der sich in ihre Umarmung schmiegte. Nichts war so überwältigend wie die Liebe einer Mutter zu ihrem Kind. Tränen der Rührung schossen ihr in die Augen.

»Jasper!« Sie sagte nur seinen Namen.

Er schob sich ein Stückchen von ihr weg, schaute sie ernst an. »Du fährst jetzt aber nicht mehr weg, oder?«

»Nein, das verspreche ich dir.« In ihrem Kopf hämmerte es unentwegt weiter. Sie versuchte, ihren Blick zu schärfen, wischte sich die Tränen aus den Augen, blinzelte.

»Warum bist du überhaupt weg gewesen? Warum war dir dein Urlaub wichtiger als ich?«

Angela schaute ihren Sohn an, den Ernst in seinem Blick. War er gewachsen? Er wirkte älter, reifer, als bei ihrer Abfahrt.

Es war an der Zeit, reinen Tisch zu machen. Sie wollte nicht in dem Bewusstsein sterben, ihn bis zum Schluss belogen zu haben. Und dass er glaubte, er komme nicht an erster Stelle in ihrem Leben, brach ihr das Herz.

Mitten in der Halle ging sie vor ihm in die Hocke. Jetzt war sie sogar ein Stück kleiner als er. »Ich bin wegen dir nach Südafrika gefahren.«

»Wegen mir?« Jaspers Augen wurden groß.

»Dein Dad kommt aus Südafrika. Ich dachte, wenn ich ihn vielleicht finde …« Angela zuckte mit den Schultern.

Jasper starrte sie an. »Und, hast du ihn gefunden?«

Angela strich ihrem aufgeregten Sohn über die Wange und schüttelte den Kopf. »Nein. Es tut mir sehr leid. Ich habe alles versucht, aber …«

»Jasper, ich hatte dir gesagt, dass du bei mir bleiben sollst!« Ein wirr aussehender Carl mit viel zu locker sitzendem Pferdeschwanz stürzte aus der Menge auf sie zu.

»Aber da war Mum«, rechtfertigte Jasper sich.

Erst da nahm Carl Angela wahr, die sich vorsichtig aufrichtete. Ganz langsam, denn ihr wurde sofort schwarz vor Augen.

»Oh mein Gott, Schwesterchen.« Ohne ein weiteres Wort zog Carl Angela in seine Arme. Ganz nah an ihrem Ohr begann er zu flüstern. »Du siehst ja fürchterlich mitgenommen aus. Schaffst du es überhaupt zum Auto?«

Angela nickte nur. Ganz automatisch verglich sie die Umarmung ihres Bruders mit der Georges. Beide waren voll

Liebe, aber Georges hatte Schutz bedeutet, während sie bei ihrem Bruder dessen Hilflosigkeit und Trauer zu spüren glaubte.

»Es wird gehen«, zwang sie sich schließlich zu sagen. »Wenn du den Rucksack nehmen könntest?«

Angela griff nach Jaspers Hand. »Komm, mein Schatz. Wir reden zu Hause, wenn ich mich ein bisschen von der Reise erholt habe. Ich denke, ich schulde dir eine ganze Menge Informationen – und muss dich auch um Verzeihung bitten.«

Carl schulterte den Rucksack. »Gut, dass ich den ›Hau den Lukas‹ betreibe. Keine Ahnung, wie du dieses Monstrum durch halb Afrika transportiert hast.«

Unweigerlich lachte Angela. Sie wusste, dass er es genau darauf anlegte: ihr Lachen. Und sie liebte ihn dafür. Auch wenn ihr Lachen in ihrem Kopf dröhnte, widerhallte und den Kopfschmerzen neues Futter gab.

* * *

In ihrem eigenen Bett aufzuwachen, kam Angela wie purer Luxus vor. Carl hatte es frisch bezogen und ihr sogar ein Täfelchen Schokolade auf das Kopfkissen gelegt, wie in einem Hotel. Sie war, nachdem sie endlich zu Hause ankamen, nur schnell in die Dusche gegangen und dann in ihr Bett gefallen. Ihrem Gefühl nach hätte sie keine Sekunde länger auf den Beinen stehen können. Die Schmerzen, der Schwindel, die lange Reise – all das hatte sie erschöpft.

Jetzt, mit ein paar Stunden Schlaf, sah die Welt wieder anders aus.

Es duftete nach Essen. Vermutlich hatte Carl Shepherd's Pie gemacht. Das war eines seiner Leibgerichte. Er kochte ihn auf marokkanische Art. Warum auch immer man ein irisches Rezept auf marokkanische Art kochen musste. Angela lächelte und streckte sich. Die Kopfschmerzen waren ein wenig abgeklungen, so weit, dass sie es ertragen konnte. Langsam richtete sie sich auf. Ja, das würde gehen.

Sie schlüpfte in einen Jogginganzug und ging hinüber in Richtung Küche, aus der die Stimmen von Carl und Jasper drangen. Vor der Tür blieb sie einen Moment stehen. Carl erzählte eine Jahrmarktsstory von einer Geisterbahn mit einem »echten« Geist, der von einem kleinen Mädchen mit einer Wasserspritzpistole nass gespritzt worden und daraufhin quietschend davongerannt war.

Angela lehnte ihre Stirn gegen die Tür. Jasper klang so wunderbar normal. Dann drückte sie die Klinke hinunter.

Der Tisch war gedeckt, es brannten sogar ein paar Kerzen.

»Wir hatten keine drei gleichen Servietten mehr«, sagte Jasper entschuldigend. Zwei rote und eine orange Serviette waren zu Rosenblüten gefaltet. »Ich habe dafür Blumen daraus gemacht.«

Angela lächelte. »Das sieht wunderschön aus.«

Sowohl Carl als auch Jasper schauten Angela prüfend an. »Geht es dir besser?«, fragte ihr Sohn.

Es war ihr also nicht gelungen, ihm ihren schlechten Zustand zu verbergen.

»Ja, jetzt geht es wieder. Und es duftet köstlich.«

»Ich habe die Zwiebeln geschnitten und den Kartoffelbrei ganz allein zubereitet.«

Jasper deutete auf das Backrohr. Tatsächlich brutzelte im Ofen der Pie vor sich hin.

»Das schmeckt bestimmt köstlich.«

»Und ob.« Carl grinste. »Marokkanisch, wie du ihn magst.«

Angela erwiderte sein Grinsen. Sie hatten schon oft über Carls Shepherd's Pie gefrotzelt, es war mittlerweile zu einer Art Familientradition geworden.

»Natürlich. Ich mach ihn dann beim nächsten Mal ohne Kartoffelpüree und dafür mit Milipapp.«

»Bitte was?«

»Ja, das ist dann auf südafrikanische Art. Milipapp ist eine Art Maisbrei. Schmeckt sehr lecker.«

Carl verzog das Gesicht. »Dann ist es aber kein Shepherd's Pie mehr.«

Angela hob die Hände. »Was du nicht sagst? Fällt dir was auf, Mr Marokko?«

Ihr Bruder schwang drohend den Kochlöffel, der noch auf der Arbeitsfläche herumlag.

»Das da«, Angela deutete auf den Backofen, »ist ein Auflauf.«

»Können wir uns jetzt hinsetzen und das Was-auch-immer essen, ich verhungere gleich!« Jasper zappelte vor dem Herd hin und her. Dann kam er zu Angela und lehnte sich gegen sie. Angela schlang die Arme um ihren Sohn. Er fühlte sich so vertraut an wie kein Mensch sonst auf der Welt. Sie war so froh, wieder bei ihrem Kind zu sein.

Fest drückte sie ihn an sich, was Jasper trotz dieser Vehemenz zu gefallen schien. In diesem Moment nahm sie sich vor, um jeden Tag zu kämpfen, jede Stunde, jede Minute.

»Komm, essen wir.« Sie schob ihn zu seinem Sitzplatz, damit sie nicht wieder anfing zu heulen. »Sonst verhungern wir am Ende wirklich noch alle.«

Angela zwinkerte Carl zu, der den Pie aus dem Ofen holte, nicht ohne leise zu fluchen. »Meine Güte, ist der heiß.«

Er stellte die dampfende Auflaufform auf ein Holzbrett auf dem Esstisch. Es roch nach Kreuzkümmel. Angela musste schon wieder grinsen. Ungeschickt versuchte Carl, mit einem Schöpflöffel den Pie in Portionen zu zerteilen. Am Ende landete ein buntes Potpourri auf ihrem Teller.

Als alle eine Portion bekommen hatten, nahmen sie sich an den Händen. Es war ein Überbleibsel von früher. »Piep, piep,

piep, wir haben uns alle lieb und wünschen guten Appetit. Jeder isst, so viel er kann, nur nicht seinen Nebenmann.«

Es hatte Zeiten gegeben, wo Jasper beim letzten Satz wild gekichert hatte. Mittlerweile war es eher eine gemütliche Tradition, ein Ritual, das dazu beitrug, dass alle sich zu Hause fühlten. Wenn Carl da war, fügte er sich nahtlos in ihre Familie ein.

Als sie zu essen begannen – es schmeckte besser, als Angela zugegeben hätte –, stocherte Jasper nach ein paar Bissen eher lustlos in dem orientalischen Kartoffelbrei herum.

»Alles okay?« Angela wuschelte ihrem Sohn durchs Haar.

»Ich weiß nicht.« Mit seiner Gabel schob er ein paar Kichererbsen zu einem Haufen zusammen und fing an, sie in einem Kreis anzuordnen.

Angela legte ihre Hand auf die von Jasper und brachte so seine Sortierarbeit zur Ruhe.

»Ich bin hier, wenn du mich brauchst.«

»Ja, noch.« Die Worte waren so schnell draußen. Erschrocken ließ Jasper das Besteck fallen und legte beide Hände auf seinen Mund.

»Jasper!« Carls Stirn durchzogen tiefe Furchen, aber Angela unterbrach ihn, als er weitersprechen wollte.

»Schon gut, Carl, er hat doch recht.«

»Ja, aber …«

»Da gibt es kein Aber. Ich bin nicht mehr für immer da. Das ist so.« Sie wandte sich an Jasper. »Hör zu: Was hältst du davon, wenn wir das Beste aus der Zeit machen, die noch bleibt. Du darfst, wenn du magst, sogar von der Schule zu Hause bleiben. Wir könnten rüber nach Cornwall fahren. Da ist es jetzt zwar ziemlich kühl, aber schön ist es sicher trotzdem. Nur für ein paar Tage, was meinst du?«

»Vielleicht«, kam die vage Antwort von Jasper. Er wirkte noch immer klein und verloren.

Alle schwiegen. Keiner dachte mehr an den langsam auskühlenden Auflauf.

»Mum?« Der Junge schaute von dem Teller, den er die ganze Zeit über angestarrt hatte, auf.

»Ja?«

»Wo wohne ich, wenn du weg bist? Kann ich mit Carl gehen, jetzt, wo ich keinen Vater habe?«

»Na ja. Du hast einen Vater.« Angela erzählte, dass sie Sam beauftragt hatte, weiter nach Mojo zu suchen. Sie erzählte alles von ihrer Reise, ohne es schönzureden. Jedenfalls alles, was Jasper betraf.

George erwähnte sie nur in einem Nebensatz. Er war nur für sie wichtig, nicht für Jasper, und allein um den ging es jetzt. Nichtsdestotrotz spürte sie eine ziehende Sehnsucht nach George, als sie mit leuchtenden Augen die Tiere, die Natur und die Camps beschrieb, so lebendig, dass der Junge gebannt an ihren Lippen hing.

»Falls Sam deinen Vater findet, werden wir weitersehen.«

»Und wenn nicht?«, hakte Jasper nach.

»Mein Vorschlag ist, dass wir eine Einrichtung in der Nähe der Schule finden, wo du vielleicht leben kannst. Und Carl besucht dich, wann immer er kann.«

»Warum kann ich nicht mit Carl gehen?«

»Der Jahrmarkt ist kein Zuhause für einen Jungen deines Alters. Du brauchst eine gute Bildung, damit du eine Zukunft hast. Carl reist herum, von Ort zu Ort, er hat nur den Wohnwagen.«

Carl mischte sich ein. »Ich bin immer da. Ich werde auch immer kommen, wenn du mich brauchst. Ich habe nur auch meinen Beruf.«

Jasper nahm seine Gabel wieder auf und zerstörte den Kreis aus Kichererbsen, den er vorher zu formen begonnen hatte.

»Dann bin ich also allein.«

Er fragte nicht, er stellte es fest. Es tat weh, so wahnsinnig weh. »Ich wünschte, es wäre anders.« Ihre Stimme war kaum zu hören, so schwach, wie sie sich in ihrer Hilflosigkeit fühlte.

Jasper schob die Kichererbsen in eine Linie. Er sah ganz klein aus.

»Es tut mir so leid, Jasper.« Angela strich ihm über den schmalen Rücken. »So leid!«, bekräftigte sie ein weiteres Mal.

Jasper schaute sie an.

»Ich würde alles tun, um es zu ändern.« Ihre Stimme brach. Sie konnte nicht weitersprechen. Angela nahm ihre Serviette und presste sie gegen ihren Mund.

»Du bist nicht allein.« Carls Stimme war fest. »Du hast mich.«

»Ja, ich weiß. Und ich weiß auch, dass du hier nicht wohnen kannst. Schon wegen der Schlangenbeschwörerin.« Jasper nahm sein Messer in die andere Hand und schaufelte sich eine Portion Hackfleisch mit Kartoffelbrei auf die Gabel. Entschlossen schob er das Essen in seinen Mund und kaute.

Angela beobachtete irritiert den Stimmungsumschwung ihres Sohnes. Langsam ließ sie die Serviette sinken.

»Ich will nicht, dass du dir Sorgen machst, Mum. Ich werde das schon schaffen.« Sie sah ihm an, dass er sich seiner Worte nicht so sicher war, wie er sie glauben lassen wollte. Er musste gemerkt haben, wie sie unter seinem Kummer litt. Schon immer hatte Jasper für sie stark sein wollen. Es hatte ja von jeher nur sie beide gegeben und sie war immer darauf bedacht gewesen, dass der Junge nicht größer hatte sein müssen, als er tatsächlich war. Doch wie es aussah, war jetzt der Moment gekommen, in dem sie ihn über sich hinauswachsen lassen musste. Angela legte ihren Arm um Jasper und drückte ihm einen Kuss auf die Schläfe.

»Igitt! Tomatensoße am Kopf.« Theatralisch begann Jasper die Stelle zu reiben.

Der Moment der Traurigkeit war für den Augenblick vergessen.

Alle widmeten sich wieder dem marokkanischen Pie. Carl lobte seine eigene Gewürzmischung in den Himmel. Angela aß mehr, als ihr Hunger verlangte. Und Jasper erzählte von einem Mitschüler, der beim Rauchen erwischt worden war. Schockierend, mit dreizehn Jahren, kaum älter als Jasper selbst.

Als sie etwas sagen wollte, war ihr Sohn schneller. Er verdrehte vorsorglich die Augen. »Nein, Mum, ich rauche nicht. Keine Sorge. Und ich habe es auch nicht vor.«

Unweigerlich musste sie lachen. Er kannte all ihre Predigten auswendig. Auch Carl lächelte.

»Es ist übrigens mittlerweile eine Feuerschluckerin, Jasper.« Carl zwinkerte dem Jungen zu und deutete mit dem Messer in seine Richtung.

»Eine ganz neue Nummer. Solche Zirkusattraktionen gibt es ja kaum noch. Aber ich kann euch sagen, Frauen, die Feuer spucken, haben es wirklich in sich.«

Jasper und Angela schauten sich an und beide prusteten wie auf Kommando los. Typisch Carl. Sie lachten, bis Angela der Bauch wehtat und sie fast keine Luft mehr bekam.

Kapitel 22

Angela Riley

Jasper und Angela standen vor einem hübschen kleinen Haus in einer der bunten Häuserzeilen von Notting Hill, die den Stadtteil ausmachten. Angela verglich die Hausnummer auf ihrem Zettel mit dem Schild an der kräftig blauen Fassade.

»Das hier ist es«, stellte Angela fest.

»Gut. Ja, das ist gut.« Jasper nickte kräftig, als müsse er sich selbst von seinen Worten überzeugen.

Auf sie wartete ein großer Moment. Denn hinter der Tür dieses Hauses befand sich möglicherweise ein wesentlicher Teil von Jaspers Zukunft.

Sie gingen die Stufen zur Klingel hinauf. Als Angela den kleinen, runden Knopf drücken wollte, hielt Jasper sie zurück. »Noch nicht.«

Angela ließ ihre Hand sinken. »Was, wenn die blöd sind?«

»Dann suchen wir weiter.« Angela hob zärtlich, aber bestimmt sein Kinn an und sah ihm fest in die Augen. »Wir suchen weiter, so lange wir eben müssen, hörst du?«

»Na gut.« Er nickte widerwillig. Jasper wirkte nicht so, als würde er ihr glauben. Er wirkte eher so, als würde er am liebsten ganz weit von hier wegrennen.

»Wie wäre es, wenn du klingelst, wenn du so weit bist?«, schlug Angela ihrem Sohn vor.

Langsam, wie in Zeitlupe, hob Jasper die Hand, sein Zeigefinger verharrte vor dem Klingelknopf.

Geduldig wartete Angela auf ihren Sohn, darauf, dass er es schaffen würde, den Knopf zu drücken.

In dem Augenblick wurde von innen die Tür aufgerissen.

»Da sind Sie ja!« Eine Frau mit grauen, kurz geschnittenen Haaren und einer Dauerwelle. Sie schaute nach hinten in die Wohnung. »Anthony, der Junge ist hier.«

Dann drehte sie sich wieder zu den beiden um. »Hi, ich bin Maryann. Mein Sternzeichen ist die Waage. Und Ihres?«

»Äh – ich bin Wassermann und mein Junge hier Jungfrau.«

»Fabelhaft. Ganz fabelhaft. Jungfrauen sind ja sehr strukturiert. Das mag ich. Kommen Sie rein, kommen Sie rein. Jungfrau. Sehr schön. Mein Mann ist ja Skorpion, wenn Sie verstehen, was ich meine.« Maryann verdrehte die Augen. Angela versuchte, mitfühlend dreinzuschauen, auch wenn sie keine Ahnung hatte, was Skorpione so auszeichnete.

Automatisch zog Jasper im Flur die Schuhe aus, was ihm einen wohlwollenden Blick von Maryann einbrachte. »Sehen Sie, typisch Jungfrau.«

Dann dirigierte die Dame sie ins Wohnzimmer. Häkeldeckchen, helles Holz, Bilder von Engeln an den Wänden, große Salzkristalle in den Fenstern – Maryann hatte eine esoterische Ader.

»Setzen Sie sich ruhig, Ms Riley!« Natürlich kannte Maryann ihre Namen schon aus den Unterlagen des Jugendamts. Sie gingen zu dem Esstisch. Die Sitzflächen der Stühle waren mit einem blumengemusterten Stoff bezogen, der zu dem des Sofas passte und dessen Muster auch die Vorhänge des Raumes aufwiesen. Trotz der vielen Deckchen, des vielen Nippes im Regal und der Bilder an der Wand wirkte der Raum fast steril sauber.

»Wir legen sehr viel Wert auf Ordnung. Also ich. Mein Mann ist ja Skorpion, das sagte ich schon, nicht wahr? Wo ist er überhaupt? Anthony, komm mal her!«

Maryann hatte Tee gekocht und einen Kuchen gebacken, auf dem sogar die Apfelspalten akkurat in Reih und Glied lagen. Angela schluckte schwer und dachte an ihre eigene Küche, die dringend mal wieder gewischt gehörte. Und sie dachte an ihr Bücherregal im Wohnzimmer. Wann genau hatte sie es das letzte Mal abgestaubt?

Noch immer redete Maryann. Sie musste Ende fünfzig Anfang sechzig sein. »Wir hatten lange Jahre ein Pflegekind, aber Janey ist jetzt erwachsen, müssen Sie wissen. Das hier ist ein Bild von ihr!« Maryann zeigte auf das Foto eines Mädchens mit einer riesigen Zahnlücke, wo später mit Sicherheit zwei Vorderzähne gewachsen waren.

»Sie studiert jetzt. Und wir würden uns wirklich freuen, wieder etwas Leben im Haus zu haben. Es ist doch sehr still ohne Jane.« Ein Schatten huschte über Maryanns Gesicht.

»Ab und zu kommt sie natürlich nach Hause, aber ich vermisse das Chaos – ja, tatsächlich.« Maryann hielt einen Moment inne, als ob ihr diese Tatsache gerade selbst erst klar geworden wäre, dann beugte sie sich mit dem großen Messer in der Hand über den Apfelkuchen.

»Sie müssen Angela sein. Und du bist Jasper, nicht wahr?« Angela war so fasziniert von der perfekten, sternförmigen Anordnung der Äpfel und Maryanns Monolog gewesen, dass sie Anthonys Eintreten zunächst gar nicht bemerkt hatte. Er war klein. Ein kleiner, drahtiger Mann in Arbeitshose und T-Shirt, der so gar nicht zu Maryann und ihrem perfekten Wohnzimmer passen wollte. Sein Lächeln nahm jeden Winkel seines Gesichts ein. Die braunen Augen blitzten warm. Er wischte sich die Hände an der Hose ab und gab Angela die Hand. Seine Haut fühlte sich rau an, wie die von George. Schnell schob sie den

Gedanken weg. Aber die Erinnerung an George trug sicher dazu bei, dass Anthony ihr sofort sympathisch war.

Maryann warf ihm einen bohrenden Blick zu. »Anthony, was sollen die zwei denken, wenn du so hier auftauchst?«

Anthony hatte gerade auch Jasper die Hand gegeben. Der Junge, der bis dahin nah bei seiner Mutter gesessen hatte, war aufgestanden und einen Schritt auf Anthony zugegangen. Der Mann weckte offensichtlich die Neugier ihres Sohnes.

»Sie werden genau das Richtige denken, meine Liebe.« Anthony lächelte jetzt in Richtung seiner Frau. »Dass in unserem Haus für mehr Buntes Platz ist, als man auf den ersten Blick meint.« Die Selbstsicherheit und Lebensfreude, die Anthony ausstrahlte, gefiel Angela. Jetzt umrundete er den Tisch, ging zu seiner Frau und küsste sie auf die Wange. Er war ein wenig kleiner als sie. Aber das schien ihn kein bisschen zu stören, auch nicht, dass er neben ihr, die zur Korpulenz neigte, bei seiner Drahtigkeit recht schmal herauskam. Im Gegenteil. Sein Arm umfing ihre mollige Taille und er zog Maryann für einen Augenblick an sich. Der strenge Gesichtsausdruck der Frau verschwand schlagartig und wich einer leichten Rötung ihrer Wangen. Sie sah Jahre jünger aus in Anthonys Gegenwart. Maryann mochte ihre Spleens haben, aber sie war ein Mensch, der liebte. Und in diesem Haus schien es eine sehr tolerante Liebe zu geben, wo Gegensätze keine Rolle spielten.

»Na, dann setzt du dich eben an den Tisch, wie du bist. Aber pass mir auf die Sessel auf, ja?«

»Natürlich, mein Herz!« Ohne seiner Hose auch nur einen Hauch von Aufmerksamkeit zu widmen, ließ er sich auf einen der Stühle fallen und hielt seiner Frau den Kuchenteller hin. »Mach gleich zwei Stückchen drauf, ja? Sie sind so klein.«

Er lachte. »Magst du Kuchen, Jasper? Schau, hier ist Sahne.«

Maryann verteilte Apfelkuchen und schenkte Tee ein.

»Und nachher zeige ich dir meine Werkstatt. Ich baue gerade an einem Miniaturvogelhaus.« Anthony schaufelte sich ein riesiges Stück Kuchen in den Mund. »Wenn du willst, kannst du mir helfen.«

»Darf ich, Mum?« Jasper sah erleichtert aus. Er sah sogar beinahe zufrieden aus. In seinem Mundwinkel hing Sahne. In diesem Augenblick war Jasper ein ganz normales Kind, das sich auf etwas freute.

»Natürlich.« Angela zwang sich zu einem Lächeln. Mit einem Mal wurde ihr klar, dass Jasper ohne sie groß werden würde. Vielleicht hier, zwischen Engeln und Miniaturvogelhäuschen, Spießigkeit und Freigeist. Aber egal wo, es würde ohne sie sein. In einer Welt, zu der sie keinen Zugang mehr haben würde, bei Menschen, die ihr fremd waren. Sie konnte planen und das Beste hoffen, aber das war alles, was noch im Rahmen ihrer Möglichkeiten lag.

Und in diesem Augenblick hasste Angela Knutr so sehr, wie sie es noch nie zuvor getan hatte.

* * *

Jasper war im Bett. Es war ein anstrengender Nachmittag gewesen. Jetzt lag sie lang ausgestreckt auf ihrem Sofa und hielt sich mit beiden Händen fest den Kopf.

»Es tut so weh, so verdammt weh.« Normalerweise neigte sie nicht zum Jammern. Aber heute war es so schlimm wie nie. Es ging ihr so schlecht, dass sie am liebsten nur noch sterben wollte. Hätte ihr jemand in diesem Augenblick diese Wahl gegeben, Angela hätte nicht eine Sekunde überlegen müssen.

Carl huschte durch das Zimmer wie ein Geist, blass, die langen Haare wirr um seinen Kopf herum. Gerade schloss er das Fenster, um jegliche Geräusche auszusperren. Dann zog er die Vorhänge zu – was bei der Lage ihrer Wohnung völlig überflüssig war an einem Winterabend um einundzwanzig Uhr und eindeutig ein Zeichen seiner Aufregung. »Kann ich noch etwas für dich tun?«

»Nein, danke, nichts. Ich muss einfach warten, bis die Tropfen wirken. Normalerweise geht das sehr schnell.« Heute allerdings schien gar nichts schnell zu gehen. Angela schloss die Augen, die Schmerzen wallten auf und ab, übertrafen sich gegenseitig, der Raum drehte sich. Angela riss die Augen auf, nur um sie erneut zu schließen. Ihr war schlecht.

Sie hatten sich von Maryann und Anthony verabschiedet und in dem Augenblick, wo sie mit Jasper auf die Straße getreten war, waren die Schmerzen losgegangen. Wie angeknipst. Vielleicht, weil sich die Anspannung gelöst hatte. Angela wusste nicht, was sie von den beiden halten sollte, ob das seltsame Gefühl, das sie auslösten, von ihr selbst kam oder von dem ungleichen Paar herrührte. Ihre Wut hatte sich verflüchtigt, als Jasper mit Anthony im Keller verschwunden war, um sich seine Bauwerke anzuschauen. Sie war blankem Erstaunen gewichen. Maryann beschäftigte sich viel mit Engeln und Sternzeichen und den Zusammenhängen zwischen Auren und Gesundheitszuständen. Sie war eine seltsame Person. Am Ende ihrer Begegnung wusste Angela nicht, ob sie die Frau mochte oder nicht, sie wusste nicht, ob ihr Unwohlgefühl damit zu tun hatte, dass sie Jasper schlicht und ergreifend *selbst* großziehen wollte, weil niemand anders es so gut wie sie machen würde, oder weil sie einfach nicht wollte, dass eine Frau wie Maryann diese Aufgabe übernahm.

Carl stand auf einmal mit einem Tuch und einer Tüte gefrorener Erbsen neben Angela. »Wir kühlen«, sagte er entschieden. Er zog ihre Hände von der Stirn und legte den mit dem Tuch umwickelten Beutel an deren Stelle. Überraschenderweise tat die Kälte gut.

»Einen kühlen Kopf bewahren, hm?« Angela versuchte ein Lächeln. Sie wusste, dass es misslang. Carl lächelte trotzdem zurück. Er ließ sich auf den Boden neben das Sofa fallen und nahm ihre Hand. »Jetzt warten wir.«

Unter Schweigen vergingen ein paar Minuten, während derer Angela versuchte, sich auf die Kälte zu konzentrieren statt auf die Schmerzen.

»Wird es besser?«, fragte ihr Bruder.

»Ja, ich glaube schon. Für heute.« Angela nahm die Erbsentüte von ihrer Stirn und gab sie Carl. »Aber ich muss dringend Doktor Cooney anrufen, damit ich bei der nächsten Attacke besser gerüstet bin. Vor allem, wenn du dann wieder weg bist.«

Ohne ihren Bruder wäre die Situation bei ihrem Heimkommen sehr schwierig geworden. Carl hatte die Lage sofort erkannt und war mit Jasper in der Küche verschwunden. Angela hatte ihre Medikamente genommen und sich aufs Sofa gelegt. Jasper war bald ins Bett, er war völlig fertig gewesen nach dem ereignisreichen Tag und Carl hatte sich um sie gekümmert.

Angela hatte ihre Arzneieinnahme noch um eine halbe Dosis Tropfen erhöht – es ging einfach nicht anders. Gut, dass sie als Krankenschwester einigermaßen einschätzen konnte, was sie tat. Denn ohne das zusätzliche Medikament hätte sie die Schmerzen nicht ertragen können.

Jetzt erst, über eine Stunde später, spürte sie ein wenig Erleichterung.

»Es wird schlechter.« Carl hatte nicht gefragt, er stellte es einfach fest. Ihr Bruder kannte sie.

Angela nickte zögernd. »Ja. Ich dachte erst, es sei die Reise. Die ganze Aufregung, auch wegen George.« Sie wurde rot. »Aber das war es nicht. Es ist einfach der Tumor, der sich mehr und mehr bemerkbar macht.«

Angela erinnerte sich an den einen Abend mit George, wo die Schmerzen sie ebenfalls fast erschlagen hätten.

Carls Blick spiegelte seine Angst wider.

»Wir werden sehen, was Doktor Cooney sagt. Lass uns das abwarten, hm?« Angela schenkte ihrem Bruder einen aufmunternden Blick.

Er nickte widerwillig. »Ich hasse das alles.«

»Ich weiß.«

»Und es ist ungerecht. Ich meine, gerade jetzt, wo du dich verliebt hast, wo Jasper aus dem Gröbsten raus ist …«

Angela unterbrach ihn. »Es ist doch nie fair. Ich meine, ich bin auch wütend. Besonders wegen Jasper. Für mich ist er noch lange nicht aus dem Gröbsten raus.« Angela lachte. »Und das mit George – ja, ich wünschte, ich hätte ihn unter anderen Umständen kennengelernt. Aber wenigstens habe ich ihn noch getroffen. Und selbst wenn ich gesund wäre: Er ist ein Abenteurer aus Südafrika, der jede Frau haben kann. Schade, dass du ihn nicht kennengelernt hast, ihr hättet euch sicher gut verstanden.«

»Er wollte aber dich«, wandte Carl ein.

»Ja, für diese drei Tage schon.« Die Wehmut in Angelas Stimme war nicht zu überhören. »Ich glaube, dass George generell sehr beliebt bei Frauen ist.«

»Was habt ihr denn ausgemacht?«

»Ausgemacht?«

»Na, werdet ihr in Kontakt bleiben? Telefonieren? So was halt?«

»Nichts.«

»Nichts?«

»Nein, ich habe es dir doch bei unserem Telefonat schon erzählt. Mein Aufbruch war eher – überstürzt.«

Angela berichtete, wie sie die Farm verlassen hatte, da Carl offensichtlich nicht wusste, dass zwischen ihr und George danach nichts mehr stattgefunden hatte.

Plötzlich begann Carl lauthals zu lachen. »Und du denkst, er ist ein Casanova? Ich bin mehr als sicher, dass er dich für das weibliche Pendant hält, Schwesterchen.«

Erst jetzt, wo ihr Bruder es sagte, wurde ihr klar, dass das tatsächlich sein konnte. Möglicherweise hatte er recht und George hielt sie für eine Art Männerheldin. Die Idee war so absurd, dass sie nicht anders konnte, als in sein Gelächter einzustimmen.

Und wieder einmal war es so, dass der Alltag und nicht zuletzt das Schmerzmittel Knutr zurückdrängten und für einen sonnigen Moment Platz machten. Und Angela und Carl lachten, bis ihr die Tränen kamen.

In dem Augenblick klingelte ihr Handy. Eine südafrikanische Nummer! Schlagartig erstarb ihr Lachen. Das musste Sam sein.

»Sam?«, fragte sie hoffnungsvoll. Im Hintergrund gluckste Carl noch immer vor sich hin.

»Nein.« Sie erkannte seine Stimme sofort, hätte sie unter tausenden erkannt. Angelas Herz bekam einen Schluckauf. George!

»Angela, ich will mit dir reden.«

Carls Lachen wirkte plötzlich störend und Angela legte ihre Hand auf die Lippen, um ihren Bruder zur Ruhe zu bringen.

»Ach, George.« In diesem »Ach« lag alles. Die Verzweiflung, die Liebe zu ihm, die Angst, ihn zu verletzen. Dabei war es sicher besser, wenn er nichts wusste. Ganz sicher war es besser. Woher hatte er überhaupt ihre Nummer? Ihr Kopf surrte vor Verwirrung und Fragen, dazu die ständige Beschallung durch ihre Schmerzen, die sie daran hinderten, das Wirrwarr zu sortieren.

Angela nahm ihr Handy vom Ohr und starrte auf das Display.

Noch immer lachte Carl. Er hörte einfach nicht auf damit, hatte sich völlig hysterisch gelacht, hielt sich die Hand vor den Mund, um sein Lachen zu stoppen – vergeblich.

»Angela? Hallo?«

Georges leise Stimme drang aus dem Handy, von ganz weit weg. So weit weg, wie er eben war. Es gab keine Zukunft. Besser, er hielt sie für eine Frau, die die Männer wechselte wie die Socken, als dass er ihre Verzweiflung kannte.

Angela presste den roten Button. Die Nummer auf dem Display verschwand. George verschwand. Und Angela hatte Angst, dass sie nie wieder so lachen würde wie gerade eben noch mit Carl.

Kapitel 23

George van Staal

Sie hatte aufgelegt, einfach aufgelegt. Und im Hintergrund hatte sich ein Kerl schief gelacht, ihn ausgelacht.

Und jetzt? Er kam sich so blöd vor. Warum hatte er überhaupt angerufen?

Wegen Sam, weil er von einem Kind gesprochen hatte, für das Angela einen Vater suchte? Weil sie ihm irgendwie leidgetan hatte und er auch nur eine Sekunde daran geglaubt hatte, dass die ganze Sache mit der Abreise am Ende gar nichts mit ihm zu tun gehabt hatte. Er warf den Hörer seines Telefons auf die Gabel. Von wegen.

»Shit!«

»Was ist los?«

Sein Vater stand in der offenen Tür. Meine Güte, der hatte wirklich immer das Timing schlechthin.

»Nichts.«

»Ach. So sieht das aus?« Hans van Staal stellte sich hinter seinen Sohn und legte ihm die Hände auf die Schultern. Dann trat er um den Schreibtisch herum und setzte sich ohne ein weiteres Wort seinem Sohn gegenüber.

George verdrehte die Augen. »Du lässt eh nicht locker. Ich habe Angela angerufen.«

»Na, das nenne ich mal einen guten Schritt.« Hans klatschte in die Hände. Nur ein Mal. Das Klatschen verriet, wie viel Energie noch in dem alten Mann steckte. Es war wie früher, wenn George als Kind ein Geheimnis gehabt hatte. Sein Vater hatte ihm einfach keine Chance gelassen, bis er mit der Wahrheit herausrückte.

»Von wegen. Ein Kerl hat im Hintergrund gelacht, der hat mich glatt ausgelacht. Und Angela hat entsetzt meinen Namen gesagt – um dann sofort aufzulegen.«

Hans' Augen blitzten. Er schwieg erneut, offensichtlich in der Überzeugung, dass dies nicht das Ende der Geschichte war.

George lehnte sich in seinem Schreibtischsessel zurück und fuhr sich mit der Hand über die Augen.

Wortlos beugte Hans sich ein wenig nach vorn, um in seine hintere Hosentasche zu greifen.

Dann legte er einen Umschlag auf den Schreibtisch und schob ihn in Richtung seines Sohnes. Ein kleines, liebevolles Lächeln hing in seinen Augenwinkeln.

»Damit du wieder schlafen kannst, irgendwann. Ich für meinen Teil kann es nicht mehr mit ansehen, wie du nächtelang auf der Terrasse herumlungerst und Chicki beobachtest.«

»Du weißt das?«

»Junge, ich bin alt. Alte Menschen brauchen wenig Schlaf. Wenn ich nachts herumgeistere, ist das eine Sache. Aber du siehst aus wie hingespuckt. Schau mich nicht so an, es stimmt.« Ächzend stand Hans auf, schwer auf die Lehnen seines Stuhles gestützt. »Du musst das für dich tun. Egal, was dabei rauskommt. So lange du nicht mit Angela geredet hast, ist alles Vermutung.«

Hans richtete sich auf und streckte sich. »Außerdem ist London eine wunderschöne Stadt. Wenn ich allein an die Museen denke. Ach, herrlich!«

Er ging in Richtung Tür. »Und noch etwas: Ich komme hier bestens zurecht. Bin ich immer schon und du weißt das. Also komm gar nicht erst auf die Idee, mich und die Farm als Ausrede zu benutzen.«

Dann klopfte er gegen den Türrahmen und war auch schon draußen.

George starrte auf den Umschlag. Dann nahm er ihn und riss ihn auf. Er enthielt ein Flugticket nach London, auf seinen Namen, *one way.*

* * *

Zwei Wochen später …

Seine Knie würden gleich nachgeben. Er konnte nicht klingeln, es ging einfach nicht. Seine Fingerspitze strich über das kalte Metall des winzigen Klingelknopfes. Eine weiße Tür. Unten dunkel von Schuhabdrücken, ein Platz, wo ein Kind lebte, ganz klar, dreckige Fußballschuhe neben dem Eingang. Über der Klingel hing ein Türschild, das aussah, als wäre es selbst getöpfert. »Angela and Jasper« in Tonbuchstaben. Warum nur hatte sie ihm nicht zugetraut, dass er damit leben konnte, dass sie ein Kind hatte? Oder liebte sie am Ende doch noch den Vater von Jasper? Oder war sie mit diesem anderen Mann zusammen? Dem, der so gelacht hatte, als er mit Angela telefonieren wollte?

Er würde es herausfinden. Und sich nicht abwimmeln lassen. Von der ewigen Schlaflosigkeit, dem Hin- und Herwälzen jede Nacht war er mittlerweile so übermüdet, dass er tagsüber oft Schwierigkeiten hatte, sich auf etwas zu konzentrieren. Hatte er erst noch gezögert, die Reise anzutreten, war es ihm direkt proportional mit dem Anwachsen seiner Müdigkeit zu einem unerträglichen Zustand immer plausibler vorgekommen, nur wegen eines persönlichen Gesprächs nach London zu reisen.

Er hatte keine Ruhe gefunden. Um die beiden Abende draußen im Busch einfach abzuhaken, waren sie viel zu besonders gewesen. Angela war zu besonders gewesen. Und was, wenn er die einzige Chance auf Glück, die sein Leben ihm in all den Jahren überhaupt bot, einfach durch seine Finger rieseln ließ wie eine Handvoll Sand, nur weil er ein sturer Bock war, wie sein Vater so gern behauptete?

Und jetzt stand er hier, nur eine winzige Bewegung seines Fingers entfernt von der Wahrheit und wurde zu einem Feigling.

George räusperte sich. Dann, endlich, drückte er auf den Klingelknopf.

Von drinnen näherten sich Schritte, jemand rannte in Richtung Tür und öffnete sie schwungvoll. Wirre, dunkle Locken, neugierig dreinblickende grüne Augen. Angelas Augen. Das sah man sofort. Als er George erblickte, erloschen sie schlagartig.

»Wer sind Sie?« Der Junge war keiner, der viele Umschweife machte.

»Hi, ich heiße George. Ich bin ein Freund deiner Mutter.«

»Ah. Wissen Sie, ich habe auf jemand anders gewartet«, erklärte der Junge. »Ich hätte auch nicht einfach aufgemacht, weil … na ja, Mum mag das nicht so gerne.«

»Da hat deine Mum recht.« George lächelte. Seine Aufregung war noch immer ungebrochen.

»Ist Angela denn zu Hause?«

»Ja. Irgendwie schon.« Ihr Sohn warf einen Blick nach hinten in den Flur.

»Kann ich sie vielleicht sprechen?«

»Nein, ich denke, das ist gerade nicht so gut. Wir warten auf Doktor Cooney.« Der Junge schaute erneut über seine Schulter in die Wohnung. Er kam George sehr ernst und erwachsen vor.

»Bitte. Ich möchte sehr gern mit ihr sprechen, weißt du. Ich bin extra aus Südafrika hergekommen. Vielleicht mag sie zur Tür kommen?«

»Ich glaube nicht. Tut mir leid.« Angelas Sohn wollte die Tür schließen. Aber das konnte George nicht zulassen. Dafür war er von zu weit gekommen. Er stellte seinen Fuß in den Türspalt was ihm einen furchterfüllten Blick des Kindes einbrachte.

»He! Nehmen Sie Ihren Fuß da raus, sofort!« Dafür, dass er so ängstlich dreinblickte, war seine Stimme erstaunlich fest – und vor allem laut.

Eine Tür weiter hinten im Flur wurde geöffnet und ein Kopf mit langen Haaren schaute hervor.

»Alles klar, Jasper?« Die tiefe Stimme eines Mannes war zu hören. »Ist das Doktor Cooney?«

»Nein, das ist irgend so ein Kerl, der nicht mehr gehen will.«

George hatte die Tür wieder aufgepresst, während Jasper einen Schritt zurückgetreten war.

»Hi, ich bin George. Können wir vielleicht kurz miteinander reden?«

Jetzt folgte dem Kopf ein hagerer, langer Körper. Ein großer, dünner Mann trat an die Tür. Er trug seine roten Haare zu einem Pferdeschwanz und war übersät mit Sommersprossen. »George, sagten Sie?« Der Typ grinste George süffisant an.

»Ja. Richtig.« Das war also Angelas Freund. Ganz klar. Georges Herz brach. Es war alles umsonst gewesen. Es brauchte kein Gespräch. Er war ein Urlaubsflirt gewesen. Tatsächlich nur eine Affäre. Er kam sich so dämlich vor. Und dieser Mann war es, der ihn ausgelacht hatte. Na, immerhin lebte Angela ihre Beziehungen sehr offen.

»Ich danke Ihnen für die Zeit. Entschuldige, Jasper, wenn ich dich erschreckt habe. Alles Gute Ihnen dreien.« George drehte sich auf dem Absatz um.

»He, warten Sie!«

Der Rothaarige musste fast zur Tür geflogen sein. Er griff George am Unterarm.

»Was denn noch?«

»Ich möchte mich Ihnen vorstellen. Mein Name ist Carl. Ich bin Angelas Bruder.« Er grinste noch immer. »Es ist wunderbar, dass Sie da sind. Meine Schwester hat mir von Ihnen erzählt.«

George starrte Carl an, dessen Grinsen vielleicht gar nicht süffisant war, sondern eher über die Maßen erfreut.

»Wirklich, es ist so schön, dass Sie hier sind.« Erst jetzt wurde der Ausdruck des Mannes ernst.

»Kommen Sie rein.« Carl führte den noch immer sprachlosen George in die Wohnung.

»Ich will aber nicht stören, wenn Angela krank ist. Ich kann ja ein andermal wiederkommen«, sagte er endlich, als er schon im Flur der Wohnung stand. Es gefiel ihm auf Anhieb. Tierbilder und Kinderfotos zierten die Wände, die terrakottafarben gestrichen waren. Die Möbel wirkten alt, aber das verlieh dem gesamten Ensemble nur noch mehr Gemütlichkeit. Diese Wohnung strahlte Liebe und Wärme aus. Und George glaubte, Angelas Duft wahrzunehmen.

»Nein, Sie können kein andermal wiederkommen.« Carls Stimme klang plötzlich ganz anders als noch eben. Sie waren stehen geblieben, Jasper hatte sich an seinen Onkel gelehnt, der einen Arm um den Jungen gelegt hatte.

»Ich glaube, wir lassen George einfach mit Mum sprechen, was meinst du?« Jasper nickte nur auf die Frage seines Onkels. Der Onkel! Was für ein Glück. Und Angela hatte sogar von ihm erzählt. Trotzdem: Irgendetwas stimmte hier nicht.

»Angie ist im Wohnzimmer. Das ist die Tür da! Und hier drüben an der Garderobe können Sie Ihre Jacke aufhängen.« Carl zeigte auf eine geschlossene Tür ihm gegenüber und auf etwas, das wie ein stummer Diener aussah.

»Und wir bereiten das Abendessen vor, oder, Jasper? Wir könnten Pancakes machen.«

»Zum Abendessen?« Jaspers Stimme ließ seine Zweifel hören.

»Du magst doch Pancakes, oder?« Carl zwinkerte dem Jungen zu.

»Ja, schon.«

»Dann lassen wir uns von so etwas Lächerlichem wie der Tageszeit nicht davon abhalten, das zu essen, was wir möchten.«

Jasper kicherte.

»Komm, wir machen Blaubeersoße dazu, und diese Schokotropfen, die du so magst, können wir mit unter den Teig mischen. Was hältst du davon?«

Der Junge nickte energisch.

»Na, dann mal los!« Carl schob Jasper in die Küche und nickte George aufmunternd zu.

»Gehen Sie einfach zu ihr rein«, sagte er. Der fröhliche Ton, den er gegenüber dem Jungen angeschlagen hatte, war komplett aus seiner Stimme gewichen. Er schob Jasper in Richtung Küche.

»Auf geht's, Jasper.«

»Können wir Sahne machen?«

»Selbstverständlich können wir Sahne machen! Ha! Das wäre doch gelacht.« Leise zog Carl die Tür hinter sich und seinem Neffen ins Schloss und George stand schon wieder vor einer verschlossenen Tür, die er kaum zu öffnen wagte.

Kapitel 24

Angela Riley

Die Schmerzen schienen ihren Schädel zu spalten. Sie hatte das Gefühl, einzugehen. Wann würde endlich Doktor Cooney kommen? Sein Angebot, Angela ambulant zu betreuen, war Gold wert. Aber wenn es im Krankenhaus einen Notfall gab, musste sie eben warten. Er wollte heute eine neue Medikamentenmischung mitbringen. Mal sehen, ob es ihr damit besser ging. Die letzte Woche war schwierig gewesen, geprägt von Stunden auf dem Sofa, weil sie nicht besonders gut laufen konnte, sich geschwächt fühlte. Ihr Gleichgewichtssinn war nicht mehr der beste und ihr Sichtfeld war eingeschränkt. Alles ganz normal, wenn man mit Knutr kämpfte und er kurz vor dem Gewinnen war.

Angela verbrachte ihre guten Tage mit Jasper. Sie gingen gemeinsam zum Parliament Viewpoint hinauf, Angela verwöhnte Jasper mit neuen Spielsachen und tingelte mit ihm durch die Museen Londons und den Zoo. Aber die Ausflüge wurden kürzer, Jaspers Sorge und Angst um seine Mutter größer und die Momente, die sie liegend verbrachte, wuchsen von Minuten zu Stunden an. Sie schluckte ihre Schmerzmittel mittlerweile wie Bonbons – und die Wirkung war oft die gleiche. Ihr Körper hatte sich daran gewöhnt.

Jetzt lag sie wieder einmal im abgedunkelten Wohnzimmer. Sie verbrachte ihre Tage lieber hier, im Herzen der Wohnung. Das Bett hatte etwas Bedrohliches bekommen.

Viele Menschen, die an einem Glioblastom litten, wachten einfach nicht mehr auf. Obwohl das natürlich auch auf dem Sofa passieren konnte, hatte Angela im Wohnzimmer ein besseres Gefühl, ein Gefühl von Lebendigkeit, das ihr guttat. Und für Jasper war eine Mutter, die sich auf dem Sofa hingelegt hatte, vielleicht weniger belastend als eine Kranke in einem Bett.

Angelas Schädel dröhnte. Sie versuchte, sich zu entspannen, eine Position zu finden, in der ihr Kopf weniger Rabatz machte.

Vorsichtig legte sie sich auf die Seite, mit Blick zur Rückenlehne der Couch. Ihre Augen waren fest geschlossen. Sie ließ Afrika vor ihrem inneren Auge auftauchen. Manchmal half das. Manchmal halfen kleine Gedankenfluchten gegen die Realität. Leise drang Carls Stimme von draußen zu ihr. Er klang so fröhlich. Welche Kraft in ihrem hageren Bruder lag, wer hätte das für möglich gehalten? Er hatte erst abreisen wollen, aber Angelas Gesundheitszustand hatte das verhindert.

Das Wort »Pancakes« drang an ihr Ohr, dazu Jaspers Lachen. Sie sog das Geräusch in sich ein.

Angela versank tiefer. Sie dachte an den Elefanten, diesen majestätischen, unbeirrbaren Elefanten. Sie versuchte, sich daran zu erinnern, wie sich der Boden unter ihren Füßen angefühlt hatte, die Luft geschmeckt hatte und wie das große, majestätische Tier auf sie zugekommen war, sich seines Daseins so unglaublich sicher. Und sie dachte an George, der sie beschützt hatte, ohne das Tier zu erschießen, der gewartet hatte bis zuletzt, um dem Dickhäuter die Möglichkeit zum Abgang zu geben. Seine Hände tauchten auf, die das Gewehr hielten, die einen Kochlöffel hielten, die ihre Hand hielten. Oh, George!

Da war sein Gesicht. Die etwas zu große Nase, die sonnengegerbte Haut, die Falten um seine Augen herum. Sosehr sie ihre Erinnerungen an Südafrika auch zu steuern versuchte, am Ende stand immer George, in dessen Arme sie fiel.

»Angela.«

Sie glaubte sogar, seine Stimme zu hören.

»Hallo? Angela?«

Er klang so warm. So voller Liebe und Sorge um sie. Sie hatte seine Stimme geliebt. Nein, nicht nur die Stimme. Sie hatte den ganzen Menschen geliebt. Drei gemeinsame Tage hatten gereicht, um das zu wissen.

»Angela, bist du wach?«

Eine Hand legte sich auf Angelas schmale Schulter. Sie riss die Augen auf, war schlagartig hellwach. Der Presslufthammer in ihrem Kopf hatte den Schlag ihres Herzens übernommen und katapultierte den Schmerz von einem Ende zum anderen. Aber da war wirklich eine Hand auf ihrer Schulter, sie hatte es nicht geträumt.

Langsam drehte Angela sich um. Im Halbdunkel des Raumes stand ein großer Mann über sie gebeugt. Sie halluzinierte. Sie musste einfach halluzinieren. Das hier war unmöglich.

»Hi, ich bin's.« George hatte sich aufgerichtet und machte eine hilflose Geste. »Dein Bruder hat gesagt, ich soll reinkommen.«

»George?« Angela stützte sich mühsam auf einen Ellbogen auf. Die Welt verschwamm vor ihren Augen. »Bist du das wirklich? Bist du wirklich da?«

Er lachte leise. »Natürlich bin ich wirklich da.«

Sie wollte aufstehen. Sie wollte sich auf ihn stürzen. Sie wollte bei ihm sein, so unbedingt bei ihm sein. Angela schwang ihre Beine über die Sofakante, wollte sich aufrichten, aber ihre Beine gaben nach. Ihr Körper gehorchte ihr nicht mehr, er gehorchte längst Knutr.

In dem Moment, wo sie rückwärts aufs Sofa zu fallen drohte, war George bei ihr. Er war ein Fels. Er hielt sie fest, sodass sie seine Taille mit ihren Armen umschlingen konnte. George! Sie legte wie automatisch ihren Kopf gegen seine Brust, nur für einen Moment, sagte sie sich, nur für einen winzigen Moment. Bildete sie es sich ein, oder schaffte es sein Herzschlag, das wirre Rumpeln des Presslufthammers in ihrem Kopf zu übertönen?

George küsste sie auf den Scheitel, ganz vorsichtig. Dann schob er sie leicht von sich weg, sie noch immer haltend. Nein, sie würde nicht fallen. So lange er da war, konnte sie nicht fallen.

Seine Augenfarbe war im Halbdunkel des Raumes nur zu erahnen.

»Warum bist du einfach abgehauen? Dachtest du etwa, ich mag keine Kinder?« Sein Ton war ernst.

Die Vorstellung, er könnte Kinder nicht mögen, war so absurd, dass Angela leise auflachte.

»Oh nein.« Sie schüttelte den Kopf. »Woher weißt du überhaupt, dass ich ein Kind habe?«

»Ein Mann ist auf meiner Farm aufgetaucht. Dicker Bauch, ungefähr so groß, Glatze …«

»Sam.«

»Ja, Sam. Er hat mir alles erzählt.«

»Warum?«

»Na ja. Du hast mit ihm nach Mojo gesucht. Nicht wahr?«

»Ja, er hat mir geholfen. Aber wir haben nur den falschen Mojo gefunden.« Angela war noch immer enttäuscht darüber. George hatte sie losgelassen und sie war dankbar, sich auf das Sofa setzen zu können. George ließ sich neben sie fallen.

»Jedenfalls dachte Sam, Mojo könnte für ihn ein gutes Wort einlegen. Er ist so dringend auf Arbeitssuche und hätte wohl in seiner Verzweiflung nach jeden Strohhalm gegriffen.«

Angela bekam ein schlechtes Gewissen bei Georges Worten. Sie hatte viel zu wenig Zeit darauf verwandt, über Sam nachzudenken. Seine Hilfe war wie selbstverständlich für sie gewesen, obwohl auch sie ihm angesehen hatte, dass er gerade nicht auf der Sonnenseite des Lebens stand.

»Hast du ihn eingestellt?«, fragte sie jetzt.

»Ja, natürlich. Er kümmert sich um alles Mögliche. Die nächsten Wochen kontrolliert er die Zäune auf der Ostseite der Farm. Das ist nicht besonders spannend – aber ein Job.«

Sie konnte nicht anders, sie musste an Jasper denken. Wenn Sam jetzt auf der Van-Staal-Farm arbeitete, konnte er sich nicht gleichzeitig um die Suche nach Mojo Tshabalala kümmern.

»Er hat die Suche nach Jaspers Vater also aufgegeben.« Die Kopfschmerzen, die in Georges Gegenwart tatsächlich ein wenig abgeebbt waren, brausten wieder auf.

»Ich glaube, es ist schwierig, jemanden zu finden, der irgendwann mal in einer Bar gearbeitet hat. In Südafrika ist es nicht wie in England. Die Menschen bei uns treiben oft durchs Land. Gerade, wenn sie schwarz und ohne Ausbildung sind, ist es schwer, jemanden ausfindig zu machen, der vielleicht auch gar nicht ausfindig gemacht werden möchte.«

»Ja.« Angela hatte es befürchtet. Sie hatte es nur nicht wahrhaben wollen.

Sie saßen schweigend nebeneinander. Angela starrte auf ihren Schoß.

»Du kannst ja irgendwann einen neuen Anlauf starten, hm?« George klopfte ihr aufmunternd auf den Oberschenkel, freundschaftlich.

Sie hob den Kopf und schaute George an, der ihr freundlich zulächelte. Er wusste es nicht. Woher hätte er es wissen sollen? Angela ließ ihren Kopf in ihre Hände sinken. Wie konnte sie ihm das nur sagen?

»Aber eins noch.«

Sie schaute auf.

»Du hättest mir auch einfach sagen können, dass es bei uns beiden nicht für mehr reicht.«

»Was?«

»Na, dass wir für dich nur einen Flirt hatten und du nichts weiter auf der Farm gesucht hast als Mojo – und vielleicht ein kleines Abenteuer.« Diese Härte in seiner Stimme hatte sie noch nie zuvor gehört, diese Eiseskälte. Sie tat weh. Und sie traf. Tiefer, als sie jeder Kopfschmerz treffen konnte.

Kapitel 25

George van Staal

Er wollte sie küssen. Warum nur wollte er sie sogar jetzt noch küssen, trotz allem? Wie wenig Selbstrespekt konnte man eigentlich haben? Aber sie sah so schutzbedürftig aus, so blass, mit ihren verwuschelten Haaren und den schmalen Händen. War sie noch schlanker geworden, seit sie sich das letzte Mal gesehen hatten? George sehnte sich danach, ihre Hand zu nehmen und sie zu halten. Er wollte ihr verzeihen – und kam sich zugleich so armselig vor, denn schließlich war sie es, die ihn zutiefst verletzt hatte.

»Du denkst, ich habe mit dir gespielt?« Ihre Augen dominierten ihr Gesicht noch mehr, als er es in Erinnerung hatte, wirkten riesig in dem kleinen, bleichen Rund.

Er schnaubte. »Was sonst, hm?«

Waren da Tränen auf ihren Wangen? Ja, tatsächlich.

»Ich habe nicht gespielt. Die drei Tage mit dir zusammen waren wundervoll.« Angela legte ihre Hand auf seinen Unterarm, Weiß auf Braun. Die Berührung besänftigte ihn in der Kombination mit ihren Tränen. Warum nur ließ er es so weit kommen? Er würde ja doch nur wieder verletzt werden.

Oder? Er nahm seinen Arm weg. Ihre Hand fiel auf die Couch wie ein lebloses Tier.

»Bitte, George, du musst mir glauben.« Eine Träne löste sich von ihrem Kinn und fiel auf ihre Jeans, wo sie einen dunklen Fleck bildete. Angela stützte ihren Kopf in ihre Hand, wischte mit der anderen Hand die Tränen aus ihrem Gesicht.

»Warum sollte ich? Hm? Gib mir einen guten Grund.«

»Ich wollte dich beschützen.«

»Beschützen?« Er lachte auf. »Du?« Er betrachtete das zerbrechliche Persönchen neben sich.

»George.« Angela stand auf. Sie schwankte, als sie zwei Schritte machte und vor ihm in die Knie ging. Ihre Hände stützten sich auf seine Knie, sie selbst kniete vor ihm.

Er wartete. Angelas Finger waren so kalt, dass er es durch seine Hose spürte.

Sie kniete vor ihm, schaute zu ihm auf, sagte nichts. Und George hätte sie schütteln mögen, die Wahrheit einfach aus ihr herausschütteln.

Aber natürlich tat er das nicht. Er wartete, seine Zähne fest aufeinandergepresst. Er sah, wie Angela mit ihren Worten rang. Sie holte Luft, ließ sie entweichen, setzte neu an, öffnete den Mund und schloss ihn wieder. Dann nahm sie einen weiteren tiefen Atemzug und schloss die Augen.

»Ich sterbe, George.«

»Was?« Er hatte sich verhört. Oder es war ein schlechter Scherz, der mieseste Scherz, den er je gehört hatte.

»Ich habe Krebs. Deshalb bin ich nach Südafrika geflogen. Ich wollte Jaspers Vater finden, weil ich nicht mehr lange habe und – dann habe ich stattdessen dich gefunden. Ich wollte nicht, dass du mit mir leidest und …« Sie schluchzte leise, schlug die Hände vor das Gesicht, noch immer auf den Knien vor ihm.

Es gab keinen Boden mehr, nichts zum Festhalten, ihre Worte waren harte Schläge, jedes einzelne tat weh.

George hatte keine Worte. Er wollte so viel sagen, aber für das, was er sagen wollte, schien es nicht einmal Worte zu geben.

Er beugte sich vor und zog Angela hoch, raus aus der Büßerpose, die sie eingenommen hatte, und auf seinen Schoß, rittlings. Dann schloss er seine Arme um sie, legte seine Hand um ihren Hinterkopf und zog ihn in seine Halsmulde. Mit dem anderen Arm umschlang er sie, so fest er sich traute. Tief sog er ihren Duft ein, schwor sich, keine Sekunde zu vergessen, keine Sekunde zu verschwenden, die da war.

Er spürte, wie ihre Arme sich um ihn legten, ihre Beine es den Armen nachtun wollten, ihre Tränen sein Hemd durchtränkten, ihr Schluchzen sie schüttelte, während er sie hielt. George wusste, dass er sie beschützen würde, bis zum Ende beschützen. Das hier war nicht die Zeit für seine Schwäche. Die würde später kommen.

»Ich bin hier, verstehst du?«

Angela nickte, noch immer an ihn geschmiegt.

»Ich bin hier.« Er flüsterte jetzt nur noch, wiegte seinen Körper hin und her für Angela, wie man es für ein Kind getan hätte, um es zu trösten.

»Wir sind hier. Und ab sofort übernehme ich das Beschützen für dich, in Ordnung?«

Die Schluchzer wurden weniger. Angela hob den Kopf.

Und George wartete nicht mehr. Es gab keine Zeit zu verlieren. Er küsste sie. Er legte all seine Liebe in diesen einen Kuss, alle Gefühle, für die ihm die Worte fehlten.

Niemals hätte er gedacht, dass tiefste Traurigkeit, Liebe und Glück so eng miteinander verwandt sein konnten.

Kapitel 26

Angela Riley

Das Sofa war eng. Angela wachte auf und spürte zwei Dinge. Zum einen, dass da keine Schmerzen waren, wie sie erleichtert feststellte. Zum anderen die Wärme. Sie fror nicht. Dieser wohlige Zustand der Ruhe und Entspannung war so schön, dass sie es nicht wagte, sich zu bewegen und die Augen zu öffnen. Die Decke, die sie umgab, war besonders kuschelig und warm, und Angela fragte sich, wie lang sie schon hier lag.

Sie fühlte sich ein wenig benommen von den Medikamenten, die Doktor Cooney ihr verabreicht hatte. Es war ein fieser Cocktail, der einen normalen Menschen aus der Bahn geworfen hätte, doch zur Linderung ihrer Schmerzen gerade so reichte.

In diesem Augenblick des Wachwerdens realisierte sie George. Er war kein Traum gewesen. Sein Arm hatte sich um ihre Taille geschlungen, wie zwei Löffel lagen sie da, aneinandergepresst. Deshalb fror sie nicht. Er war nicht weggelaufen.

Angela schaute auf die Uhr über der Tür. Sie hatten nur eine Stunde geschlafen, kürzer, als sie gedacht hatte.

Georges Brustkorb hob und senkte sich gleichmäßig. Sie spürte es an ihrem Rücken. Er war geblieben. Es duftete nach Pancakes. So ging zu Hause.

Jemand klopfte leise an der Tür, dann steckte Carl den Kopf zur Tür herein.

»Die Pfannkuchen sind fertig.«

»Für die habt ihr ja ganz schön lange gebraucht.«

»Nein. Das nicht.« Carl lachte. »Aber ich dachte, ihr könntet ein bisschen Zeit brauchen vor dem Essen. Deshalb haben wir mit dem Ausbacken gewartet. Allerdings ist es jetzt so weit, dass Jasper bald verhungert. Außerdem sollte er George kennenlernen, nicht wahr?«

»Schokopfannkuchen zum Abendbrot. Großartig!« Angela rieb sich die Augen und fuhr sich durchs Haar. George weilte noch immer im Land der Träume. Beneidenswert, wenn man so einen gesunden Schlaf hatte.

Carl verdrehte theatralisch die Augen. »Meine Güte, du bist ja genauso spießig wie Jasper.«

Er warf einen Blick auf George. »Weck ihn mal mit den Waffen einer Frau.«

Bevor das Kissen, das Angela in Richtung Tür geschmissen hatte, ihren Bruder treffen konnte, hatte der schon seinen Kopf zurückgezogen und das Teil prallte vom Türrahmen ab.

Angela drehte sich zu George um. Sein entspanntes, liebes Gesicht berührte sie. Selbst er, der große, kräftige Mann, sah im Schlaf verletzlich aus. Dass er hier war, füllte jeden Winkel in ihr mit Glück aus. Sie war so wichtig für ihn, dass er gekommen war. Auch, wenn die Sache mit ihnen beiden kein Happy End haben würde, jetzt im Moment fühlte es sich verdammt richtig an, mit ihm zusammen zu sein. Angela beugte sich über ihn und küsste ihn auf die geschlossenen Augenlider. Er zuckte nicht zurück. Im Gegenteil. Seine Hände suchten tastend ihren Weg zu Angela, fuhren ihr unter das lockere T-Shirt, das sie trug, und streichelten sie. Ihre sensible Haut erkannte seine Hände sofort und ihr Körper schrie geradezu nach mehr Berührung. Aber hier im Wohnzimmer war einfach nicht der richtige Ort.

Außerdem warteten Carl und Jasper. George ließ einen wohligen Laut hören und wollte Angela zu sich ziehen. Erst, als sie sich sanft wehrte, öffnete er seine Augen.

»Alles gut?«, fragte er besorgt.

Sie lächelte. »Sogar besser. Carl hat Pfannkuchen gebacken. Hast du Hunger? Wenn du magst, stelle ich dir Jasper vor. Er ist ein guter Junge. Und Carl ist zwar etwas chaotisch und hat ein lockeres Mundwerk, allerdings auch das Herz am richtigen Fleck. Also nur, wenn du möchtest natürlich und …«

George legte seinen Finger auf ihre Lippen. »Stopp. Hör auf. Ich will deinen Sohn sehr gern kennenlernen. Und deinen Bruder auch. Sie gehören zu dir.«

Er richtete sich auf. Seine leicht krausen Haare standen nach allen Seiten ab. Angela lächelte und fuhr ihm durch das, was einmal eine Frisur gewesen war. Wie schön, dass er da war.

»Außerdem knurrt mein Magen. Das Essen im Flugzeug war eine Katastrophe.« George stand auf und steckte sein Hemd in die Hose. »Sehe ich präsentabel aus? Ich will schließlich einen guten Eindruck machen.«

»Na, besser als ich, würde ich sagen.« Angela lachte. War George tatsächlich aufgeregt?

Gemeinsam gingen sie in die Küche hinüber. Es duftete verführerisch nach Pfannkuchen, Carl und Jasper hatten einen gewaltigen Berg davon gebacken, der jetzt die Mitte des Tisches krönte.

»Hallo allerseits.« George stand hinter ihr, füllte den Türrahmen aus. Er wirkte viel zu groß für ihre Wohnung.

»Hi, Jasper«, meldete George sich erneut aus dem Hintergrund.

»Das ist George«, stellte Angela ihn vor.

»Mum, das wissen wir schon.« Jasper saß schon auf seinem Stuhl. »Können wir jetzt essen? Ich habe echt Kohldampf.«

Angela war immer wieder überrascht, wie unkompliziert Jasper war.

»Hast du denn keine Fragen?«

»Nein. Für Fragen bin ich zu hungrig. Schau mal, wir haben sogar Sahne gemacht.« Er zeigte auf eine eindrucksvolle Portion Schlagsahne.

Jasper nahm sich mit den Fingern einen der Pancakes und legte ihn auf seinen Teller. »Ich habe sogar einen mit Schokodrops erwischt!«

Angela lächelte. Es war schön, wenn Jasper unbeschwert war. Sie wusste, dass es für den Jungen gerade sehr schwierig war. Er kämpfte damit, wenn es ihr schlecht ging. Seine Noten in der Schule waren merklich abgesackt – aber wer hätte es ihm verübeln können?

Jetzt häufte er Sahne und Beerensoße auf seinen Pfannkuchen und begann, ihn mit größtem Appetit zu vertilgen. Seine Mundwinkel wurden ganz rot vor lauter Soße, aber Angela wollte ihn nicht maßregeln. Sie genoss seine Freude am Essen.

George setzte sich neben den Jungen. »Meinst du, da ist noch ein Pancake mit Schokolade? Ich liebe die Dinger, aber blöderweise verschlafe ich das Frühstück so oft.«

Jasper grinste George an. »Klar. Wenn du schnell bist. Mein Onkel Carl ist ein Pfannkuchenvernichter.«

»Hey, das ist ja wohl eine Unverschämtheit.« Carl hob drohend den Zeigefinger. Gleichzeitig lachte er lauthals los. »Angela, dieser Junge ist dermaßen unerzogen!«

»Tja. Da kommt er nach seinem Onkel«, gab sie ihrem Bruder raus.

Alle am Tisch lachten, außer Jasper, der viel zu beschäftigt damit war, den unbeobachteten Moment zu nutzen und sich eine Extraportion Sahne auf seinen Pancake zu laden.

George griff nach dem Teller mit den Pfannkuchen und stellte ihn auf seinen eigenen. »Tja, da hat er heute aber eine starke Konkurrenz im Haus.«

Die Stimmung am Tisch war ausgelassen und vergnügt. Angela schaute sich um. Alle Menschen, die sie liebte, in einem Raum. So hätte es für immer sein können. Sie strahlte George an, der ihren Blick erwiderte. »Darf ich dir einen Pancake rüberreichen?«

»Sehr gern.« Sie hielt ihm ihren Teller hin. Alles war so wunderbar normal.

»So. Jetzt geht es mir besser.« Jasper hatte in Windeseile einen halben Pfannkuchen verdrückt. »Woher kennst du meine Mum?«

Angela und George wechselten einen Blick. Sie nickte ihm zu.

»Aus Afrika. Ich habe dort eine Gamefarm mit vielen wilden Tieren. Deine Mutter hatte bei mir eine Safari gebucht.«

»Eigentlich dachte ich, dein Dad würde die Safari leiten, aber dann war ja alles ganz anders«, mischte Angela sich ein.

»Du bist der mit dem Leoparden?« Jasper hörte auf zu kauen und starrte George an.

»Ja. Und dem Elefanten. Auf dem Gelände der Van-Staal-Farm gibt es alle möglichen Tiere zu sehen. Wir beherbergen die Big Five, weißt du.«

»Big Five?«, fragte Jasper.

»Ja, die fünf größten Tiere Afrikas. Das sind Nashorn, Elefant, Büffel, Leopard und Löwe«, zählte George auf. »Wir haben aber auch Giraffen und Flusspferde auf unserem Gelände.«

Angela grinste. Als kleiner Junge hatte Jasper eine Schwäche für Hippos gehabt, die er nie ganz abgelegt hatte. Sein Stoff-Flusspferd schlief noch immer in seinem Bett – auch wenn er das niemals öffentlich zugegeben hätte.

»Wow. Bist du schon mal einem Löwen begegnet?«

George lachte leise. »Ja, schon häufiger.«

»Und du wohnst da mittendrin?«

»Ja. Sozusagen. Wobei es am Wohnhaus nur Chicki gibt, ein Springbockweibchen. Die anderen Tiere leben in einem riesigen eingezäunten Gelände. Chicki hat kürzlich ein Junges bekommen. Wir haben den Kleinen Peanut getauft.«

»Und das bleibt da?«

»Oh, du meinst, weil Springböcke eigentlich Wildtiere sind?«

Jasper nickte eifrig. Er war ganz und gar beeindruckt von George.

»Na ja. Chicki war noch so klein, als sie zu uns kam, dass sie sich wohl eher für einen Hund hält als für einen Springbock.«

Jasper kicherte. »Was war dein aufregendstes Erlebnis mit Tieren?«

Angela sah, wie George nachdenklich den Blick in die Ferne schweifen ließ und eine abwägende Bewegung mit der Hand, in der er die Gabel hielt, machte. »Das ist schwer zu sagen. Wie wäre es, wenn ich dir einfach zwei oder drei Wildnisabenteuer erzähle?«

Jasper hing an Georges Lippen, als der begann, ganz Südafrika vor dem Jungen auszubreiten. Er erzählte so leidenschaftlich, wie er liebte. Angela vermutete, dass George alles, was er tat, mit einhundertprozentiger Sorgfalt erledigte.

Feierliche Ruhe hatte sich über den Tisch gesenkt, alle lauschten Georges lebendiger Erzählung davon, wie sein Jeep bei einer Tierbeobachtungsfahrt im Sand stecken geblieben war, gerade an einer Stelle, wo sie eben noch ein eindrucksvolles Löwenmännchen gesichtet hatten. Der Tisch hing an Georges Lippen und das weiche Licht der Kerzen, die Carl im Fenster angezündet hatte, malte Schatten auf Georges Gesicht, was der Szenerie etwas Mystisch-Abenteuerliches verlieh.

Angela hatte nur ein paar Bissen gegessen. Sie schaffte nicht mehr viel auf einmal. Jetzt lehnte sie sich auf ihrem Stuhl zurück und beobachtete Carl, der ganz ruhig vor sich hin spachtelte, während er immer wieder zu George schaute. Ihr Bruder mochte George auf Anhieb und auch Jasper schien ihn überraschend gut zu akzeptieren – zumindest, so lange er nur ein Freund war.

Mal sehen, wie ihr Sohn reagierte, wenn sie ihm sagen würde, dass sie George liebte. Und dass sie das tun musste, stand für sie außer Frage. Sie *wollte* George lieben, jetzt, wo er hier war. Und sie wollte es nicht verstecken müssen, vor niemandem.

Wenn man keine Zeit mehr hatte, wollte man so wenig wie möglich davon verlieren.

Kapitel 27

George van Staal

Neben ihr aufwachen. Er hätte nie gedacht, dass er noch mal neben ihr liegen würde. Gehofft vielleicht, das ja. Aber dass er sie in den Armen halten durfte, während sie wach wurde, damit hatte er nicht gerechnet.

Sie lag neben ihm, als sie die Augen aufschlug. Er strich ihr über die Wange. Angela war sehr, sehr blass. Dunkle Ringe unter ihren Augen ließen sie müde und erschöpft aussehen.

Stöhnend drehte sie sich auf den Rücken.

»Warte hier, ich komme gleich wieder.« Sie hielt sich den Kopf fest, mit beiden Händen, als ob er jeden Moment abfallen könnte. Georges Herz zog sich zusammen bei ihrem Anblick. Angela lief leicht schwankend aus dem Zimmer.

George wartete auf ihre Rückkehr, hörte die Badezimmertür, die Toilettenspülung, den Wasserhahn und dann lange nichts.

Als Angela wiederkam, sah sie kein bisschen besser aus, aber sie umklammerte ihren Kopf nicht mehr, sondern lächelte. »Entschuldige, bitte. Ich musste nur eben meine Medikamente nehmen.«

Er musterte sie besorgt. »Natürlich. Bist du jetzt in Ordnung?«

»Ja, danke.« Angela hatte nur ein T-Shirt von ihm an, das an ihr aussah wie ein riesiges Nachthemd.

Er hob das Federbett an und Angela kroch wieder zu ihm unter die Decke, kuschelte sich an ihn, umschlang seine Beine mit dem ihren.

Kurz schwiegen sie. Dann hörte er, wie Angela sich räusperte.

»Ich liebe dich. Das bedeutet nicht, dass du dir um mich Sorgen machen darfst. Aber du sollst es wissen.«

Die Zeit verschwamm, sie wurde zu einem Vakuum, verging schnell und langsam zugleich, wurde zu einer wandelbaren Größe, in der die drei Worte widerhallten. *Ich liebe dich.* Alles drehte sich um sie, verschlang sich mit ihnen und leuchtete. George konnte nicht sprechen, er wollte es, aber kein Wort kam über seine Lippen. Also umschlang er Angela, bis die aufsah. Dann presste er seine Lippen auf die ihren. Als sie sich voneinander lösten, schaute sie ihn mit glänzenden Augen an.

»Du musst nichts dazu sagen. Es ist nur so, dass ich nichts zu verlieren habe in diesen Tagen.« Sie lächelte ihr wehmütiges Lächeln, das er jetzt schon so gut kannte.

»Ich wünschte mir so sehr, dass wir mehr Zeit gehabt hätten. Ich meine, wir hatten drei wunderschöne Tage auf deiner Farm und gestern Abend war es auch so wunderschön. Aber ich wollte, wir hätten noch viel mehr miteinander erleben können, weißt du? Zum Beispiel hätte ich es wunderschön gefunden, mit dir am Meer entlangzulaufen. Das ist so ein Kleinmädchentraum und vermutlich ziemlich albern, aber ich habe mir das immer gewünscht.«

George hob den Kopf und küsste Angela erneut. Dann hatte er eine Idee.

»Glaubst du, du könntest noch mal verreisen? Nicht weit, vielleicht runter an die Küste? Wir nehmen uns ein schönes Hotel, laufen am Strand entlang und leben einfach nur den Moment. Was hältst du davon?«

Angelas Augen strahlten. George sah, dass sie im ersten Moment Feuer und Flamme für die Idee war. Doch dann erlosch das Licht ganz plötzlich.

»Es geht nicht. Weißt du, ich will Jasper so viel Zeit wie möglich geben. Und ich muss noch mit ihm reden – ob es überhaupt okay für ihn ist, dass du da bist. Ich wünsche mir nichts sehnlicher, als dass du bleibst, bis …« Sie ließ den Satz in der Luft hängen.

»Aber Jasper ist meine Priorität.«

George nickte. Das verstand er. »Pass auf, ich mache dir einen anderen Vorschlag. Wir gehen nicht in ein Hotel, sondern mieten uns irgendwo ein Häuschen. Dann haben Jasper und Carl auch noch Platz. Was meinst du?«

»Du würdest sogar meine verrückte Familie mitnehmen?« Da war es wieder: das Strahlen, das er so liebte.

»Natürlich.« George lachte. »Wir hätten sicher eine Menge Spaß.«

Der Vorabend war lustig weitergegangen, sie hatten Brettspiele gespielt und Jasper hatte sich zum hochoffiziellen Monopolykönig ernannt, nachdem er ein Hotel nach dem anderen erbaut und mächtig viel Geld damit eingenommen hatte.

Angela sprang geradezu aus dem Bett. »Ich frage sie, ja? Und du bleibst hier? Oder gehst duschen?«

George lachte noch immer, ihre Freude war ansteckend. »Mach dir keine Sorgen um mich, ich komme die halbe Stunde bestens klar.«

Angela zog sich einen Morgenmantel über, dann kam sie noch mal kurz zum Bett und hauchte ihm einen Kuss auf die Wange, bevor sie aus dem Raum fegte, so voller Leben, dass er es wieder einmal nicht fassen konnte, dass alles endlich war.

»Ich liebe dich auch«, flüsterte George in das leere Schlafzimmer hinein. Warum nur war es so schwer, es Angela direkt zu sagen?

Kapitel 28

Angela Riley

Angela klopfte an Jaspers Zimmertür. Sein Name war mit bunten Holzbuchstaben auf die weiß gestrichene Tür geklebt. Sie erinnerte sich noch daran, wie sie sie gemeinsam mit dem Jungen angefertigt hatte. Er war sechs oder sieben gewesen. Ein Alter, in dem es ihm wichtig geworden war, ein Territorium abzustecken. Sie hatten die Buchstaben besorgt und bunte Farben. Dann waren die Buchstaben entstanden. Das S war wie eine Schlange bemalt, das P hatte ein Gesicht, das J große rote Punkte auf blauem Grund. Ihre Hände waren Tage nach der Aktion noch nicht wieder ganz sauber gewesen.

»Ja?«

»Ich bin's, Mum.« Sie öffnete die Tür, ohne hineingebeten worden zu sein. Jasper war schon wach und las ein Comicheft. Er war noch nicht im Langschläferalter angekommen. Vielleicht gehörte er auch zu den wenigen Ausnahmen, die dieses Stadium überspringen.

»Hör mal, ich will dich was fragen.« Sie hielt sich an ihren Entschluss, keine langen, sinnlosen Worte mehr zu machen.

»Ja?« Jasper, der im Bett saß, legte sein Comic auf die Seite. Angela ließ sich auf seiner Bettkante nieder.

»George hat gefragt, ob …«

Jaspers Gesicht wurde noch einen Hauch aufmerksamer. »Ist er noch da?«

»Ja, also … er hat hier übernachtet. Ich hoffe, das ist für dich okay.« Angela räusperte sich.

Nachdem Carl sich ins Gästezimmer zurückgezogen hatte und Jasper längst schlafen gegangen war, hatten sie und George noch eine Ewigkeit zusammengesessen und Rotwein getrunken. Es gab so viel zu erzählen.

»Mum, du wirst rot.« Jasper grinste frech.

Angela griff sich eins der herumliegenden Kissen und schleuderte es in seine Richtung.

Jasper kicherte.

»George ist schon okay«, sagte er, als er sich beruhigt hatte. »Ich glaube, er ist nett.«

»Oh ja, das ist er wirklich. Ich mag ihn sehr, weißt du.«

Jasper nickte. »Und ein Löwenbändiger.«

»Nicht wirklich. So ging die Geschichte nicht.«

»Nein. Aber ich finde diese ganze Afrikasache total spannend.«

Angela lächelte. »Ja, ich auch.« Sie wuschelte ihrem Sohn durchs Haar.

»Jedenfalls hatte George eine Idee.«

»Ja?«

»Wir haben überlegt, ob wir alle ein Wochenende am Meer verbringen könnten.«

»Wir?«

»Na ja, George.« Angelas Gesicht glühte. Es war gar nicht so einfach, das mit der Ehrlichkeit um jeden Preis. »Weißt du, mir liegt viel daran. Wir gehen ans Meer, essen lecker und sehen mal, was man da so machen kann. Was meinst du?«

»Dass du noch mal wegfährst, ist eine Scheißidee.« Carl stand plötzlich in der Tür und mischte sich ein. Bevor Angela ihm antworten konnte, stand er schon neben dem Bett.

»Du brauchst Doktor Cooney – und das weißt du auch. Erst gestern war es so mies, dass …« Carl vollendete den Satz nicht und warf einen Blick auf Jasper.

»Er hat mir neue Medikamente gegeben. Wenn wir schnel sind, klappt das.«

»Schnell, ja?« Carl schnaubte. »Bei dir geht aber nur noch eine Sache schnell, Schwesterchen. Du kannst jeden Moment gesundheitliche Probleme kriegen – und dann, hm? Dann bist du irgendwo und die Welt geht unter, während weder George noch Jasper dir helfen können. Ein Tagesausflug tut es ja wohl auch. Aber nein, immer nach den Sternen greifen, nicht wahr?«

Carl war laut geworden. Die Panik in seiner Stimme war nur zu deutlich zu hören.

Angela dachte nach. Vielleicht hatte er ja recht.

»Ich fahre da jedenfalls nicht mit, bei diesem Himmelfahrtskommando!« Er verschränkte die Arme und begann, im Zimmer auf und ab zu laufen. »Das solltest du nicht tun. Es ist viel zu gefährlich.«

»Aber Mum schafft das. Oder, Mum?« Der Junge klang wenig überzeugt und die Tatsache, dass er nachfragte, machte es nicht besser.

Angela schaute zu ihm, ihrem Kind, das sie beschützen musste, so gut es ging, und Carl, ihrem Bruder, der es definitiv nur gut meinte. Sie wusste nicht, was sie sagen sollte. Da war diese Sehnsucht nach dem Meer, dieser wunderschönen Unendlichkeit. Und die Sehnsucht nach George.

»Ich werde auf sie aufpassen. Auf beide.« George stand jetzt im Türrahmen, an der Stelle, wo eben noch Carl gestanden hatte. »Es wird nichts passieren.«

Carl ging auf ihn zu. »Das sagst du so. Du hast doch keine Ahnung, was hier in den letzten Tagen abgegangen ist. Angela braucht Betreuung, daran besteht überhaupt kein Zweifel.« Carl schaute in die Runde, die Fäuste geballt.

George überwand die letzte Distanz zwischen den beiden Männern und legte seine Hand auf Carls Schulter. »Ich werde auf Angela und Jasper aufpassen.«

»Das sagtest du schon. Und ich sage es jetzt auch noch mal: Ich mache so ein Himmelfahrtsunternehmen nicht mit!« Mit diesen Worten schüttelte er Georges Hand ab und zwängte sich an ihm vorbei und aus der Tür.

Angela schaute von George zu Jasper und zurück. Dann lief sie hinter ihrem Bruder her.

Carl war in die Küche gerannt und knallte jetzt eine Tasse auf den Küchentresen. Dass sie nicht in Scherben zerbarst, grenzte an ein Wunder.

Angela trat hinter ihn und legte ihm die Hand auf den Rücken. »Es tut mir leid.«

Carl drehte sich nicht um. Er starrte auf die Tasse.

»Du musst mich gehen lassen.«

Sie spürte, dass sein Körper zuckte, und zog erschrocken ihre Hand zurück. Angela hatte Carl noch nie weinen gesehen. Es passte nicht zu ihm. Er war ein Wolkentänzer, ein Schausteller, ein Spieler, der das Leben leichtnahm.

»Bitte, Carl. Schau mich an.«

Ihr Bruder reagierte erst nicht. Angela stand da, mit hängenden Armen, nicht wissend, wohin damit, wohin mit sich selbst.

Als sie von Carl abrückte, schon weggehen wollte, drehte er sich endlich um. Er fuhr sich mit dem Handrücken über die Augen. »Es ist schwer.«

»Ich weiß.«

Die Geschwister schauten einander an, sprachen ohne Worte über ihre tiefe Verbindung.

Dann gab Carl sich einen Ruck. »Ich muss eh mal auf den Jahrmarkt. Ewig wird das so nicht laufen.« Er hatte mit ein paar Freunden vom Jahrmarkt vereinbart, dass sie sich um sein

Geschäft kümmerten, und war viel länger bei seiner Schwester geblieben, als er es geplant hatte.

Er ging an Angela vorbei, dann blieb er stehen und drehte sich noch mal um. »Ich freue mich, dass George gekommen ist.«

Wie immer, wenn es um George ging, wollte ihr Herz in ihrer Brust zerspringen. »Ja, ich mich auch.«

Ihr Bruder bemühte sich um ein Lächeln. »Lass es krachen.«

Angela musste lachen.

Carl zwinkerte ihr zu. Vielleicht blinzelte er damit auch seine Tränen weg. Dann war er aus der Tür.

* * *

Die Fahrt verging schnell. Sie hatten einen Wagen gemietet, einen kleinen VW Polo, in dem George aussah, als ob er mit roher Gewalt hineingepresst worden wäre.

Es war nicht weit von London ans Meer. Sie hätten das öfter machen sollen, dachte Angela bei sich.

Jasper hatte ein Hörbuch mit ins Auto genommen und alle lauschten der Geschichte von Harry Potter.

Angela warf prüfende Blicke auf George, nicht, dass der Junge ihm auf die Nerven ging.

»Ist das für dich okay mit dem Hörspiel?«, fragte sie nach.

»Natürlich.« George schaltete in einen höheren Gang und beschleunigte, um einen Traktor zu überholen. »Ich muss zugeben, dass ich einer der wenigen Menschen bin, der weder die Bücher gelesen hat noch die Filme kennt – ich schließe also gerade eine Bildungslücke.« Er lachte.

»Dann ist es ja gut. Sag mal, wann wolltest du mir eigentlich verraten, wo wir genau hinfahren?«

»Pssst!«, zischte Jasper von hinten und George machte sichtlich amüsiert eine entschuldigende Geste.

Angela verdrehte die Augen und puffte ihn in den Oberarm. Er verzog das Gesicht, als ob er Höllenqualen leiden würde. Dann lachte er leise.

Seine Souveränität gefiel Angela. Er schien hier genauso gut Bescheid zu wissen, wie er es auf seiner Farm in Südafrika tat. Sie hatte das Gefühl, sich blind in seine Arme fallenlassen zu können. Endlich einmal war nicht sie es, die die alleinige Verantwortung für alles trug. Sie lehnte sich auf dem Beifahrersitz zurück und ließ die Landschaft vorbeiziehen, während Dumbledore mit Harry Potter über seinen Phoenix diskutierte.

Sie schloss die Augen und ließ sich treiben. In letzter Zeit fühlte sie sich oft ein wenig schwach und benommen von den Medikamenten, ohne die sie nicht mehr sein konnte. Langsam verwischten die Konturen der Realität. Sie wusste nicht, wie viel Zeit vergangen war, als sie die Augen aufschlug, weil der Motor des Wagens ausging.

»Wir sind da.« George schaute sich triumphierend um.

Angela rieb sich die Augen und streckte sich. »Wo ist das Meer?«

»Oh, da sind wir noch nicht.«

»Nicht?«

»Nein. Ich dachte, Jasper hält bestimmt mehr von einem Freizeitpark als von einer langweiligen Strandwanderung. Also gehen wir erst in den Park und dann fahren wir zum Strand.«

Jasper schnallte sich ab und begann, auf dem Rücksitz herumzuzappeln. »Ein Freizeitpark?«

»Ja, willkommen in ›Dreamland‹!« George löste ebenfalls seinen Sicherheitsgurt und schälte sich aus dem Fahrzeug.

»Yeah! Schaut mal, die riesige Achterbahn. Wow!« Auch Jasper stieg aus und begann, auf und ab zu hüpfen wie ein Flummi.

»Ähm. Ich will eure Freude ja nicht trüben, aber es ist November.«

»Ja und?«

»Da sind die Fahrgeschäfte geschlossen.«

George fiel regelrecht in sich zusammen. »Was?«

»Na, es ist kalt hier um die Jahreszeit.« In dem Moment, wo sie das sagte, wurde Angela klar, dass heute ein ausgesprochen milder Novembertag war. Aber das änderte nichts an der Tatsache – und auch nichts an dem betrübten Gesicht Jaspers.

»Hm. Aber ich habe gelesen, der ›Octopus's Garden‹ hat ganzjährig geöffnet«, rechtfertigte George sich.

Angela grinste. »Das ist lieb gemeint, aber der ist für Kinder bis acht. Wir waren damals schon mal hier – drum bin ich mir ziemlich sicher, dass Jasper es jetzt eher blöd finden würde.«

»Oh Mann. Ich wollte dir so gern die hölzerne Konstruktion der Achterbahn aus der Nähe zeigen, Kumpel. Sie ist die älteste Achterbahn in ganz England – kombiniert mit der neusten Technik. Wie schade!« George fuhr sich durchs Haar. »Und jetzt?«

Jasper zuckte mit den Schultern. Er wirkte weniger enttäuscht, als man das hätte annehmen können. Dann rannte er an der Achterbahn entlang in Richtung eines großen Gebäudes, wo es Tickets und einen großen Informationsschalter gab.

»Sollen wir?« George deutete in die Richtung und lief hinter dem Jungen her. Angela folgte ebenfalls.

Als sie Jasper einholten, studierte er gerade ein paar Aushänge in der großen Eingangshalle. Es gab hier Souvenirshops, einen großen Kassenbereich und kleine Snackbars. Dann kam er glückstrahlend wieder zurück. »Hey, es gibt eine Rollschuhbahn! Mum, ich war noch nie auf einer Rollschuhbahn. Meinst du, das könnten wir machen?«

Bevor Angela antworten konnte, dass sie sich auf keinen Fall auf Rollschuhe stellen werde, noch dazu mit den

Gleichgewichtsproblemen, die sie im Moment hatte, war George schon zur Stelle.

»Das machen wir! Das ist eine super Idee, Jasper.« Er rannte sofort in Richtung Kasse, einen Geldschein aus seiner hinteren Hosentasche fummelnd.

Angela hatte sich geweigert, mitzumachen. Das Letzte, was sie brauchte, war eine Verletzung. Zum Glück war trotz des herrlichen Novembertags die Rollschuhbahn fast leer. Jasper war begeistert in seine geliehenen Schuhe geschlüpft und hatte losgelegt, als ob er noch nie etwas anderes getan hätte als Rollerskaten.

Die Decke war mit bunten Lichtern beleuchtet, die sich auf dem glatten Boden der Bahn widerspiegelten. Laute Musik beschallte den Raum und George sah aus wie ein riesiger Tanzbär. Angela saß mit einer Cola in einer der Nischen am Rand und beobachtete das Spektakel.

Während Jasper sehr schnell sehr sicher auf den Beinen war und begann, den Raum der Länge nach zu durchfahren, sah George auch nach einer halben Stunde noch aus wie ein Tanzbär. Tapsig und unbeholfen hangelte er sich am Rand der Bahn entlang, während Jasper immer wieder zu ihm fuhr und schließlich bei ihm anhielt. Jasper deutete auf seine Füße, dann auf George. Schließlich begann er, ihm die Bewegungen vorzumachen.

Unsicher versuchte George, es dem Jungen nachzutun. Wackelig und unbeholfen tat er ein paar Schritte, dann schüttelte er den Kopf. Aber so schnell gab Jasper nicht auf. Er hielt George die Hand hin. Angela grinste. Verkehrte Welt. George und Jasper fuhren langsam Hand in Hand wieder los. Und tatsächlich, es ging ein wenig besser, bis George erneut das Gleichgewicht verlor und sich an die Umfriedung der Bahn klammerte.

Jasper redete wieder auf George ein. Angela hätte zu gern gewusst, was ihr Sohn sagte, wie er George erklärte, was er tun sollte. Jetzt lachte er wegen etwas, das George gesagt hatte. Er hörte gar nicht mehr auf damit. Dann gab er George erneut die Hand und die beiden starteten einen weiteren Versuch. Und dieses Mal fuhren sie eine ganze Runde miteinander.

Angela nippte an ihrer Cola und war mit dem Zuschauen zufrieden. George und Jasper sahen aus, als ob sie sich schon eine Ewigkeit kennen würden, wie sie da ihre Kreise zogen.

In diesem Moment suchte George ihren Blick. Er hob seine Hand und winkte ihr zu. Das riss ihn aus seiner Konzentration und er begann, wild mit dem freien Arm zu wedeln. Er ließ Jaspers Hand los und versuchte jetzt mit beiden Händen, sich auszubalancieren – vergeblich. Sein Mund formte ein O und dann saß er auch schon auf dem Hintern. Es sah so komisch aus, dass Angela unweigerlich lachen musste. Ihr Gelächter wollte nur so aus ihr herausplatzen, dabei hatte sie doch den Mund voll Cola. Mühsam schluckte sie die Flüssigkeit hinunter und beobachtete, wie George wieder auf die Füße kam. Er zeigte in ihre Richtung und erklärte Jasper etwas, der nickte und auf seinen Rollschuhen davonschoss, während George langsam in ihre Richtung wackelte. Mit den Rollschuhen an den Füßen ließ er sich auf die Bank ihr gegenüber fallen.

»Das war ein riesiger Spaß für mich – aber nicht für mein Steißbein.« Er nahm, ohne zu fragen, einen Schluck von Angelas Getränk, eine Geste, die sie nicht als übergriffig, sondern vielmehr als Geste tiefer Vertrautheit empfand. »Dein Junge würde auf jeden Fall mal ein guter Lehrer werden. Er kann gut erklären.«

Angela nickte. »Natürlich. Und er weiß alles besser.«

»Das auch.« George stöhnte und rieb sich den unteren Rücken, als Jasper angefahren kam.

»Allein macht es keinen Spaß.« Er zog eine Art Flunsch.

»Wie wäre es, wenn wir uns drüben bei den Automaten ein Eis besorgen und dann langsam zum Strand fahren?«, schlug George vor, schon wieder ganz Herr der Lage.

Die Schuhe waren schnell ausgezogen und zurückgegeben. Schon waren sie auf dem Weg in Richtung Eis. »Oh, da ist ein Fotoautomat! Wollen wir eine Runde Fratzenziehen? Angela, da kannst du nicht Nein sagen, das schaffst du!«

George zog sie schon in Richtung Fotoautomat, Jasper flitzte wieder voraus.

»Och nein!« Sie mochte sich im Moment wirklich nicht im Spiegel anschauen, geschweige denn auf einem Foto.

»Bitte, Mum. Das macht Spaß.«

Am Ende war es Jaspers flehentlicher Blick, der sie in den Automaten trieb.

»Wer den Mund am weitesten aufreißen kann«, wies George an.

»Na, da gewinnst du.« Angela lachte, als George sie vorsichtig knuffte. Dann tat sie, wie ihr geheißen. George hatte den Arm um sie und seine Hand auf Jaspers Schulter gelegt.

»Jetzt!« George brüllte wie ein Löwe und dann blitzte es. Jasper kicherte.

Angela streckte ihre Zunge heraus und es blitzte erneut.

Jasper nahm beide Zeigefinger in den Mund und zog seine Lippen weit auseinander. Es blitzte.

Auf dem vierten Foto lachten sie alle.

Als der Ausdruck aus dem Automaten kam, hielt George ihr den Fotostreifen hin.

»Zur Erinnerung an einen missglückten geglückten Vormittag«, sagte er dazu.

Angela begutachtete überrascht das Resultat der Fotoaktion. Sie sah keine zusammengewürfelten Menschen, wie sie bei drei Personen auf einem Foto erwartet hatte. Stattdessen sah sie etwas völlig Unerwartetes: eine Familie.

Kapitel 29

George van Staal

Das Wasser glitzerte in der Sonne. Es roch nach Salz. Zum Glück war ein milder Tag, sonst wäre es sicher zu kalt für Angela gewesen am Strand, wo immer ein leises Lüftchen wehte. So reichte ihr die Jacke hoffentlich und sie fror nicht.

Seit George wusste, dass Angela krank war, hatte sich sein Blick auf sie verändert. Er konnte gar nicht anders, als sich ständig um sie zu sorgen. Gerade umspielte ihre Lippen ein leises Lächeln. Sie schaute aufs Meer hinaus, schien ganz bei sich zu sein, während Jasper den Drachen, den er mitgebracht hatte, am liebsten schon auspacken wollte.

»Wie wäre es, wenn wir erst einmal in Richtung Burg gehen?«, schlug George vor. Sie waren nach Deal gefahren. George hatte zwei Zimmer im Hotel Royal Deal gebucht, weil es direkt am Meer war, ohne Straße dazwischen. Außerdem wollte er die weißen Klippen von Dover besuchen, bestimmt gefiel das Angela, und er hatte vor, dem Jungen das Deal Castle zu zeigen, dessen Form einer Rosenblüte ähnelte. Die Trutzburg aus dem sechzehnten Jahrhundert gefiel einem Jungen seines Alters doch bestimmt.

»Wir lassen den Drachen steigen und danach gehen wir zurück und checken im Hotel ein, ja?«

Jasper nickte. »Hilfst du mir mit dem Drachen, Mum?«

»Natürlich.« Angela fuhr ihrem Sohn durch die Haare. »Wenn wir die Burg angeschaut haben, okay?«

»Ist gut«, sagte Jasper. Aber natürlich hätte er den Drachen lieber sofort in die Luft befördert und das sah man ihm auch an.

George trug einen Rucksack, in dem sich ein paar Sandwiches und Getränke befanden. Sie wollten später ein Picknick am Strand machen.

»Wo ist das Schloss?«, fragte Jasper.

»Es ist eine Burg. Sie wurde zur Verteidigung der Küste erbaut, mit zwölf halbkreisförmigen Bollwerken um den Turm, weil die runden Mauern die Kanonenkugeln besser abgelenkt haben«, informierte George.

»Kanonenkugeln?«

»Natürlich. Früher hat es hier nur so gewimmelt von Angreifern.«

Die Augen des Jungen begannen zu leuchten. »Das will ich sehen.«

»In die Richtung.« George zeigte den Strand entlang und Jasper legte plötzlich ein erstaunliches Tempo vor.

»Du kannst gut mit dem Jungen«, stellte Angela fest.

»Das ist nicht schwer«, antwortete George. Und es stimmte. Jasper war aus seiner Sicht kein schwieriges Kind.

»Jedenfalls danke. Die Ablenkung tut ihm sicher gut.« Angela hatte ihre Hände in ihrer Jacke vergraben. George hätte gern den Arm um sie gelegt, aber er wusste nicht, wie Jasper das gefunden hätte, und nahm Rücksicht.

Sie gingen schweigend nebeneinander her. Es war nicht viel los am Strand an diesem Mittwoch. Die See wurde nur von leichten Wellen bewegt, die ein friedliches Rauschen produzierten.

George hatte Sand im Schuh und beugte sich hinunter, um ihn auszuziehen und zu entleeren. Als er fertig war und sich nach Angela umschaute, sah er, dass sie sich ebenfalls ihre Schuhe ausgezogen hatte, beide. Sie war schon ein paar Meter weiter vorne und rannte den Strand entlang, mit ausgebreiteten Armen, wie ein junges Mädchen. Als sie sich im Kreis drehte, unbeschwert lachend, und dann wieder weiterrannte, sprang er hoch und nahm die Verfolgung auf. Als er sie erreicht hatte, umschloss er ihre Taille und begann, mit ihr einen ungelenken Walzer zu tanzen. Er konnte nicht tanzen, rein gar nicht. Aber es passte so gut, dass er es trotzdem tat. Ihre Spuren im Sand vermischten sich zu einem Durcheinander von Fußabdrücken und Jasper, der schon ein ganzes Stück vorausgerannt war, schaute sich um. Er sah, wie George und Angela tanzten, und kam zu ihnen zurück, stellte sich neben sie und begann, in die Hände zu klatschen. George trat Angela auf den Fuß.

»Aua!« Lachend blieb sie stehen. Dann ging sie ans Wasser und ließ sich die Füße vom Meer umspülen. George hatte sich einfach in den Sand fallen lassen. Es war so schön hier. Manchmal wäre es wahrhaftig das Beste, die Zeit einfach anzuhalten.

Jasper kam zu George und ließ sich neben ihn in den Sand fallen.

Dann beugte er sich zu ihm hinüber. »Sag mal, magst du meine Mama?«

George lachte, so absurd war diese Frage, so offensichtlich die Antwort. »Ja, sehr.«

»Das ist gut. Ich glaube, sie hat dich auch gern, weißt du.«

»Meinst du, ja?« George fuhr Jasper durch die Haare, wie es zuvor schon seine Mutter getan hatte.

»Ja. Sie könnte sogar in dich verliebt sein, weißt du das? Manchmal kommt das vor bei Erwachsenen.« Jasper machte ein sehr ernstes Gesicht und wirkte dadurch umso kindlicher. George hatte Mühe, sich ein Lachen zu verkneifen.

»Soll ich dir etwas verraten?«, fragte er stattdessen.

Jasper nickte eifrig.

»Ich glaube, du könntest recht haben.«

Ein siegessicheres Grinsen umspielte Jaspers Lippen. »Sehr schön.«

Dann sprang der Junge auf. »Können wir jetzt zu der Burg?«

»Natürlich.« George schaute zu Angela hinüber, die noch immer an der Wasserkante stand und hinaus aufs Meer schaute. »Angela? Können wir?«

Sie drehte sich um. Noch immer umspielte dieses frohe Lächeln ihre Lippen. »Ja, ich komme.«

Als sie auf seiner Höhe war, nahm er ihre Hand in seine und sie ließ es geschehen.

* * *

Jasper war nach einem langen Tag am Strand eingeschlafen. George und er waren in der Festung gewesen, während Angela sich auf einer Bank ausgeruht hatte. Sie besichtigten die Kanonen und die unterschiedlichen Gebäudeteile. Der Junge war wie ein Schwamm, er interessierte sich für jedes kleine Detail. Besonders spannend fand er, dass die Form der Burg mit ihren runden Außenmauern auch große Nachteile mit sich brachte. Zum Beispiel boten die vielen toten Winkel Angreifern viel Schutz. Er stellte Frage um Frage.

»Können wir noch eine andere von diesen Trutzburgen besuchen?«, fragte er schließlich mit großen Augen.

»Ich weiß es nicht. Vielleicht«, antwortete George. Er wusste, er würde hierbleiben bis zum Ende. Aber er wollte dem Kind keine Versprechungen machen, die er nicht halten konnte.

Nach dem Besuch der Festung ließen sie den Drachen steigen, jedenfalls versuchten sie es, aber es war zu wenig Wind. Und anschließend bauten sie das Deal Castle am Strand nach.

George gelang eine beinahe perfekte Tudor-Rose. Und Jasper war wieder mit viel Freude dabei. Angela versuchte mitzumachen, aber man sah ihr die Anstrengung mittlerweile an, sodass George am frühen Abend dem Strandvergnügen ein Ende setzte. Es wurde ohnehin zu kalt.

»Ich glaube, es wird Zeit, zum Hotel zu fahren«, schlug er vor und erntete keinen Widerspruch. Im Gegenteil. Jasper gähnte sogar verstohlen.

Das Royal Deal war eines der besten Häuser am Ort. George hatte ein kleines Schlafzimmer und ein größeres, luxuriöses Zimmer gebucht. Eigentlich hatte er das große Zimmer Angela und ihrem Sohn überlassen wollen, aber der Junge bestand auf seinen eigenen vier Wänden.

»Ich bin fast schon erwachsen. Ich mag nicht bei Mama schlafen.«

Insgeheim war George sehr froh über Jaspers Wunsch und auch Angela war nur zu gern bereit, einzuwilligen.

Nach einem opulenten Abendessen zu dritt – Fish & Chips an einer Bude – schickte Angela Jasper ins Bett. Dem Jungen waren während des Essens am Tisch schon fast die Augen zugefallen, obwohl es noch gar nicht so spät war. George rechnete mit Protest, aber der Junge ging bereitwillig in sein Zimmer. Er war wirklich ein verblüffend einfacher Präpubertärer.

Jetzt stand Angela in dem großen Hotelzimmer und schaute hinaus ins Dunkel. Es gab ein riesiges bodentiefes Fenster, das auch auf den Balkon führte. Von hier aus konnte man das Meer sehen. Zwar war es mittlerweile dunkel, aber am Morgen würde man einen wunderschönen Blick haben. Das riesige Bett dominierte den Raum mit einer grauen Tagesdecke und bunt gemusterten Kissen. Außerdem gab es noch ein weiteres Highlight mitten im Zimmer: eine frei stehende Badewanne.

»Willst du nicht deine Jacke ausziehen?« George war hinter Angela getreten und umschlang sie. Er küsste sie in ihr Haar.

Den Rest des Abends würde sie ihm alleine gehören und er musste zugeben, dass er sich nach diesem Moment gesehnt hatte. Er musste ihr noch etwas sagen, dringend.

»Mir ist noch ziemlich kalt«, gestand Angela. »Und ich werde wohl noch ein paar Tropfen nehmen müssen. In meinem Kopf beginnt gerade der nächste Bombenangriff.«

Sie löste sich von ihm, ging zu ihrer Handtasche und nahm einen Löffel und ein Fläschchen heraus.

»Wie eine Drogenabhängige, nicht wahr?« Sie grinste schief.

»Blödsinn.« George hörte, dass sein Tonfall zu scharf war, aber er konnte nichts dagegen tun. Er war wütend, weil die Krankheit so offensichtlich im Raum stand, so unaufhaltsam ihre Tentakel ausstreckte, um sich Angela einzuverleiben. George wandte sich ab.

»Weißt du was, ich lasse dir ein Bad ein. Dann wird dir warm, ja?«

George drehte den Wasserhahn auf, kontrollierte die Temperatur und bediente sich an den bereitgestellten Badezusätzen. Das luxuriöse Badesalz, das am Kopfende der Wanne auf einer kleinen Kommode bereitstand, duftete herrlich. Eine Mischung aus Blumen und Vanille füllte den Raum.

Als die Badewanne voll war, ging George zu Angela hinüber, die müde in einem Sessel saß. Sie wirkte sehr abgeschlagen.

»Hilft die Medizin?«

»Ja, aber ich bin wirklich müde«, gestand sie.

Angela hatte noch immer ihre Jacke an. George öffnete den Reißverschluss. Dann schälte er sie aus dem Kleidungsstück. Darunter trug sie eine einfache rote Bluse. Langsam knöpfte er sie auf, Knopf für Knopf. Unweigerlich reagierte sein Körper auf Angela, als er mehr und mehr Haut zu sehen bekam. Ein weißer BH mit Spitze kam zum Vorschein. Seine Hände strichen sanft über den Stoff. Dann zog er Angela die Bluse aus und machte sich am Verschluss des BHs zu schaffen. Endlich stand sie oben ohne vor ihm, ihre kleinen, festen Brüste schienen sich ihm entgegenzurecken. Er ermahnte sich zur Beherrschung. Aber es war schwer, so schwer. Wenigstens kurz wollte er sie berühren, nur für einen Augenblick. Er legte seine Hände auf Angelas Schultern, strich langsam hinunter zu den Schlüsselbeinen, wanderte über den Ansatz ihrer Brüste, die Brustwarzen und die Rippen hinunter zu ihrem Hosenbund. Ruckzuck waren Knopf und Reißverschluss offen. Er zog Angela ganz aus. Dann stand sie nackt vor ihm, ohne sich zu bedecken. Sie war die schönste Frau der Welt.

Am liebsten hätte er sie aufs Bett geworfen und alles Mögliche mit ihr gemacht. Aber stattdessen ging er zu ihr und hob sie in seine Arme. Sie war leicht wie eine Feder, noch leichter, als er sie in Erinnerung hatte. Mühelos trug er sie zu der Badewanne hinüber und ließ sie in das warme Wasser gleiten.

»Oh, wie schön.« Angela schloss die Augen und lehnte sich zurück. George beugte sich über sie und küsste sie. Es hätte ein zarter Kuss werden sollen. Aber das wusste Angela zu verhindern. Sie griff mit ihrer nassen Hand in seinen Nacken und hielt ihn fest. Ihre Zunge schoss vorwitzig in seinen Mund und begann, mit der seinen zu spielen. Sie sog seine Unterlippe in ihren Mund, spielte damit, entließ sie wieder. Es war ein Kuss voller Versprechen für die kommende Nacht. Ein leises Stöhnen entglitt George, bevor er es verhindern konnte.

»Wie wäre es, wenn wir uns gleich im Bett treffen?«, flüsterte Angela, als ihre Lippen sich widerstrebend trennten.

George nickte nur. Jetzt wäre ein guter Moment gewesen, es ihr zu sagen. Aber sein Herz war aus dem Takt und er hatte das Gefühl, überhaupt nicht sprechen zu können, es vielleicht nie wieder zu können. Er stand auf und zog sich bis auf T-Shirt und Boxershorts aus.

Drei kleine Worte. Warum nur war das so schwer?

Kapitel 30

Angela Riley

Die wohlige Wärme, die Angela umgab, tat ihr gut. Sie lag in der Wanne, umgeben vom zarten Duft des Badesalzes, der sie einhüllte.

Der Kuss gerade eben war pure Verheißung gewesen. Gleich würde sie gemeinsam mit dem Mann ihrer Träume unter die Bettdecke schlüpfen.

George hatte sich ausgezogen und in einen der zwei kleinen Sessel gesetzt, die eine gemütliche Sitzgruppe bildeten. Er las einen England-Reiseführer und wirkte sehr in die Lektüre vertieft.

Langsam wurde Angela zu warm im heißen Wasser. Sie hielt sich an den beiden Seiten der Wanne fest und stand auf. Die Welt verschwamm kurz vor ihren Augen. Sie wischte sich über die Augen. Seltsam. Irgendwie hatte sie das Gefühl, unscharf zu sehen. So wie kurz vor einer Migräne. Wieder kniff sie die Augen fest zusammen, schüttelte den Kopf, kniff erneut.

George war aufgestanden und zu einem Stapel Handtücher gegangen. Er umschlang Angela mit einem riesigen weißen Badetuch und rieb vorsichtig über ihren Rücken.

»Alles in Ordnung? Hast du dein Bad genossen?«

»Natürlich.« Sie lehnte sich gegen George. Bestimmt würden ihre Augen wieder funktionieren, wenn sie ausgeschlafen war.

Er hob sie aus der Wanne, dabei küsste er sie wieder, ganz zart dieses Mal. Angela wollte mehr. Seine Kraft zu spüren hatte eine unbeschreiblich erregende Wirkung auf ihren Körper.

Vorsichtig stellte er sie auf den Boden.

Angela ließ das Handtuch einfach fallen und presste sich gegen Georges Körper. Sie spürte ihn ganz nah, seine breite Brust, die weiche Haut, seine starken Arme, die sich um sie legten. Sie wusste, dass er sie genauso wollte wie sie ihn. Angela stellte sich auf die Zehenspitzen und zog George gleichzeitig zu sich herunter. Ein Kuss, der die Welt verschwinden ließ, folgte. Es war perfekt. Alles war perfekt. Wo ihr Mund aufhörte, begann seiner, es gab keine Distanz, kein Zögern. Ohne zu überlegen, zog sie George weiter, hinunter auf den flauschigen Teppich, der den Boden vor dem Bett bedeckte. Das Bett war zu weit weg, viel zu weit. Mit einer entschlossenen Bewegung entledigte sie George seiner Shorts. Er grinste sie an.

»Langsam, hm?«

»Oh nein, ganz sicher nicht.« Angela kicherte. Dann spreizte sie die Beine und zog George über sich, der laut aufstöhnte. Sie umschloss ihn mit ihren Beinen, zwang ihn, tiefer in sie zu kommen. Dann überließ sie ihm den Rhythmus. Er stöhnte erneut, halb verrückt vor Lust wie sie selbst, das sah sie in seinen Augen, die die ihren fixierten. Dann küsste er sie wieder, so wild und so tief, als ob er sie verschlingen wollte. Allein der Kuss hätte gereicht, um ihr den Verstand zu rauben. Dass George zusätzlich mit seinen Fingern ihre Brust stimulierte, war fast schon zu viel.

Sie bäumte sich ihm entgegen, sodass George ihre Hüften fest mit den Händen umschloss. Angela hielt es nicht mehr aus, ihre Erregung entlud sich schneller, als sie es gewollt hätte. Aber

George kam mit ihr zum Höhepunkt. Sie waren eins, ein einziger pulsierender Körper in perfekter Vereinigung.

Als sie etwas zu Atem gekommen waren, lag George neben ihr und hielt ihre Hand.

»Dabei wollte ich Schampus ordern und Kerzen anzünden.«

Angela stützte sich auf ihre Ellbogen. »Na, ich würde sagen, wir haben die Kerzen genug angezündet für heute Abend.«

George lachte leise. Dann beugte er sich über sie und küsste sie zart auf die Nasenspitze. »Du bist ganz schön forsch, wenn du willst.«

»Zum Glück. Sonst wäre ich ziemlich langweilig, oder?«

»Ich glaube nicht, dass du es schaffen könntest, mich zu langweilen.« Er strich ihr über den Bauch, ließ seine Hand über dem Nabel liegen.

»Gehen wir ins Bett? Was meinst du?«

Angela nickte und stand auf. Sie ließ ihren Blick durch den Raum schweifen. Vielleicht war es ja das Licht, weswegen sie noch immer nicht so gut sah, gekoppelt mit der Müdigkeit.

George war blitzschnell unter die Decke gekrochen. Wie schon in London hob George das Deckbett an und sie schlüpfte zu ihm hinein. Sie schloss die Augen und kuschelte sich an ihn, spürte seinen Körper an ihrem Rücken, wie er schon wieder auf sie reagierte, obwohl sie gerade erst miteinander geschlafen hatten. Ein Lächeln umspielte ihre Lippen, als sie langsam ins Land der Träume hinüberglitt. Nie zuvor war sie so glücklich gewesen.

* * *

Sie fror. Schon wieder. Im Halbschlaf zog Angela sich die Bettdecke fest um den Körper. Aus weiter Ferne hörte sie, dass eine Dusche aufgedreht wurde und Wasser plätscherte. Sie wollte nicht aufwachen, das Gefühl, das ihren Schlaf durchzogen hatte, war einfach zu schön, um es schon verschwinden zu lassen. Als sie eine tiefe, brummige Stimme singen hörte, war sie dennoch wach. Sie ließ die Augen zu und lauschte. George brummelte in der Dusche etwas vor sich hin. Unweigerlich musste sie lachen. Sie hätte ihn gar nicht als Duschsänger eingeschätzt. Angela öffnete die Augen nun doch und wollte sich aus dem Bett schwingen, aber es war, als wäre sie gegen eine Wand gerannt. Ihr Kopf fiel zurück auf das Kissen. Alles was sie sehen konnte, waren verschwommene Schemen. Dazu kam ein beißender Schmerz, der ihren Schädel fast sprengte. Sie rieb ihre Augen, öffnete sie wieder. Aber es wurde nicht besser, sie sah nicht.

»George?«, rief sie verzweifelt.

Er reagierte jedoch nicht, sondern sang unbeirrt weiter. Vermutlich hörte er sie einfach nicht.

»George?« Ihre Stimme war eine einzige Panik. Sie war nackt, halb verrückt vor Schmerzen und so gut wie blind. »George?«

Endlich, endlich versiegte das Geräusch fließenden Wassers. »Ja?«

»Du musst kommen. Ich sehe nichts. Oh Gott, ich sehe nicht mehr.«

»Was?« Sie hörte die Tür, er musste klatschnass, so wie er war, zu ihr gehechtet sein. Er kam auf sie zu, ein brauner Klecks, der sich bewegte. »Was ist los?«

»Ich glaube, ich bin blind.« Sie wusste, sie würde gleich in Ohnmacht fallen, wenn sie nicht aufpasste. Ihre Angst hatte eine eiserne Faust um ihr Herz gelegt und drückte zu. »Oh Gott, wie erkläre ich das Jasper?« Wie immer wanderten ihre Gedanken ganz automatisch zu ihrem Kind.

»Ruhig, ganz ruhig.« George strich ihr mit seiner rauen Hand über die Stirn. »Wo sind deine Medikamente? Damit fangen wir an.«

Seine unaufgeregte Art half. Die Faust lockerte sich ein wenig. »In der Tasche. Ich glaube, auf dem kleinen Tisch.«

Angela setzte sich jetzt doch auf, rutschte ein wenig hoch und lehnte sich gegen das Kopfende des Bettes.

»Gut. Sag mir, was du brauchst.«

Sie erklärte ihm alles und er brachte ihr die Dosis ans Bett. Fast gierig nahm Angela ihre Medizin. Der bittere Geschmack der Tropfen hatte etwas Tröstliches. Gleich wären zumindest die Schmerzen wieder in ihre Schranken verwiesen, das war immerhin etwas.

Vielleicht war sie nur deswegen halb blind, weil es heute gar so wehtat? Sie klammerte sich an jeden Strohhalm.

»Danke.«

»Nicht der Rede wert. Ich trockne mich eben ab und ziehe mir was an, dann setze ich mich zu dir. Jasper kommt sicher rüber, wenn er aufgewacht ist.« Georges Ruhe tat ihr gut. Er war so weit weg von Panik, wie man nur sein konnte.

Kapitel 31

George van Staal

Was, wenn das schon kurz vor dem Ende war? Er war nicht so weit, er war kein bisschen so weit. Die Panik traf ihn wie ein Hammer, von hinten, völlig unerwartet.

Angela so klein und so verloren zu sehen, zerbrach ihn fast. Er hielt es kaum aus. Und zugleich brauchte sie ihn. Sie brauchte ihn und kein panisches Bündel Elend. Er brachte ihr ihre Medikamente, versuchte, die dunklen Ringe unter ihren Augen zu ignorieren, das Zittern ihrer Finger nicht zu bemerken und das zu sein, was sie brauchte: ein Felsen.

Aber was, wenn es fast schon zu Ende war?

George rannte fast zurück ins Bad und starrte in den Spiegel. Die Besorgnis stand ihm ins Gesicht geschrieben. Er ertappte sich bei dem dämlichen Gedanken, dass Angela das zum Glück nicht sehen konnte. Dann senkte er beschämt den Blick. Was für ein Idiot er manchmal war!

Schnell fuhr er sich mit dem Handtuch über die Haut und schlüpfte in seine Jeans und ein einfaches Sweatshirt, bevor er wieder zu Angela hinüberging.

»Wirkt die Medizin schon?«

»Ja, langsam, aber sicher.« Sie lächelte. Er sah, dass sie es für ihn tat. Dieses Lächeln war schief und erreichte ihre Augen nicht. Die Schmerzen und die Angst hatten Angela im Griff.

Er ging unaufgefordert zu ihrem Koffer und nahm einen Pulli und eine Hose heraus. »Hier, damit du nicht so frierst.«

Liebevoll zog er ihr den Pullover über den Kopf, dann gab er ihr einen Slip und anschließend die Hose in die Hand, die sie sitzend im Bett anzog. Es wirkte etwas unbeholfen, aber sie schaffte es. Und George wollte nicht, dass sie sich fühlte wie ein kleines Kind. Ihre Hände zitterten, als sie den Knopf ihrer Hose schloss. Aber es gelang ihr.

»Komm her«, befahl George sanft, als sie fertig war. Er zog sie in seine Arme. »Wir warten gemeinsam darauf, dass es besser wird.«

Angela legte ihren Kopf auf seine Brust und George hoffte mit aller Kraft, dass sie das wilde, unkontrollierte Pochen seines Hasenherzens nicht hören würde.

Kapitel 32

Angela Riley

Sich anlehnen und darauf warten, dass es besser wurde. Das war gut. Das forderte nichts. Umschlungen von Georges Armen bei ihm zu sein und sogar noch zwischen all den Schmerzen und der Angst ihre Liebe zueinander zu spüren. Sie war geborgen.

George umschloss sie noch ein wenig fester. Gemeinsam schwiegen sie, bis George die Stille brach.

»Wir müssen nach Hause fahren, sobald du dazu in der Lage bist. Das weißt du, ja?«

Sie nickte nur. Natürlich, Doktor Cooney musste sich ihre Augen ansehen.

»Danke für gestern. Es war so ein schöner Tag.« Georges Stimme war warm und liebevoll. Er strich ihr mit einer Hand über den Rücken.

»Ich will dir die ganze Zeit schon etwas sagen, aber …«, fuhr er fort. In diesem Augenblick klopfte es energisch an die Zimmertür. Bevor er seinen Satz vollendet hatte, wurde die Tür aufgerissen und Jasper stürzte herein.

»Heute geht es nach Dover, oder? Ich habe so einen Hunger, das glaubt ihr gar nicht.« Er redete ohne Punkt und Komma.

Angela hatte sich sofort aus Georges Umarmung gelöst, aber Jasper schien sich gar nicht an der zärtlichen Geste und der Nähe zwischen ihr und George zu stören.

»Mum? Können wir frühstücken gehen?«

Angela wusste, dass sie Jasper sagen musste, dass es ihr nicht gut ging. Sie war es ihrem Jungen schuldig. Aber es war schwer. Es würde ihm Angst machen.

»Komm mal her, Jasper.« Georges ruhige Stimme dirigierte den Jungen heran. Er setzte sich auf die Bettkante.

»Angela geht es heute nicht so gut. Wir werden so schnell es geht zurückfahren, ja? Deine Mum muss dringend mit ihrem Arzt sprechen.«

»Okay.« In diesem Wort war so viel nicht okay, wie es nur sein konnte. Wie Jasper es sagte, nur diese vier Buchstaben. Nichts war okay – und der Junge wusste es.

»Wenn du magst, gehe ich rasch mit dir runter und du machst dir eben ein kleines Frühstück, wie wäre das?«

»Nein, ich habe keinen Hunger.«

»Aber …« Angela wollte sich einmischen, den Jungen dazu bringen, etwas zu essen. Wie Mütter es eben tun.

»Nein, Angela. Er hat keinen Hunger, verstehst du?« George klang eindringlich. Und Angela verstand. Jasper wollte nichts essen, weil der Zustand seiner Mutter ihm gehörig auf den Appetit schlug. Wie sie wohl aussah? War es so schlimm, dass sie ihm Angst machte?

»Es ist nicht so schlimm«, zwang sie sich zu sagen. »Wird sicher wieder, hm?«

»Mum. Es wird nicht. Und ich weiß das.« Er klang wie ein Mann. Ihr Baby war viel zu früh erwachsen geworden.

»Es tut mir so leid.« Sie flüsterte.

Jasper legte seine Hand auf ihre. »Du kannst nichts dafür. Wir fahren nach Hause und du gehst zu Doktor Cooney.«

George legte kurz den Arm um Angela und drückte ihr einen Kuss an die Schläfe. »Wir schaffen es schon. Geht es dir denn besser?«

Sie nickte. »Ja, die Schmerzen lassen nach. Ich kann nicht besser sehen, wenn es das ist, was du meinst. Aber wir können zurückfahren.«

»In Ordnung. Jasper, gehst du eben packen? Dann mache ich hier klar Schiff.«

»Ja, gut, Onkel George.«

Angela stutzte. Hatte George es auch gehört? Es war so natürlich aus Jaspers Mund gekommen. War es ein Versehen gewesen? George ging nicht darauf ein. Er korrigierte Jasper auch nicht.

»Bis gleich.« Jasper ließ die Tür hinter sich zukrachen, wie nur Kinder es tun.

Angela sah den verschwommenen Umriss, zu dem George geworden war, durch den Raum gehen und hörte, wie er die großen Fensterflügel öffnete. Die kühle Meeresluft füllte das Zimmer. Angela konnte hören, wie die Wellen sich leise am Ufer brachen. Sie schloss die Augen und konzentrierte sich auf Ohren und Nase. Diesen Geruch würde sie mitnehmen.

* * *

»Ich glaube nicht, dass das besser werden wird.« George und Jasper standen neben dem Sofa, auf dem Angela lag, während Doktor Cooney sie untersuchte.

Er hatte in Angelas Augen geleuchtet, ihre Reflexe überprüft – und das war es im Wesentlichen.

»Kann man denn nichts tun?« George klang flehentlich. Angela hatte ihn nie so kleinlaut gehört.

»Es tut mir leid.« Er schüttelte den Kopf.

»Wie lange habe ich noch Zeit?«

Der Arzt zögerte. »Vielleicht sollten wir das alleine besprechen?«

»Nein. Das ist in Ordnung.«

Cooney seufzte. Eigentlich war das schon Antwort genug. »Das lässt sich schwer sagen.«

Er räusperte sich geräuschvoll. »Sie sollten Ihre Angelegenheiten in Ordnung bringen.«

Jasper schwieg die ganze Zeit über. George atmete geräuschvoll ein. Sie hörte ihn, sie kannte sogar seine Art zu atmen so genau, dass sie ihn daran unter tausenden herausgehört hätte.

»Dazu fällt mir etwas ein. Können wir vielleicht doch kurz unter vier Augen miteinander sprechen, Doktor?« Angela richtete sich auf. Die Schmerzen hatten sich nach der Spritze des Arztes in Luft aufgelöst – und ein High hinterlassen, das die Welt weichzeichnete.

»Selbstverständlich.« Cooney wandte sich an George und Jasper. »Wären Sie so freundlich?«

»Natürlich.« George strich über Angelas Schulter. Er suchte den Kontakt mit ihr, wann immer es ging. »Komm, Jasper. Wir werden sehen, ob wir auch ohne Carl ein paar ordentliche Pancakes machen können. Was meinst du?«

»Okay.« Da war es wieder. Dieses Okay, das kein bisschen okay war. Keine Spur von der großen Begeisterung, die Angela ihm gewünscht hätte.

Als die Tür geöffnet wurde und sich wieder schloss, bat Angela den Arzt, sich zu setzen. Sie würde ihre Sachen jetzt in Ordnung bringen, so gut sie konnte.

»Sie müssen mir bei einer ganz besonderen Sache helfen. Könnten Sie das für mich tun?«

»Aber natürlich, für Sie immer.« Sie hörte sein Lächeln. Es ging überraschend schnell, die Ohren auch sehen zu lassen.

»Gut. Dann brauchen wir Papier und einen Stift aus der Kommode unter dem Fenster.« Angela lehnte sich zurück in ihr Kissen. Sie wusste ganz genau, was jetzt zu tun war.

Kapitel 33

George van Staal

In ohnmächtiger Wut riss George eine Pfanne aus dem Küchenschrank. Er konnte nicht denken. Es wurde wahr. Er würde Angela verlieren. Ohne seine Energie kontrollieren zu können, knallte er die Pfanne auf den Herd.

Er öffnete den Kühlschrank mit solchem Schwung, dass die Weinflasche in der Tür gegen das danebenstehende Ketchup geschleudert wurde und es laut klirrte.

»Wo sind die blöden Eier?« Seine Augen brannten, seine Seele brannte. Er hasste, was da gerade passierte.

»George?«

»Ja?«

»Können wir bitte keine Pancakes machen?« Jasper hatte sehr leise gesprochen.

George hielt inne und drehte sich zu ihm um. Der Junge, der gerade noch so groß gewirkt hatte, wirkte jetzt winzig.

Ihm wurde eines schlagartig klar: Er selbst, George, war der Erwachsene. Er musste sich gefälligst zusammenreißen, so lange das Kind und er alleine waren.

»Natürlich.« Er selbst hatte ohnehin keinen Hunger. Er konnte sich nicht vorstellen, dass er je wieder Hunger haben würde. »Was möchtest du machen?«

Jasper zuckte mit den Schultern. »Ich weiß es nicht. Ich weiß es wirklich nicht.« Er schaute auf den Boden.

Es war ganz still in der Küche. So still, dass George eine Träne hörte, die auf den Küchenboden klatschte. Sanft schloss er die Kühlschranktür und ging zu Jasper hinüber.

»Möchtest du, dass ich dich umarme?«

Jasper sagte nichts. Er stand nur da, mit gesenktem Kopf. George trat näher heran und zog ihn in seine Arme, ganz vorsichtig, jederzeit bereit, den Jungen loszulassen. Aber Jasper wollte nicht losgelassen werden, er umschloss George mit seinen dünnen Kinderarmen. Ein Gefühl, das er noch nie erlebt hatte, durchfuhr ihn. Er wollte Jasper beschützen, bis Carl wiederkam. Er wollte ihm so lange der Fels sein, den er so dringend brauchte.

»Komm, wir rufen Carl an, ja? Hast du seine Nummer?«

Jasper nickte. »Ja, klar. Er hat ein Handy.«

Carl ging nicht dran. Also schickten sie ihm eine Nachricht. Jasper tippte die Buchstaben in das Smartphone, erstaunlich schnell, schneller als George es gekonnt hätte.

»Weißt du, was ich so fürchterlich finde?«

»Was denn?«

»Ich habe Angst, dass ich nie wieder froh sein werde. Alles erinnert mich an meine Mutter.« Jasper und George hatten sich an den Küchentisch gesetzt.

»Ja, ich weiß.«

»Du hast es einfacher, du fährst einfach wieder weg. Aber ich bleibe hier. Und ich habe all diese Erinnerungen. Wahrscheinlich bleibe ich für immer traurig.« Jasper sprach im Brustton der Überzeugung.

George dachte nach. »Nein, das glaube ich nicht. Ich denke, das wird sich mit der Zeit verändern. Als meine Mutter gestorben ist, hat mich am Anfang jeder Stein auf der Farm an sie erinnert. Es war ganz schrecklich, weißt du.«

Jasper schaute George jetzt aufmerksam an.

»Aber mit der Zeit hat es sich gewandelt. Da tat es nicht mehr so weh, meine Mutter auf Fotos zu sehen oder eine Tischdecke aufzulegen, die sie bestickt hat. Es war eher so, dass ich lächeln musste in solchen Momenten. Es war schön, dass ihr Andenken weitergelebt hat. Verstehst du das?«

»Ich weiß nicht«, gestand Angelas Sohn offen heraus.

»Ich schon.« George langte über den Tisch und drückte Jaspers Hand. »Das kommt irgendwann.«

»Aber jetzt halte ich es kaum aus.« Jasper war ein winziges Häufchen Elend.

George spürte, wie Tränen in seine Augen traten und seine Mundwinkel unkontrolliert zu zittern begannen. »Ich weiß. Ich auch nicht, Jasper.«

* * *

Es war stockfinster im Zimmer. George lauschte Angelas Atemzügen.

»Atme mit mir, Angel, atme!« Der Gedanke war wie ein Mantra. Er wiederholte ihn immer wieder. Als Doctor Cooney gegangen war, hatte George ihn gefragt, wie es weitergehen werde. Welcher Tod erwartete Patienten mit einem Glioblastom, das wollte er wissen.

»Ich kann es Ihnen nicht sicher sagen. Aber es besteht die realistische Möglichkeit, dass Angela einfach einschläft.«

»Was?«

»Ja. Viele Patienten wachen nicht mehr auf. Das ist eine sehr friedliche Art zu gehen, wenn man es bedenkt.« Der Arzt reichte George die Hand.

Friedlich, hatte er gesagt. Es kam ihm nicht friedlich vor. Es kam ihm schrecklich vor, neben Angela einzuschlafen und ohne sie aufzuwachen. Deshalb schlief er erst gar nicht ein. Seit Stunden lauschte er ihren Atemzügen, bei jeder Unregelmäßigkeit aus dem Gleichgewicht gerissen. »Atme, Angel. Atme mit mir!«

Er versuchte, im Dunklen ihr Gesicht zu sehen, ob ihr Hautton sich veränderte, ob ihre Lippen sich bläulich verfärbten. Aber er konnte im Finstern nichts erkennen. Ihm blieb nicht mehr, als auf ihre Geräusche zu horchen.

Er wollte doch nur, dass sie atmete. Das war doch nicht zu viel verlangt, nein, kein bisschen zu viel. Sie sollte einfach weiter atmen.

Sie hatte sich selbst ins Bett getastet am Abend zuvor, voller Würde, obwohl sie kaum etwas sah. Ihre durchscheinende Blässe, ohne Make-up noch deutlicher zu sehen, gab ihr etwas Puppenhaftes. Die Haut bildete keinen Kontrast zu den weißen Laken mehr.

Und da sagte er etwas, das er fühlte. Endlich sagte er etwas. »Ohne dich werde ich einfach in meine Einzelteile zerfallen und nie wieder ganz sein.«

Zu seiner Überraschung lachte Angela. »Natürlich wirst du das sein. Ich plane nicht, einfach so zu verschwinden.«

»Es sieht aber ganz danach aus.«

»Oh nein. Ich lebe in allen möglichen Dingen weiter.«

George dachte daran, wie er Jasper genau das gesagt hatte, vor wenigen Stunden.

»Trotzdem.« Er fühlte sich trotzig, am liebsten hätte er mit dem Fuß aufgestampft. »Ich wollte Jahre mit dir.«

»Ich weiß.« Angela breitete die Arme aus. Zum ersten Mal hatte er das Gefühl, schwächer als sie zu sein. George legte seinen Kopf an ihre Brust, ließ sich von ihr über die Stirn streicheln. Sie sprach weiter. »Du musst mir versprechen, nicht aufzugeben und dich neu zusammenzusetzen, hörst du?«

Er versuchte zu nicken.

»Ich war auch erst so wütend, wegen Jasper und auch wegen dir. Ich wollte euch nicht alleine lassen. Aber jetzt denke ich, dass es auch gut sein wird, zu gehen. Ich will nicht blind und mit Schmerzen ewig leben. Das ist schrecklich!« Ihr Tonfall war eindringlich geworden. »Kannst du das verstehen?«

George hob den Kopf, betrachtete das blasse Persönchen, ein Schatten ihrer selbst.

»Ja.« Er sagte es widerwillig. Gleichzeitig kam er sich wie ein Egoist vor, weil er sie nicht gehen lassen wollte.

Kurz nach seinem »Ja« war Angela eingeschlafen, tief erschöpft. Und er konnte es nicht. Er konnte die Augen nicht zumachen.

»Atme, Angel, atme!«

Es war lächerlich. Warum sollte genau jetzt etwas passieren? Genau heute? Wie albern, sich die Nacht um die Ohren zu schlagen. Besser war es, morgen noch mal alles in sich aufzusaugen, und übermorgen und an allen Tagen danach mit ihr. Er schaute in ihr ebenmäßiges Gesicht, ganz entspannt lag sie da.

»Es ist so schön mit dir«, flüsterte er.

Dann schloss er die Augen und der Schlaf riss ihn mit sich wie ein Bergbach nach wochenlangem Regen.

* * *

George schreckte aus tiefem Schlaf auf. Er saß im Bett, die Augen weit aufgerissen und schaute sich hektisch um. Was war passiert? War etwas passiert? Angela lag neben ihm und schlief tief und fest. Sein Herz schlug bis zum Hals. Kalter Schweiß stand ihm auf der Stirn. George atmete tief ein. Er saß im Bett, in sich zusammengefallen. Nicht mehr so angespannt, und lauschte auf die Umgebung. Es war gegen Morgen, bald würde die Sonne aufgehen. George schaute in Richtung Fenster, wo die nächtliche Schwärze schon einem Grauschleier gewichen war. Langsam kam er zur Ruhe. Jetzt würde er wieder schlafen können. Er legte sich zurück auf das Kissen und schaute zu Angela hinüber.

Sie wirkte so friedlich. Er konnte nicht anders als ihr über die Wange zu streichen, Gefahr laufend, sie zu wecken. Aber ihr Anblick rührte ihn. Er wünschte sich, sie würde immer diesen Frieden haben. George berührte ihre Haut. Wie kühl sie war! Er zuckte zusammen und zog seine Finger weg. Alles an ihm war ein einziger Schock. Er wusste jetzt, was anders war, was fehlte. Angelas Atemzüge fehlten. Er befreite sie von der Bettdecke.

»Angel, atme mit mir!« George sagte es laut, zum ersten Mal sagte er es laut. Er legte seinen Kopf an ihren Brustkorb und horchte. Aber da war nichts, kein Schlagen, nicht der Hauch eines Geräusches.

»Angela?« George spürte, wie ihm alles entglitt. Er setzte sich wieder auf. Er wollte sie schütteln, er wollte sie an sich reißen, er wollte sie ins Leben zurückprügeln. Er hätte alles getan, um sie zurückzuholen.

Behutsam zog er Angela an sich und umfing sie mit seinen Armen. Er merkte nicht, dass er weinte. Sein Körper fühlte sich an wie ein einziger Krampf. Alle Emotionen waren einer Starre gewichen, aus der es kein Entrinnen gab. Er wiegte sie hin und her, gemeinsam mit sich selbst.

»Oh, Angel, bitte atme mit mir. Bitte atme doch mit mir. Nur noch dieses eine Mal.« Er flüsterte es ihr zu, redete auf sie ein, bis er auch das aufgab. Das Schicksal ließ nicht mit sich handeln.

Dann saß er nur noch da, Angela fest in seinen Armen, und starrte vor sich hin, während der Tag begann, den Raum mit mehr und mehr Licht zu füllen.

Er wusste, dass er Jasper holen sollte. Er wusste, Carl musste kommen und sich um den Jungen und alles andere kümmern. Aber er konnte nicht. Wenn er Jasper holte, würde es unwiederbringlich wahr werden.

»Angela, ich liebe dich.« Er sagte es jetzt. Zu spät. Er wollte, er wäre nicht so ein jämmerlicher Feigling gewesen, der so elendig mit seinen Worten ringen musste, wann immer es wichtig wurde.

George umklammerte Angela noch ein wenig fester. Er sog den Duft ihrer Haare ein, wollte ihn konservieren für die Ewigkeit. Doch er würde verfliegen. Wie alle Dinge, einfach verfliegen. Ein lautes Schluchzen füllte den Raum aus bis in den letzten Winkel. George wusste nicht, dass er selbst es war, der so bitterlich weinte.

Aber er weinte und weinte. Und es würde Stunden dauern, bis er damit aufhören konnte.

Kapitel 34

George van Staal

»So. Das wäre es dann wohl.«

Sie standen vor dem Flughafengebäude. In zweieinhalb Stunden würde Georges Flieger nach Südafrika starten. Gleich würde er durch die Sicherheitskontrollen gehen, zurück in sein altes Leben, das irgendwie nicht mehr sein altes Leben war. Trotzdem: Er freute sich auf die Farm, auf die Ruhe. Dort würde er endlich trauern und sich hoffentlich am Ende selbst wiederfinden, weiterleben können.

Carl hielt den blassen, dünnen Jasper im Arm. Der Junge würde in den nächsten Tagen zu seiner Pflegefamilie ziehen, zu einem Kerl, der gern Vogelhäuschen baute, und einer Frau, die steif und fest behauptete, Engel und Auren zu sehen. George hatte sich die Namen der beiden nicht merken können. Die zwei waren zur Beerdigung gekommen, einfach, um da zu sein. Sie wirkten nett – und George hoffte, dass der Junge dort zurechtkommen werde. Am Tag der Beisetzung hatte er das Ehepaar ignoriert, aber natürlich war er, genau wie George und Carl, sogar noch weit mehr als die beiden erwachsenen Männer, aus seinem Leben geschleudert worden.

Die letzten Tage lagen hinter einem dichten Grauschleier. Beerdigungen waren skurrile Veranstaltungen, mit denen George nichts anfangen konnte. Schon die Beisetzung seiner Mutter war für ihn nicht die Gelegenheit gewesen, um sie zu trauern. Dafür brauchte er die Natur, seinen eigenen Platz, an dem er die Erinnerung fand. Er dachte an den Köcherbaum, wo Angela ihm das erste Mal aufgefallen war, wo sie zu mehr als einem Gast geworden war.

George sehnte sich so sehr nach diesem Ort. Dort würde er beginnen können, abzuschließen. Die Ruhe der Natur hatte schon so viel in seinem Leben gerichtet, sie würde auch jetzt helfen, jedenfalls hoffte George es. Wenn ihm das nicht gelänge, wenn das Gefühl der letzten Tage bliebe, würde er vor Trauer verrückt werden.

Angela war überall. In jeder Ritze ihrer Wohnung, in der Kleidung, in seinen Erinnerungen. Eigentlich hatte er sie nicht lange gekannt, aber er *kannte* sie so gut.

»Wir bleiben in Kontakt, ja?« George stellte seinen Koffer ab.

»Natürlich!« Carl war noch immer sehr blass. Er hatte sich vor der Beerdigung die Haare abgeschnitten und sah ganz fremd aus ohne seinen Zopf, als wäre er plötzlich auf grausame Art erwachsen geworden.

»Können wir uns schreiben?«, bat Jasper. Er trat einen Schritt vor. »Ich meine, nur wenn du magst.«

»Ob ich mag? Natürlich mag ich, Mensch! Und du könntest mich mal in Südafrika besuchen, wie wäre das?« George fuhr dem Jungen durch die Haare.

Dessen Augen blitzten kurz auf, bevor die traurige Düsternis der letzten Tage wieder die Oberhand gewann. »Gehst du dann mit mir Leoparden jagen?«

George lachte. »Ich jage sie nicht. Ich beobachte sie. Aber ja, wir versuchen, einen zu finden, wenn du mit mir auf Safari gehst, in Ordnung?«

Jasper nickte energisch. »Das machen wir. Hand drauf!«

Der Junge streckte George die Hand hin. Der griff danach und zog den Jungen in seine Arme. Der kleine Körper verschwand darin. Er drückte ihn nur eine Sekunde, dann ließ er ihn wieder los.

George schaute zu Carl.

»Es war schön, dich kennenzulernen. Sie hat dich sehr geliebt, weißt du.« Carl sprach leise, aber intensiv.

George schluckte, aber dem dicken Klumpen in seinem Hals war nicht beizukommen. »Ich sie auch. Ich habe sie sehr geliebt.«

Er sagte es laut, vor Menschen. Vielleicht war es gar nicht so schwer, das mit den Worten. Vielleicht konnte er es noch lernen, genau das zu sagen, was er wollte.

Carl langte in die Innentasche seiner Jacke. »Das hier habe ich im Regal im Wohnzimmer gefunden.« Er zog einen Briefumschlag hervor und reichte ihn George.

In einer Schrift, die er noch nie gesehen hatte, stand da sein Name. Er hatte Angelas Schrift nie gesehen, fiel ihm da ein. Er hatte mit Sicherheit ganz viele Dinge über sie nie herausgefunden, es war viel zu wenig Zeit gewesen.

Er schluckte wieder. Der Klumpen wuchs und wuchs. Er musste gehen, alleine sein.

»Danke.« George beugte sich zu seinem kleinen Handgepäckrucksack hinunter und steckte den Brief hinein. Er würde ihn später alleine lesen. Vielleicht war er wichtig. Vielleicht nicht. Auf jeden Fall würde es die letzte Nachricht von Angela an ihn sein.

»Man sieht sich, oder?« Carl klopfte George auf die Schulter, ungelenk, aber liebevoll.

»Ja. Auf jeden Fall.« George nahm seinen Rucksack hoch, der viel schwerer als zuvor schien, jetzt, wo er den Brief von Angela enthielt.

»Es ist prima, euch zu kennen und als Freunde zu haben!« Das klang ein wenig eckig, ungeschliffen. Aber George blieb seinem Entschluss treu: mehr Wörter. Man bereute am Ende nur die Dinge, die man nicht gesagt hatte.

Alle drei Männer lächelten. Auch Jasper wurde gerade zum Mann, auf eine Art war er aus seiner Kinderwelt geworfen worden.

Dann drehte George sich um und ging durch die elektrische Tür nach drinnen, ohne sich noch einmal umzudrehen.

* * *

»Guten Morgen, Sir! Ihren Pass bitte und Ihr Ticket.« Die Dame am Schalter lächelte ihn freundlich an, aber er nahm sie gar nicht richtig wahr. Wortlos schob er ihr die verlangten Dokumente hinüber. Sie drückte auf ihrer Computertastatur herum und reichte ihm einen Boarding Pass.

»Sie fliegen von Gate D4, Mr van Staal.«

George nickte und steckte den Boarding Pass in seine hintere Hosentasche.

»Vielen Dank.« Gemächlichen Schrittes ging er in Richtung Passkontrollen. Der Brief in seinem Rucksack machte ihn unruhig. Er wollte wissen, was Angela ihm geschrieben hatte – aber er wollte den richtigen Moment dafür abwarten.

Als er die Sicherheitsschleuse erreichte, stand da eine gewaltige Menschentraube. George stöhnte. Das würde eine Ewigkeit dauern. Er schaute auf die Uhr. Zwei Stunden blieben ihm noch bis zum Abflug. Zeit genug, um ein wenig zu warten. Gegenüber der Passkontrolle befanden sich ein paar Bänke. George ließ sich auf eine davon fallen und nahm den Rucksack ab. Er öffnete den Reißverschluss und nahm den Brief heraus. Jetzt? Wirklich?

George schaute sich um. Menschen, die sich allesamt nur um sich selbst kümmerten. Neben ihm, auf der Nachbarbank, schlief eine Frau in einem rosa Kostüm mit passendem Hut, der ein Blumendekor an der Krempe hatte. Weiter hinten sprang ein kleiner Junge immer wieder von der Bank auf den Boden, während die Mutter genervt auf ihr Handy starrte. Auf der anderen Seite von George saß ein Paar, das sich zärtlich küsste. Schnell wandte er den Blick ab und wieder seinem Brief zu.

Er drehte ihn um. Der Umschlag war nicht zugeklebt. George zog die Lasche aus dem Umschlag. Ein weißes Papier, wieder mit der krakeligen Handschrift, kam zum Vorschein. Es knisterte leise, als George es auffaltete. Die Welt um ihn herum verschwand, als er zu lesen begann.

> »Lieber, nein, liebster George,
> wenn Du diese Zeilen liest, bin ich gegangen. Sei nicht so traurig, ja? Ich bin glücklich gestorben und das ist viel wert, würde ich meinen. *Du* hast mich glücklich gemacht. Und ich weiß, dass wir sehr lange glücklich gewesen wären, wenn wir die Chance dazu gehabt hätten.
>
> Seltsam, es war, als ob ich Dich erkannt hätte, und ich weiß, dass Du mich genauso sehr geliebt hast wie ich Dich. Mach dir keine Sorgen darüber, dass Du es mir nicht gesagt hast. Wir haben einfach zusammengehört. Dass Du extra für mich bis nach London kamst – allein das hat mir bewiesen, was wir füreinander sind. Danke, dass Du kein Feigling bist.

Und weil Du kein Feigling bist, habe ich eine Frage an Dich, eine einzige, letzte Bitte. Ich weiß, wie groß sie ist. Ich weiß, dass es schwer ist. Aber ich weiß auch, dass Du der Richtige bist, der, den ich fragen *sollte*.

Wenn Du es nicht möchtest, verstehe ich es. Ich frage in einem Brief, weil ich die Frage nicht persönlich stellen kann – manche Antworten wären mir an diesem Punkt meines Lebens unerträglich. Drum versteh bitte, dass ich erst jetzt damit herausrücke, ja?

Schau Dir die Fotos an, die ich diesem Brief beigelegt habe. Was siehst Du?

Vielleicht ist es Einbildung oder Wunschdenken, aber mein Herz sagt mir, da ist mehr.

Deshalb frage ich Dich: Wer ist Jaspers Vater?

Ich glaube, wir wissen es alle beide. Sei *Du* sein Vater, wenn Du es kannst.

In tiefer Liebe,

Deine Angela

Geschrieben und mit Unterschrift bestätigt von Doctor Arthur Cooney.

Die Patientin befand sich im Vollbesitz ihrer geistigen Kräfte.«

George tastete nach dem Umschlag, den er achtlos neben sich gelegt hatte und schaute hinein, aber er war leer. Panisch suchten seine Augen die Umgebung ab. Da lag ein weißer Streifen auf dem Boden, direkt vor seinen Füßen. Er hob ihn hoch und drehte ihn um.

Da waren Angela, Jasper und er. Alle drei streckten der Kamera die Zunge raus. George hatte die Bilder nicht gesehen, Angela hatte sie, nachdem der Automat sie entwickelt hatte, an sich genommen und weggesteckt, bevor er sie ansehen konnte. Für ihn war es nur ein bedeutungsloses Souvenir gewesen. Jetzt wurde ihm klar, dass das hier die letzten Fotos von Angela waren. Tränen traten in seine Augen, die er mit dem Handrücken grob wegwischte, nur, damit sie von neuen ersetzt wurden. Er schaute auf die Bilder, auf dem letzten lachten sie in die Kamera. Georges Hand lag auf Jaspers einer Schulter, Angelas auf der anderen. Und er sah es. Er wusste genau, was Angela gemeint hatte, natürlich wusste er es. Auf dem Bild war eine Familie zu sehen, man sah, dass Jasper und er eine Verbindung hatten – und das, obwohl sie sich erst so kurz kannten. George starrte auf das Bild.

»Wer ist Jaspers Vater?«, hatte Angela gefragt.

Er stützte seine Stirn in seine Hand und konnte gar nicht aufhören, das Foto zu betrachten. Angelas Lachen, die Sommersprossen, die kurzen Haare, die feingliedrigen Finger. Jaspers breites Kindergrinsen, die dunklen Haare, die strahlenden Augen. George hatte viel Spaß gehabt an diesem Tag. Er liebte den Jungen, der einen Teil Angelas in sich trug. Das stand außer Frage.

»Wer ist Jaspers Vater?«

Konnte er ein Vater sein? Konnte *er* Jaspers Vater sein?

Die Wahrheit war, dass er es nicht wusste. Aber vermutlich wusste keiner im Vorfeld, ob er als Elternteil etwas taugte. Da war er mit Sicherheit nicht der Erste, der Angst vor dem eigenen Versagen hatte. Oder?

George schaute hinüber zur Passkontrolle. Die wartende Menge war verschwunden. Er hätte nur an den Schalter gehen müssen. Dann hätte er zurückfliegen und vielleicht sogar so tun können, als ob nichts geschehen wäre.

Er las den Brief von Angela noch einmal. Unter anderen Umständen hätten sie bestimmt irgendwann weitere Kinder bekommen, eine Familie gegründet – mit Jasper. Dann wäre er *auch* sein Vater geworden, nicht wahr? Wäre es dann jetzt nicht so, als würde er sich vor der Verantwortung drücken?

Außerdem war das, was er da in der Hand hielt, Angelas letzter Wille.

George saß lange da, betrachtete die Fotos immer wieder, las den Brief erneut. Die Zeit verging. Aus Minuten wurde eine halbe Stunde, eine Dreiviertelstunde.

Er wälzte seine Fragen, kam zu keiner Lösung und fasste am Ende doch einen Entschluss.

George stand auf. Er atmete tief ein, wischte sich eine letzte Träne aus dem Augenwinkel und griff nach seinem Rucksack. Schnurstracks ging er auf die Passkontrolle zu. Unmittelbar vor dem Zollbeamten blieb er stehen. Er öffnete den Rucksack. Sorgfältig verstaute er den Brief und den Fotostreifen im Inneren. Dann schulterte er das kleine Gepäckstück und ging weiter in Richtung der Ausgänge.

Er würde Jasper fragen. So einfach war das.

Als George die eiskalte Winterluft entgegenschlug, wusste er zum ersten Mal ganz sicher, dass das Leben weitergehen würde, und dass es gut werden konnte – am Ende sogar genau deswegen, weil er Angela gekannt hatte.

Ohne den Hauch eines Zögerns winkte er ein Taxi heran und nannte Jaspers Adresse. Es war an der Zeit, ein neues Leben zu beginnen.

Epilog

George van Staal

Ein Jahr später, Blouberg Strand, Kapstadt

Der Wind fegte über den Strand und Sandkörner wurden gegen ihre nackten Beine geschleudert. Es war ein herrlich warmer Sommertag. George war mit Jasper nach Kapstadt gefahren, um ein paar Tage rauszukommen, bevor die Hauptsaison begann und sich auf der Farm die Touristen die Klinke in die Hand geben würden.

Obermöllers hatten sich angekündigt und gleich noch die Walkingsafari gebucht. George konnte nicht fassen, dass Renate und Horst sich die Tour ein weiteres Mal »gönnten«, nach den Geschehnissen im Jahr zuvor. Aber natürlich war es nicht an ihm, das zu entscheiden.

»Hey, schau mal, da vorn!« Eine Reihe Kitesurfer hatte sich bereitgemacht, sich den Wetterbedingungen zu stellen.

»Können wir da ein bisschen zuschauen?« Jasper war begeistert und rannte ein Stückchen voraus.

Der Junge war gewachsen im letzten Jahr, nicht nur körperlich. Seit er mit nach Afrika gekommen war, war er aufgeblüht.

Es hatte ihm gutgetan, das alte Leben hinter sich zu lassen. Auch wenn er natürlich noch oft traurig war und seine Mutter vermisste, gab es für ihn so viel Neues zu entdecken, dass ihn das oft voll und ganz in Anspruch nahm.

George merkte, dass die Wunden des Jungen heilten, besser als die seinen. Er selbst sah Angela so oft in Jaspers Augen oder der Art, wie er sich bewegte. Dazu seine Neugier und die Abenteuerlust – die musste er einfach von seiner Mum geerbt haben.

Sie waren schon so manches Mal miteinander im Busch gewesen. Jasper liebte es, George hinaus in die Wildnis zu begleiten, die er mit allen Sinnen in sich aufnahm. Er hatte schießen und viel über die Farm und die Natur gelernt. Er war ein gelehriger Junge, der am liebsten draußen war – und die Schule als notwendiges Übel betrachtete.

Und George war so manches Mal von Jasper gerettet worden, wenn die Traurigkeit ihn mit sich zu reißen drohte. Es half, sich für den Jungen zusammenzunehmen.

Jetzt stand er ganz kurz vor der Pubertät, die ersten Pickel sprießten schon, wie George bemerkt hatte. Und er war in die Länge geschossen. Bald würde er George bis zur Schulter gehen.

George schaute über das Wasser hinüber nach Kapstadt. Der Tafelberg überragte majestätisch die Silhouette der Stadt. Blouberg Strand war einer der schönsten Orte Kapstadts, wenn man George fragte. Ob Angela je hier gewesen war? Er wollte, sie hätte mit ihm zusammen diesen herrlichen Ort genießen können, dachte er wehmütig.

»Wo bleibst du denn?« Jasper war unbemerkt zu ihm zurückgekommen und hatte George aus seinen dunklen Gedanken gerissen.

»Ich komme ja!« So weit war es wohl mit der Pubertät doch noch nicht gediehen. Jasper nahm ihn nämlich tatsächlich bei der Hand und zog ihn mit sich.

»Schau mal, der da! Das will ich später auch mal lernen.« Jaspers Begeisterung war wie immer ansteckend. George beobachtete voller Bewunderung einen Kitesurfer, den der Wind mehrere Meter hoch über das Wasser hob und dann wieder hinunter auf einen Wellenkamm klatschen ließ. Bei der Vorstellung, dass Jasper dieser Surfer sein könnte, zog sich jedoch alles in ihm ängstlich zusammen. Hoffentlich war das nur eine fixe Idee.

Sie standen eine Weile da und beobachteten die Kitesurfer, die wilde Kapriolen auf dem Wasser schlugen und ihre akrobatischen Moves dabei federleicht aussehen ließen. Am Horizont war ein kleines Frachtschiff unterwegs, während zu ihren Füßen ein paar Möwen im seichten Wasser staksten, immer auf der Suche nach etwas Fressbarem.

Ein herrlicher Tag! Weiter den Strand entlang paddelten ein paar Kinder mit Surfboards im Wasser.

»Wie wäre es, wenn wir dir erst mal so eins besorgen?« George deutete auf einen Jungen in Jaspers Alter, der gerade juchzend von einer Welle an Land gespült wurde.

»Na gut, Deal!« Jasper grinste George an.

»Komm, mein Junge, wir schauen mal, dass wir was zum Essen bekommen, bevor wir an die Waterfront fahren. Hast du Hunger?« Er legte seinem Ziehsohn die Hand auf die Schulter, als sie weitergingen.

Jasper nickte. »Bärenhunger.«

»Sehr gut.« George war froh, dass der Junge seinen Appetit wiederentdeckt hatte. Auch das hatte erst Südafrika mit sich gebracht. In London war es schwer gewesen, ihn zum Essen zu überreden. Als George ihm vorsichtig das Angebot gemacht hatte, ihn mitzunehmen, hatte er zwar sofort zugestimmt, aber der Behördenweg war ein Spießrutenlaufen gewesen und natürlich hatte die Trauer um seine Mum wie ein dunkler Schatten über allem gelegen.

»Schau mal, da vorne, das sieht doch nett aus!« George deutete auf ein Restaurant mit vielen bunten Schirmen, die vom Wind hin und her geschüttelt wurden. Das Lokal war nur durch die Straße vom Strand getrennt.

Sie setzten sich an einen Tisch im Schatten, der dem Meer am nächsten war. George begann, die Speisekarte zu studieren, die schon auf dem Tisch lag.

»Lass mich raten«, sagte er zu Jasper.

Der Junge grinste.

»Also gut. Fish & Chips wie immer, du alter Engländer.« George lachte.

Er selbst würde einen Salat mit gebratenen Garnelen ordern.

»Kann ich auch eine Cola haben? Ist ja Urlaub, oder?«

»Na gut. Aber sag das nicht Grandpa Hans, okay?« George hob drohend seinen Zeigefinger.

Jetzt war es der Junge, der kicherte. Jasper und Hans waren vom ersten Moment an Verbündete gewesen. Hans verbrachte seine gesamte Freizeit mit dem Jungen, erklärte ihm die Vogelarten, zeigte ihm, wie man Spuren las und spielte mit ihm Monopoly, so oft Jasper es wollte. Hans wäre vermutlich der Erste gewesen, der Jasper eine Cola bestellt hätte.

George und Jasper schauten aufs Meer und beobachteten die bunten Kites, bis die Bedienung kam, um ihre Bestellung aufzunehmen.

»Eine Cola, ein Castle Lager, die Fish & Chips und diesen Salat hier«, orderte George.

»Mit Joghurtdressing? Oder möchten Sie lieber Essig und Öl, Sir?«

»Ähm, Joghurt, danke.«

»Gut.« Die Kellnerin notierte etwas auf ihren Zettel. »Darf es sonst noch irgendetwas sein?«

»Nein, danke.« George schaute schon wieder auf das Wasser hinaus. Gerade war einer der Kitesurfer so unvermittelt in die

Luft geschleudert worden, dass er anschließend ein unfreiwilliges Bad genommen hatte.

»Hey, hast du das gesehen?« Jasper stupste ihn an.

»Ja, irre, oder? Dieser Wind ist aber auch unberechenbar. Ich stelle es mir schwierig vor, da …«

»Doch nicht das!« Jaspers Ton hatte etwas Gereiztes.

George schaute ihn überrascht an.

Jasper hatte beide Augenbrauen gehoben und schüttelte tadelnd den Kopf.

»Was denn?«

»Meine Güte, von Frauen hast du wirklich überhaupt keine Ahnung.« George verstand nicht, was Jasper meinte.

Jasper legte einen Finger an die Lippen, als George gerade das Wort ergreifen wollte.

»Pssst! Da kommt sie wieder.«

Die Kellnerin, eine Frau um die dreißig, mit langen, dunklen Haaren und üppiger Figur, trat mit einem strahlenden Lächeln an den Tisch.

»Hier ist Ihr Bier. Die Cola ist für dich, oder?« Jasper nickte. Als die Frau sich über den Tisch beugte, um die Getränke abzustellen, gab sie einen dezenten Blick in ihren Ausschnitt frei, gerade so viel, dass es noch anständig war. Dann richtete sie sich auf und lächelte George an, ein paar Augenblicke länger, als ein professionelles Lächeln gedauert hätte.

Schließlich wandte sie sich ab und ging zurück in das Restaurant.

»Hast du es jetzt kapiert?«, wandte sich Jasper wieder an seinen Ziehvater.

George war einen Moment irritiert. »Du meinst …« Er deutete unauffällig mit den Augen in die Richtung, in der die Kellnerin verschwunden war.

»Aber so was von!« Jasper grinste so breit wie ein Honigkuchenpferd. »Und sie ist ziemlich schnittig, wenn du mich fragst.«

»Schnittig, hm?« George musste ein Lachen unterdrücken. Schnell nahm er sein Bier und trank einen kräftigen ersten Schluck. Zugegeben: Der Einblick war vielversprechend gewesen.

»Sag jetzt nicht, dass du das nicht siehst!« Jaspers ehrliche Empörung ließ ihn laut auflachen.

Überrascht stellte er fest, dass der Junge recht hatte: George hatte die Frau tatsächlich wahrgenommen.

»Doch. Doch, Jasper. Ich habe es tatsächlich gesehen«, antwortete George, von sich selbst überrascht.

»Und?«, hakte der Junge nach.

»Was, und?«

»Gefällt sie dir?« Die Frage allein! Eindeutig, die Pubertät klopfte, wenn auch noch etwas zögerlich, an die Tür.

George schaute wieder aufs Wasser hinaus. Er wusste nicht recht, was er Jasper antworten sollte. Keine Frau war wie Angela. Seit sie gestorben war, hatte er keine andere Frau überhaupt wahrgenommen, immer hatte sich sofort ihr Bild davorgeschoben und alles verdeckt. Heute war das nicht der Fall gewesen. George hatte die Rundungen der Kellnerin ganz beifällig bemerkt.

Die Wellen wurden höher, noch immer tanzten die Kitesurfer auf dem Wasser dahin. Es glitzerte im Licht der afrikanischen Sonne, azurblau mit weißen Schaumkrönchen. Was für ein wunderschöner Tag das heute war. Eindeutig: Das Leben war weitergegangen.

George wandte sich seinem Jungen zu.

»Weißt du was? Sie gefällt mir wirklich ganz gut, diese Frau.«

Jasper hob sein Colaglas und prostete George zu.

»Na, dann. Auf die Frauen, oder?« Jaspers Gesicht verriet heiligen Ernst. Georges Mundwinkel zuckten schon wieder, als er sein Bierglas hochhob. Die beiden, die auf so eigenwillige Weise Vater und Sohn geworden waren, prosteten einander zu.

»Ich habe dich lieb.« Wie rund die Worte aus Georges Mund flossen!

Jasper grinste und trank einen Schluck von seiner Cola, bevor er antwortete. »Ich weiß, Dad.«

Nicht jedes Ende ist eindeutig glücklich. Manchmal muss man das Glück zwischen den Zeilen finden. Denn die Liebe hat viele Gesichter. Und diese Liebe hat die Gesichter von Jasper und George.

Printed in Poland
by Amazon Fulfillment
Poland Sp. z o.o., Wrocław

75898726R00162